iHuman
新民说

成为更好的人

语际书写

现代思想史写作批判纲要

修订版

刘禾 著

GUANGXI NORMAL UNIVERSITY PRESS
广西师范大学出版社
·桂林·

语际书写
YUJI SHUXIE

出 品 人：范　新
责任编辑：黎金飞
营销统筹：张　帅
装帧设计：彭振威
责任技编：郭　鹏

图书在版编目（CIP）数据

语际书写：现代思想史写作批判纲要 / 刘禾著．
修订本．—桂林：广西师范大学出版社，2017.5
ISBN 978-7-5495-8314-0

Ⅰ．①语… Ⅱ．①刘… Ⅲ．①文学翻译－研究
Ⅳ．①I046

中国版本图书馆 CIP 数据核字（2016）第 133238 号

广西师范大学出版社出版发行
（广西桂林市中华路 22 号　邮政编码：541001
网址：http://www.bbtpress.com）
出版人：张艺兵
全国新华书店经销
桂林广大印务有限责任公司印刷
（桂林市临桂县秧塘工业园西城大道北侧广西师范大学出版社集团有限公司创意产业园　邮政编码：541100）
开本：880 mm × 1 240 mm　1/32
印张：8　　字数：200 千字
2017 年 5 月第 1 版　　2017 年 5 月第 1 次印刷
定价：48. 00 元

目　录

修订版序言

《语际书写》是我二十年前写的一本书。

回想起来，我那时生活在美国的西海岸，执教于伯克利加州大学。其时正值1990年代中期，冷战刚结束不久，一切坚固的东西即将冰融雪消，人们熟悉的那个两极世界正在远去，福山言之凿凿地宣布，历史已经终结。当然，后来事情的发展并非如此。

今天再检阅此书，不由生出许多感慨。虽然本书写于一个思想激变的年代，但它所见证的，并不是历史的终结，而是北美理论界和学术界的一次思想大转型。它发生在三十多年前，于九十年代突飞猛进，以至在不到半个世纪的时间里，不仅美国知识界，而且整个世界的知识界都山河变色，那情景恰如后冷战时代的世界——旧的思想世界离人们逐渐远去，新的思想萌芽蓬勃地浮出地表。

说起来很幸运，我正是在这一场思想大变革当中，完成了自己的博士学位，开始步入学界门槛，并且不由自主地卷入其中。

一个人有了这样的经历，她的思考和写作不可能不受到深刻的影响，同时也不可能不对这一切作出自己的判断和反省。本书第一章“互译性：现代思想史写作的语言盲区”，它可以让读者对那一次思想大转型获得某种程度的了解，也反映了我当年的种种思考。现在借用李陀在“代序”中的文字，不妨这样来表述：在今天，“完全以西方知识传统作基础和背景，来讨论‘全人类’或‘全世界’所面临的问题的那种时代是否应落下帷幕？‘全球化’的压迫是否应使人们考虑寻找新的立场和方法讨论文化交往与知识建构的问题？”总体来说，这本书的写作就是试图对这一类的问题展开思考。

需要说明的一点是，《语际书写》是我在撰写自己的第一本英文著作 *Translingual Practice*（中译《跨语际实践》）期间同时进行的，其中有些篇章的写作初旨本来就是面对国内读者，分别发表于《读书》《今天》《文学史》等刊物。为此，两本书的内容虽然不尽相同，但不可避免有相互交叉，重叠的部分主要集中在第2—4章。上述情况使得《语际书写》中的章节，有相当一部分是直接以中文写成，剩下的部分先用英文写作，后由几位朋友帮助译成中文。有关过程，我在“后记”中有所说明，在此不赘。

从出版年代的先后次序来看，我的英文书 *Translingual Practice* 面世更早，于1995年由美国斯坦福大学出版社出版，两年后，《语际书写》的繁体字版才在香港天地出版社印行，而简体字版，则是在1999年由上海三联书店出版。因此英文版的 *Translingual Practice* 在先，《语际书写》在后；不过，在中文世界里，《语际书写》的出版要早于英文书的中译版《跨语际实践》

(北京三联书店2002年)。

《语际书写》多年前就销售告罄,不少朋友好心督促我说,当下的思想发展,有如千帆竞发,相互冲荡,不仅在世界范围内引起巨大的和多层次的反响,在国内也是惊涛拍岸,正在引发知识界和理论界的根本性的改变;在这样的形势下,这本《语际书写》看来并不过时,是不是该再版?这种督促是我同意再版这本二十多年前的旧作的原因。

最后,我要特别感谢广西师大出版社的编辑范新先生,正是他的努力和热心支持,2016年的新版《语际书写》终于成为现实。

刘禾

写于2016年

代　序

我以为有两件事使当代理论研究的格局处于大变化的前夕，其中之一是后殖民理论和女性主义在近几年的飞速发展。这种发展使得西方/资本主义各国在知识上的优势不仅受到多方面的质疑，连后结构主义本身也像其他西方传统理论一样被看作某种"西洋景"，并不具有普遍主义的品格。而且，跨文化、跨语言的理论写作和研究的重要性也日益上升，以致人们有理由怀疑：如今还有什么样的知识问题能够单纯地只在西方语境中被提出和解决？另一件事即冷战结束后"全球化"运动的狂潮。在这一狂潮的席卷下，被半个多世纪的冷战所冻结了的，一般用资本主义和社会主义之间的对立，或是第一世界和第三世界之间的对立来描述的世界格局正在发生深刻的变化。跨国资本的"喜气洋洋"的凯歌行进，一方面使前社会主义国家和前第三世界国家与资本主义的经济市场和意识形态有了更复杂错综的密切关联，一方面又使一种建设"跨国文化"的战略渐显端倪——"后现代"成为新的文化目标；以"多元文化"为掩护，使后发现代化国家成为世界市场的附属成分；the Internet 在跨国资本的哺育下正在形成一个不受任何政府控制的国际性文化空间，等等。这一切所构成的一个前所未有的环境，使人不能不对知识的发展作全新的考虑。例如：完全以西方知识传统作基础和背景，来讨论“全人类”或“全世界”所面临的问题的那种时代是否应落下帷幕？“全球化”的压迫是否应使人们考虑寻找新的立场和方法讨论文化交往与知识建构问题？如果理论不甘心困守于象牙塔，那么它该对这世界新形势作出什么样的反应？是否应更认真地考虑建立新的理论、新的认识论的可能性？

有种种征兆表明，理论领域，尤其是人文理论的写作正在发生变化。当然，自冷战后，无论在西方或东方，人文领域的理论发展一直处在急剧变动之中，新旧交迭，流派纷呈，有如万花筒使人眼花缭乱，目不暇接。但是，这些变动的主要动力往往都来自西方知识传统的内部。问题是，在后殖民和后冷战的新语境里，理论的发展能否不局限于在西方知识传统内部提出问题？能否面对这新的语境和历史形势，更多地在各种文化和各种语言之间考虑知识问题？能否在各种文化交往和信息交换之间发现新的理论课题？

总之，在这种种“之间”下手，或许是回应后冷战历史的一个理论突破口。在这个意义上，刘禾的《语际书写》可以说是一个非常重要的尝试。

《语际书写》是一本思想史的著作，但与通常意义上的思想史写作不同，作者采用的不是对重要思想家重新评述，或对经典著作重新进行诠释的方法，而是立足于语言和语言之间，特别是西方语言与汉语之间的相互碰撞、交融、冲突和翻译的历史过程中，试图以语言的“互译性”为基点，去为思想史写作寻找新的理论框架。从表面看，此书各章的论题似乎有些分散。涉及“个人主义话语”“国民性理论”“内心叙事”“民族国家文学”“现代汉语叙事模式的转变”等多个方面，但是，刘禾却用一个大主题将各章有机地贯穿在一起，那就是：汉语和其他语言之间的“互译性”是如何历史地建构起来的？（如“文化”何以等同于“culture”？“个人主义”何以等同于“individualism”？“国民性”何以等同于“national character”？等等）这种“互译性”对汉语写作和中国的话语实践产生了什么样的作用？如果文化交往是描述并理解世界近代史——这段历史以资本主义的扩张和帝国主义侵略为最显著的特征——非常关键的一环，那么这种“互译性”在中国文化和西方文化的遭遇与冲撞中又扮演了什么角色？它们对西方文化的诠释或翻译以及反过来对中国文化的自我认识又产生了怎样的“认识论”上的重大后果？

刘禾提出的“互译性”这个研究角度（一个常被人忽视而其实又非常重要的理论领域），从字面上可能会被人误解，特别是熟悉翻译理论的人更容易发出疑问：各种语言之间通过翻译来实行交往，是文化交流和传播的常见的、普遍的手段，它何以突然获得这样不寻常的意义，以致可以从这里出发去寻找思想史写作的新框架？如此提出问题的一个前提，仍然是承认语言的透明性和翻译的透明性，并认为概念、范畴、理论等思想的东西，可以原封不动地以本来面目越界而进入另一种语言和文化，或另一种文化原先就有与之相对应的语词和意义。翻译只不过起了一个中介的作用，把对应的意义找到并凸现出来。但刘禾此书的一个重点（也是全书的一个支点）恰恰是对语言翻译上的这种传统观念做了破除和瓦解。她的批评是：语言之间透明地互译是不可能的，文化以语言为媒介来进行透明地交流也是不可能的。不仅如此，词语的对应是历史地、人为地建构起来的，因此语言之间的“互译性”也必须作为一种历史的现象去理解和研究。任何互译都是有具体的历史环境的，怎样译、如何译，都必然被一定的具体的条件和话语实践所规定。英语“culture”和汉语“文化”之间，英语“individualism”与汉语“个人主义”之间，英语“democracy”与汉语“民主”之间，并无本质的同一内容规定。不同语言互译中词语之间的“相等”，是一种人为设定的对等性。以“democracy”一词的汉译来说（详细分析见刘禾1995年出版的英文著作 *Translingual Practice*），此种虚拟的对等性并不是一次完成的。“民主”一词在古汉语中就有，如“天惟时求民主，乃大降显休命于成汤”（《书·多方》），这里“民”与“主”不是现在的主谓关系，而是修饰关系，即民的主宰者的意思，多指帝王或官吏。《左传·文公十七年》：“齐君之语偷。臧文仲有言曰：‘民主偷必死。’”《文选·班固〈典引〉》：“肇命民主，五德初始”，蔡邕注：“民主，天子也”，等等。比较接近现代汉语“民主”一词的用法，最早出现在美国传教士、同文馆总教习丁韪良（W.A.P.Martin）在1864年他与学生翻译出版的《万国公法》（Henry Wheaton，*Elements of International Law*）一书（高名凯等人将现代汉语的“民主”归为来自日语的借贷词，是不准确的），不过，当时“民主”是被用来翻译“republic”，即所谓“民主之国”,相对于“君主之国”(monarchy)这个概念。“民主”与“democracy”一词之间对等性的设定,出现得稍晚,见于王芝1872年版的《海客日谭》,而“republic”一词的汉译则逐渐被日本的翻译“共和”一词所替代。至于英语“democracy”一词的汉字音译如“德谟克拉西”,出现更晚,而最终还是像现代汉语中的大多数汉字音译词一样,逐步遭到淘汰。

刘禾所倡导的这种跨语言、跨文化的思想史研究,一个基本出发点就是关注以一个词对应另一个词,以一个概念对应另一个概念,其对应中的虚拟对等是如何设定的——在什么样的语境中?出于何种话语实践的目的?此种话语实践又与当时当地的社会实践和历史运动有什么样的关系?等等。以这样的框架去重新对待思想史写作,则思想史写作的目的、重心就不能不发生重大偏移,变为“要考察的是新词语、新意义和新话语兴起、代谢,并在本国语言中获得合法性的过程,不论这过程是否与本国语言和外国语言的接触、撞击有直接的因果关系。也就是说,当一个概念从一种语言进入另一种语言时,意义与其说是发生了‘转型’,不如说在后者的地域性环境中得到了(再)创造。在这个意义上,翻译已不是中性的、远离政治及意识形态斗争和利益冲突的行为。相反,它成了这类冲突的场所,在这里被译语言不得不与译体语言对面遭逢,为它们之间不可简约之差别决一雌雄,这里有对权威的引用和对权威的挑战,对暧昧性的消解或对暧昧的创造,直到新词或新意义在译体语言中出现”(见本书第二章)。而新词和新意义的出现,常常不仅在话语领域中引起冲突和波澜,而且还要经过种种中介进入社会实践,甚而成为社会变动的思想动力。《语际书写》中《个人主义话语》和《国民性理论质疑》两章即对这种思想和社会运动做了相当细致和深入的分析。

对上述思想,刘禾在她的英文著作 *Translingual Practice* 中有更详尽的阐述,《语际书写》与这本英文著作恰可以相互发明,相互补充。两书的主旨都在分析、研究中西方文化之间"相互认识"的理论前提和历史内容,同时对当代语言哲学理论、文化批评及后殖民理论提出一些批评和质疑。虽然刘禾的研究主要以中/西交往之中的现代思想史和文学史为对象,尽可能把种种讨论都落实到确定的学科领域之内进行,但两书的主旨使她的讨论不能不突破"学科研究"的樊篱,从而进入方法论、认识论的比较抽象的理论层面。这主要表现在两书所提出的"跨语际实践"(translingual practice)这一理论。对此,刘禾有这样一个声明:"我希望跨语际实践的概念可以最终引申一套语汇,协助我们思考词语、范畴和话语从一种语言到另一种语言的适应、翻译、介绍,以及本土化过程(当然这里的"本土化"指的不是传统化,而是现代的活生生的本土化),并协助我们解释包含在译体语言的权力结构之内的传导、控制、操纵及统驭模式。"如果仅从现代中国思想史研究的角度来看,刘禾提出的"互译性"理论似乎是以汉语的变革为主要对象,但这个理论的意义显然大大超出了汉语和中国思想史的范围。我以为它或许为在当代语境中如何发展认识论开辟了一条新的思路。

以往的认识论不论在其漫长发展中有过多少变化和鼎革,但由于它深深地扎根于西方的语言和思想之中,因而其"认识"

总是以主客二分为基础这一点则很少动摇。弗洛伊德、拉康及今天的后结构主义诸学，或许是对这一认识论不可动摇的基础的最大冲击。特别是福柯，表面上虽然很少正面接触西方传统哲学那些经典论争，但实际上他的理论又重新提出了康德当年的问题：认识如何可能？知识如何可能？只是福柯置主客二分之类形而上学的假设于不顾，从而另辟蹊径，把事情归结为权力—知识的关系。西方传统认识论虽然至今在欧美哲学讲坛上仍有半壁江山，但从福柯之后，抽象地讨论人的认识（以及人的认识能力）问题，已经显得多少有些迂腐。如果语言先于主体，如果认识过程与权力机制密不可分，那么认识问题显然要在比主客二分更复杂的层面上讨论，例如人的认识和语言是什么关系？人的认识在一种语言和另一种语言相碰并发生意义交换时又是怎么回事？一个文化"认识"另一个文化的内在机制如何？语言的互译又在其中起什么作用？这种认识是平等地进行的吗？它们与具体的历史发展如资本主义、殖民扩张、后冷战与后殖民时代等等又是什么关系？这些难道都不是认识论问题吗？

如果这些问题是真实的，可以成立的，我想"跨语际实践"的理论无疑是对回答它们跨出了重要的一步。

李陀

写于 1997 年

第一章

互译性：现代思想史写作的语言盲区

过去的20多年里,西方学界受到越来越多外来因素的冲击,这些冲击给它的学术思想、理论思潮和学科发展造成了空前的转型,使得西方已经不那么“西方”。即使英语本身,也显得没有那么纯粹了,且看全球互联网(the Internet)上那些五花八门的英文,还有遍布世界各地的,包括北京和广州的英文商标广告牌(其实历史上,英国境内的英语也从来没有纯粹过)。难怪,英国查尔斯王子还为此事大动肝火:皇家英语遭人如此践踏!

其实,“糟践”皇家英语的何止跨国公司的商标广告牌?像拉什迪(Salman Rushdie)那样大名鼎鼎的作家也忍不住要开几句玩笑,如他在《撒旦诗篇》那部给自己引来杀身之祸的小说里,描写了一位讲不好英语的印度人,名叫S.S.Sisodia,此人虽略带口吃,但说过一句精彩的话:“The trouble with the

Engenglish is that their hiss hiss history happened overseas, so they dodo don't know what it means.""英国……国人的麻烦是,他们的隶……隶……历史发生在别处,所以他们不……不……不明白这历史的含意。"[1](下划线为笔者所加。"hiss"一词双关,它通常被用来形容蛇类的嘶嘶之声)。这句话给我们的启示是,虐待语言的历史(英语被洋泾浜化)和语言虐待的历史(英语对于其他语言的霸权),两者从一开始就是分不开的。

一

国内翻译和出版当代西方学界转型期间出现的理论著作日渐增多,而且所涉及的学科面也趋于广泛,其中就包括阿拉伯裔学者爱德华·萨义德(Edward Said)的英文著作《东方主义》(*Orientalism*,也称《东方学》,1978年初版)。多年以来,这本书在世界各地影响巨大,真正做到了跨学科、跨语言、跨国界的突破,是我们了解当代理论来龙去脉和发展动态的必读书。《东方主义》尽管已有中文译本出现,但我经常发现,无论是读过萨义德的书还是没有读过,经常有人对"东方主义"和后殖民理论做一些望文生义的阐释,遂又将那些释义平白无故地栽到萨义德头上,说萨氏对西方文化霸权的批评就是主张反西方,这是很大的误解。相比之下,欧美白人理论家如海德格尔、德里达、詹

1 Salman Rushdie, *The Satanic Verses*(New York: Viking, 1988),第343页。

姆逊等人,则是被另眼相待的。他们的论述即使问题再大,也会被人认真地拿来研究一番,否则轻易不敢批评的。有些论者表现得尤其急躁武断,对其争论的对象不求甚解,却亟力将萨义德和后殖民理论的立场庸俗化、漫画化。问题是,像《东方主义》这样一部触发当代西方学术思潮转型的重要著作,怎么会靠几句反西方的口号,就能在理论上站得住脚?再说,将萨义德的学说进行"文革"式的庸俗化和漫画化,而对其原著既不仔细阅读,也不做学理上的探讨,这对中国学界又有何益处?

我们应当怎样认识后殖民理论对西方文化霸权的批评?它是不是对其他地方的民族主义的肯定或拥护?民族主义(nationalism)始终是后殖民理论家批评西方中心主义的重要内容。印度历史学家查特吉(Partha Chatterjee,此人并非西方学者)的著作《民族主义思想与殖民地世界》(*Nationalist Thought and the Colonial World*)可以说是这方面的力作。此书提出的问题是,如何认识西方民族国家理论在殖民时期进入印度知识分子语言,然后被印度人拿去抵抗殖民者这一段复杂的历史。民族主义既是西方殖民者的话语,又是殖民地当地人用以抵抗殖民者的话语,它的历史乃是两者共创的历史。这一洞见为后殖民理论重新检讨"现代性"以及东西方两者的关系,提供了一个基本的理论视点(汉语译词"民族主义"也是从日本进来的舶来语,它是明治维新时期日本人为翻译"nationalism"而创造出来的汉字词组[1]),换句话说,本源语词的历史(如英语的"nationalism")和译体语词的历史(如经由日语到达汉语的"民族主义"),两者原本也是分不开的。也就是说,不存在一个纯粹的以民族国家为本的认识论基础。过去二三百年中的任何语词、思潮、理论的发生、发展和游走的过程,都必须放在一个更大的全球格局下,在彼此文化的互动关系之中(而不是以西方或者东方作为唯一的参照系)才能呈现其复杂的历史面貌。这是后殖民理论对"民族主义"所作的批评,也是它对当代思想史写作的重要贡献之一。

由于国内学界对后殖民理论认识上的种种混乱,我们经常可以听到如下说法:萨义德=反西方主义=提倡民族主义,或后殖民理论就是西方理论……对于前一种说法,上文已做了某种澄清,奇怪的是后一种说法,它将后殖民理论一股脑算在西方的账上,为想象中的"西方"脸上贴金,恰恰印证了说话者对"西方"理论霸权的臣服。其实,西方文化的卫道士(如欧美学界那些抵制萨义德影响的人)对此不见得会买账。本章将在尽可能的范围内,对上述混乱做一定程度的澄清,但我相信,真正的了解始于耐下心来读书、思考的那一刻。

当代理论,尤其是后殖民理论的贡献最为突出的领域,是学术史和学科史的写作——这是后殖民理论与后现代理论的重要

1 详见拙作 *Translingual Practice: Literature, National Culture, and Translated Modernity* (Stanford: Stanford University Press, 1995)。

区别，后者侧重于对当代和未来的论说。在当代文化批评方面，后殖民理论也有介入，但这种介入往往与学术史和学科史自身的发展有这样或那样的关联。如果用一句话来概括后殖民理论的方法论跟传统的学术史写作有什么不同，也许可以这样来表述：由于不满足于就事论事地对学术史或学科史（年代、思潮、机构、人物、著作等）做“客观性”的描述，后殖民理论主张将“学科行为”作为思想史的有机部分来研究，通过考查学术传统的来龙去脉，去检讨“学科行为”的历史作为和意识形态功能。毫无疑问，这里所说的功能也包括现代学科本身对知识“客观性”的诉求。也就是说，在后殖民理论影响下的当代学术史和学科史，对传统思想史写作提出了空前的挑战和一系列新的问题。

萨义德的《东方主义》一书之所以被有些人译作《东方学》，正是为了突出此书的学科史背景。萨义德本人则更强调学术史的意识形态功能，因此，他使用 Orientalism（东方主义）去批评 Oriental learning（东方学）在生产西方中心（特别是种族主义）意识形态方面所扮演的特殊历史角色。《东方主义》一书研究的学科对象是现代欧洲语文学（philology），其中包括汉学（Sinology）、伊斯兰学（Islamic Studies）等其他东方学分科。这些学科的诞生与欧洲人在欧洲以外的殖民历史的关系，是作者的关注重点。全书分三大组成部分。第一部分论述“东方主义的范围”，下分 4 章。第二部分也分 4 章，具体深入学科史的领域，讨论“东方主义的建构与再建构”。第三部分的标题是“今日的东方主义”，也分4章，将“东方主义”重点放在20世纪的背景下，尤其是二战前后的历史中，做了进一步的检讨。萨义德在书中花了很大篇幅追述法、德、英三国东方学主要创始人的知识背景，如 Silvestre de Sacy，Ernest Renan，William Jones 等。这些专家通晓东方语言文字和语文学，曾经在建立“东方主义”意识形态和研究机制方面扮演过重要的历史角色。

除语文学之外，“东方主义”这个概念对于历史学和人类学等学科也有充分的针对性，因为这些学科同时也在各自的领域中生产有关“东方人”(the Oriental)的知识。萨义德认为，这些学科对于“客观性”的诉求，使得“东方主义”的知识体系一方面为巩固西方文化优势服务，一方面又不失掉其科学上的合法性。在这样做的同时，学科本身的历史内容被抽空了，显得“中立”“公允”，不受制于意识形态，变成“纯学术行为”。应该看到，萨义德对学科史的历史性(historicity)的追究，其寓意不在反西方，更不在倡导民族主义精神。他关心的是如何敞开现代学科本身的历史内容，因此他书中的问题主要是沿着认识论的思路展开的，比如，人们何以取得他们所取得的知识？这些知识背后的认识论前提是什么？话语和知识怎样参与历史真实的创造？……(此处显出福柯知识考古学的影响)。显然，这一类问题不能只在西方语境中提出。萨义德对“东方主义”研究的特点恰恰在于，他把问题落实在东西方之间交往的历史之中，把这个现代史的症结充分地具体化。因此更有效地解答哲学家们关心的一个问题：怎样重新认识"学科行为"中的认识论机制？这也是后殖民理论家共同探讨的问题。我们首先看一看这种新的学科史给西方古代文明研究领域带来了哪些大的冲击。

二

言必称希腊——凡说及西方文明，这总是难免的。

当年梅光迪等人发起《学衡》杂志，昌明国粹，就曾拿孔子与苏格拉底相提并论。翻开首期的封面，两位先知的肖像赫然入目，不能不令人生出几分敬意。如今回头再看学衡派和新文化运动的那场笔墨官司，一条线索清晰可见，即它从头到尾都贯穿着对知识的争夺，争夺的焦点是：谁掌握了西方文明之真髓？为了论证新文化提倡者在西学上的浅薄，学衡派反复地引用哈佛大学教授白璧德（Irving Babbitt）的著述，其要点大致为：16世纪以来，特别是个人主义出现以后，西方的主流文化有一种趋势，那就是对古典人文主义的背叛；因此，中国人不须"膜拜卢梭以下之狂徒"，"冒进步之虚名，而忘却故有之文化"，而应发扬国粹，"再求进而研究西洋自希腊以来真正之文化"云云。[1]

白璧德要是能活到今天，欧美学界的最新动态一定会叫他看得目瞪口呆。继萨义德之后，1987年到1991年之间，马丁·贝尔纳（Martin Bernal）先后发表了他《黑色的雅典娜——古典

1　《学术》，1922年第3期。

文明的亚非源泉》(*Black Athena*:*The Afroasiatic Roots of Classical Civilization*)一书的头两卷。不曾料想,这个四卷本的著作还没有写完,就已经牵动了欧美学界的中枢神经,给历来被西方人引以为骄傲的希腊"真正之文化"带来了一次严重的挑战。人们不安地意识到,古希腊文明同雅利安人之间的那种被视为天经地义的血缘关系,可能是一个欧洲中心主义的神话。这种不安自然会带来几分好奇,作者马丁·贝尔纳究竟为何许人也(哪里杀出一个程咬金)?说来也巧,此人倒和中国有些特殊的缘分,因为贝尔纳不仅是一位出色的古文字学者,精通古希腊文、埃及文、希伯来文和科普特文,而且还是研究中国近、现代史的专家,曾撰写了《刘师培与国粹》(*Liu Shih-p'ei and National Essence*)和《中国的社会主义到一九〇七年》(*Chinese Socialism to 1907*)等著作。中国的国粹运动和古希腊文明,这两个彼此毫不相干的题目,在贝尔纳的学术生涯中竟然获得某种内在的联系,它们好像是从两个不同的方向走上了对欧洲文化霸权的批判。

贝尔纳的语言天赋和渊博的学问,无论在欧美还是在中国,都属罕见。他是出身于书香门第的英国犹太人,父亲在第二次世界大战中做过蒙巴顿将军的顾问;祖父则是大名鼎鼎的古埃及文专家,曾编过一部埃及语词典,这本权威著作至今还是有关专家的必读书。贝尔纳本人通晓多种语言文字,除了上面提到的汉语、古希腊文、古埃及文和希伯来文等,还有法语、德语、西班牙语、日语、越南语等。他在2013年去世之前,曾在美国康奈尔大学担任教授,主讲政治学和中国政治。六七十年代期间,贝尔纳的研究兴趣主要集中在亚洲地区,并参加编辑了《越南及其工会成员》(*Vietnam and Trade Unionists*)和《亚洲的劳工——一个新的篇章?》(*Labour in Asia*: *A New Chapter*?)等书,同时还撰写了上面提到的有关中国近代史的著作。70年代以后,他开始全力投入对西方古典传统的研究,从考古学和词源学入手,钻研闪米特文化、古埃及文化和古希腊文化之间的渊源关系,为《黑色的雅典娜》一书打下了坚实的基础。与此同时,他还完成了一部词源学专门著作,叫作《卡德摩字母——公元前1400年字母系统向爱琴海地区和西域的传入》(*Cadmen Letters*: *The Transmission of the Alphabet to the Aegean and Further West Before 1400B.C.*)。

《黑色的雅典娜》第一卷发表于1987年,并荣获了1990年度全美图书奖。这本书对18世纪以来的欧洲人文学术传统(1785—1985)做了深刻的回顾和反省。作者在对大量史料做了周密的考证以后,指示出一个被人们长期忽略了的事实,即我们所熟悉的那个"言必称希腊"的西方文明发展史,实际上是18世纪以来的欧洲学者,尤其是德国和法国的语文学家编造出来的一个欧洲中心的故事。他们中的绝大部分人都持种族偏见,敌视犹太人和亚非民族,而他们生产出来的"知识"却顽固地影响着后人对人类文明发展史的认识。贝尔纳在书中对这些学者做了逐一的分析和批判，其中包括佛里德利奇·奥古斯特·沃尔夫(Friedrich August Wolf)、乔治·葛罗特(George Grote)、卡尔·布里根(Carl Blegen)、瑞思·卡本特(Rhys Carpenter)等。他指出，上述人文学者十分忌讳有色种族对白色种族的“污染”，因此，不肯承认非洲文化和闪米特文化对西方文明的影响，并且在学术著作中竭力抹杀埃及与迦南对古希腊文明形成的贡献。这些人认为，希腊文明的起源始于公元前14至13世纪之间印欧语系的白人种族由北方的迁入，而不是早期非洲和亚洲文明的流变。每逢碰到古文献中记载的希腊人自己对埃及和迦南的科技、哲学与政治学说的种种描述，以及后者在爱琴文明中的重要作用时，这些学者又是怎样自圆其说的呢？有办法。他们将此方便地归入神话之列。贝尔纳给这种文化理论起了一个恰当的名称，叫作“雅利安模式”(The Aryan Model)。

《黑色的雅典娜》第二卷在1991年出版。与上卷不同，作者在这本长达700多页的厚书里全力做了一件事：运用大量具体而又翔实的考证，去推翻他所批评的那种“雅利安模式”。这无异于在太岁头上动土。于是，从牛津大学到哈佛大学，许多人文学者都一下子被卷入争论的漩涡。《纽约书评》《新闻周刊》以及许多专业的和通俗的刊物也都纷纷响应。这场争论颇耐人寻味，因为人们这里关心的虽是一个学术问题，即埃及对古希腊文明的形成到底起过怎样的作用，但是很显然，一部分人义愤填膺的程度似乎又大大超出了他们的学术利益。比如，艾米丽·

弗默尔(Emily Vermeule)在 1992 年 3 月给《纽约书评》写的一篇题为《颠倒乾坤》(*The World Turned Upside Down*)的文章中,就对贝尔纳进行了直接的人身攻击,因为她不能原谅:"一个有名望的中国研究专家跑到古代地中海领域来干什么?"文中还引了弥尔顿《失乐园》中的诗句,影射贝尔纳是那个花言巧语的魔鬼撒旦(但是弗默尔弄错了。她所引的那段诗句并非出自魔鬼撒旦之口,而是一个名叫毕利奥[Belial]的小魔鬼——这是一位读者写信给《纽约书评》指出的。透过许多读者来信,可窥见这场争论的刺激性:认真商榷者有之,口诛式的恶意文字亦有之)。弗默尔等传统西方学者的这种恼怒当然是有理由的——贝尔纳的书严重地亵渎了西方文明。但是,这个亵渎却很难驳倒,因为该书通过考古和词源学研究,发现了大量被人们有意或无意忽略的亚非文明曾塑造希腊文明的证据。如,希腊语有一半以上的词汇来自埃及语或闪米特语。再如,西方文明发展的一个关键环节克里特文化,据贝尔纳的推测,可能是埃及人到那里殖民的结果。这种推论当然具有极大的"危险性",因此引起了种种质疑,成为一大悬案。但不论是通过殖民还是什么别的途径,贝尔纳举出了语言、建筑、科技、艺术等方面的大量证据,说明公元前 2100 至 1100 年,也就是希腊文明形成期间,非洲文明是一个重要的文化源头。一句话,雅典娜是黑色的。

曾有人问作者,写这本书的现实意义是什么?回答是,他要煞一煞"欧洲人在文化上的跋扈心态"。这一煞不要紧,贝尔纳身不由己地加入了一场规模更大的文化批评，因为，自从 70 年代末爱德华·萨义德发表了《东方主义》(*Orientalism*)一书以来，欧美人文学界兴起的后殖民理论就始终把西方的文化霸权作为反思对象。迄今为止，这种反思已经给西方学术研究的格局带来了剧烈的改观。贝尔纳的著作从一个人们意想不到的角度切入了这场批评，因此它引起震撼是不足为怪的(《黑色的雅典娜》另外还有一个背景，那就是一部分黑人人类学的学者发起的黑人中心运动。美国的欧洲中心主义的捍卫者对此感到焦虑，并及时地阐明了针锋相对的立场)。

回顾 20 世纪的最后 25 年，欧美的人文学科在后殖民理论的冲击下究竟发生了哪些大的变化？《黑色的雅典娜》一书以及它掀起的波澜，正好为我们提供了一次深入了解的机会。

后殖民理论是后结构主义介入文化批评之后产生的一个最重要的学术动向。萨义德和查特吉(Partha Chatterjee)就深受福柯的影响，他们把东西方文化比较理论看作知识和权力运作的场所；佳娅特丽·C.斯皮娃克(Gayatri Chakrovorty Spivak)曾将德里达的《书写学》译成英文，使得解构主义成为瓦解西方中心主义的理论资源；霍米·巴巴(Homi Bhabha)则把拉康的精神分析用来重读法农(Fanon)，寻求在东西文化冲突中建立新的主体意识的可能性。值得一提的是，以上这些著名学者都不是白人，他们是从西方以外的五湖四海走到一起来的。更值得注意的是，这些人的理论研究之所以在欧美学界引起高度的重视，恰恰是因为他们对以西方为中心的学术传统提出了尖锐的挑战，而不是与之认同。

以美国而论，后殖民理论的影响业已覆盖多种学科和领域，包括历史学、人类学、社会学、文学理论（包括新历史主义）、女性主义理论、少数民族研究，还有其他所有冠以文化批评之名的学术研究。目前，代表这些学科最前沿的研究成果往往都有后殖民理论的渗透，在这种情势下，人们已经不可能大谈文化（无论是东方文化、西方文化，还是东西文化之比较），却不去深究这些概念和方法里面包藏的知识前提，如话语场、知识的历史性和临时性，以及人们在知识和权力之间建立的复杂关系。萨义德批评的"东方主义"就是一个很好的范例。"东方主义"曾替西方生产出大量的关于"东方人"（the Oriental）的知识，西方人正是通过这种知识取得了自己对于东方的文化优势；与此同时，这个知识的生产过程又被充分地透明化，使人无法看到它本来的历史痕迹。后结构主义对知识与权力的关系的重视，在萨义德和其他后殖民批评家的研究中得到了淋漓尽致的发挥。这些学者不仅关注某一个文化如何生产关于另一个文化的知识，并如何通过这样的知识实行文化霸权，而且还对生产这些知识的具体学科、学术、研究范畴以及学者本人的立场（文化的、种族的、阶级的、性别的等等）保持高度的警觉，作出了大量的反省。贝尔纳在《黑色的雅典娜》的第一卷中正是这样做的。

应当指出，萨义德和斯皮娃克等人对西方文化霸权的批评常常带着一种强烈的被压迫者反抗压迫者的情结。这种情结与他们本人的境遇有密切联系(后殖民批评家中的绝大部分人来自英法前殖民地,或者是在欧美受歧视的少数民族),他们的理论也由此获得极大的感染力,并即刻汇入西方现代自由主义知识分子的反叛传统。但是,此情结又迫使他们面临一个难以逃脱的困境,因为当这些人把所有的目光都投向西方,反复强调东方人受压迫好像没有自己的声音,他们其实在另一个层面上又肯定了西方人对知识的垄断。这一点充分体现在他们自己的学术实践中,比如,萨义德、斯皮娃克、巴巴等人把大量的注意力放在欧美文本中有关东方的"知识"上,却较少留心除英语或法语以外的学术研究。阿拉伯人和印度人通常是作为某种修辞、隐喻或象征,而不是以平等的学者身份进入他们的讨论,好像那边没有自己的语言,没有自己的学术传统,更没有自己的知识主体(或发言权),于是一切言说行为都被笼罩在西方人的统治下。

事情果真是这样的吗?

我认为,对西方文化霸权的批判是必要的,甚至是相当迫切的。但这种批判必须超越苦大仇深的境界,才能趋向成熟。印度历史学家查特吉的《民族主义思想与殖民地世界》一书已经在方法论上朝这个方向迈出了一步。如前所述,作者把目光从西方转向印度的语境,研究的是西方现代国家理论如何在殖民地时期进入印度知识分子的话语,而当地知识分子又如何运用它去抵抗殖民者的统治,以达到建立现代民族国家的目的。这种研究向我们充分展示了知识运作的复杂性:跨文化的语言实践活动不能不使西方理论失去它原有的意义,而在新的语境中生发出新的意义;这就意味着,西方的文化霸权可能通过某种中介产生出新的知识和权力的关系来,譬如,印度独立后,“现代性”的理论立刻沦为彻头彻尾的国家话语,其主要功能是替现代国家权力做合法性的诠释。

后殖民理论对西方文化霸权批判的一个主要内容,是对现代性的反省。在此之前,法兰克福学派一直代表这方面最有权威的声音。但法兰克福学派对现代性的批评重点在现代化给人类社会带来的各种流弊,例如霍克海默和阿多诺强调的“文化工业”对人的异化作用。可是,他们的理论一旦离开欧洲启蒙主义传统对人的“主体性”和“自我意识”的关怀,离开对人之“完整性”的乌托邦式的寄托,就找不到恰当的语言对现代性进行更深入的批评。至80年代,哈贝马斯曾试图用公共领域和主体间性等概念,去突破早期法兰克福学派对启蒙主义哲学思想的依赖。但是,这位哲学家在对“现代性工程”(the project of modernity)作出新的阐释并予以认同时,完全忽略了欧洲文化霸权在生产现代性理论和有关知识中所起到的历史作用,结果他的“现代性工程”又一次成为替欧洲文化霸权制造合法性的理论。

后殖民理论也检讨现代性给人类历史带来的各种问题。但是,它做到了欧洲法兰克福学派以来的文化批评理论力所不及的事,那就是,把现代性、民族国家、知识生产和欧美的文化霸权都同时纳入自己的批评视野,为我们提供一个不同于西方人的立场,不同于西方人的眼光,不同于西方人的历史角度。有了这种立场、眼光和角度,不仅世界的文明发展史必然要重写,而且,“人类向何处去?”“未来的文明又当怎样构想?”这类问题就不一定由现在的西方人说了算。东方、南方、北方都要有自己的声音。

当然,不同于西方的立场、眼光和角度,前人不是没有尝试过,日本明治维新时期的国粹主义和中国从晚清到“五四”以后的几次国粹运动,无一不是以批评现代化和发扬本位文化为出发点的。但是,当国粹派将现代化/西方和本位文化/东方对立起来的时候,国粹的概念就不仅成为反对现代化的工具,而且成为狭隘的国家主义的另一说法。相比之下,后殖民主义理论则对民族国家持一种历史的批判态度,既不与之认同,也不简单地否定。同样地,它对现代性的批评,也不事先假定一个优于现代化的本位文化,而是着眼于有关的知识与权力生成的历史环境。这是一种非本质主义的历史观。从这个观点出发,国粹、本位文化和现代化等,就不再是需要个别地单独界说的客观事实,而是在知识与权力运作的过程中产生出来的一些相互关联并相互制约的历史概念。在中国,这些概念由于实践的需要而共同进入现代性理论,并在不同的时期构成了不同的话语场,因此,围绕西学和国学的争论,实质上是不同派别为了各自的政治或其他目的所进行的争取话语权威的斗争。例如，辛亥革命前章太炎和国学保存会诸人提倡的国粹概念与“五四”后的学衡派的主张就有甚大差别。前者为了反满抗清和抵御列强的需要，提出国粹“不是要人尊信孔教，只是要人爱惜我们汉种的历史”。[1]后者为了对抗新文化运动，采取了相反的态度，西学上“言必称希腊”，国学上则尊崇孔儒，而且两学彼此呼应，互为因果。温故知新，我们应该看到，这种对知识的争夺在今天的话语场内仍在激烈地进行，因此，话语实践、知识的来龙去脉，以及现代性理论中的各种概念和范畴的运作，就不能不成为理论思考的当务之急。

三

西方的文化霸权不难批评，难的是如何认清和解开人文研究、社会科学学科本身的历史包袱，尤其是当这些学科诉求于“客观性”的时候。几乎和萨义德同时起步的文化人类学家费边(Johannes Fabian)在其《时间与非我：人类学如何构建其对象?》一书中，对西方人类学的时间观、历史观以及客观诉求，提出了类似的挑战。他认为，人类学以及民俗学从一开始，就建立在对时间的进化论式的构想上。这种构想把“非我”事先放置在历史长河的“原始”那一端，以确立现代“我类”这一端的文明

1　见《章太炎政论选集》上卷，第276页。

之优越。人类学对“非我”在时间上排拒(temporal distancing)造成时间的空间化(spatialization of time),体现在人类学家和民俗学家跑到别的地方,从事职业化的“田野调查”(fieldwork)。去“传统”社会做“田野”的大前提是把“他们”作为“我们”人类的过去来研究,而不是关注“他们”存在的现实意义。“他们”的现实状况必须翻译成“我们”的过去,才获得其真实内涵。它解释了为什么经过几百年的殖民经验和与非西方世界的交往,以及这种交往所带来的全球性的后果,人类学家还能够假设别处的文化和社会结构一成不变,仍然不包含他们自己的历史在其中(比如西方人类学家代代相传、百去不厌的摩洛哥和印尼巴厘岛)。这种把时间(进化论意义的)空间化的做法,为学术的“客观性”提供了认识论基础,使人类学、民俗学获得了自己知识上的权威。然而,作为研究对象的“非我”,由于不能踏入和研究主体同样的时间和空间,遂不能以主体的身份,参与真正的对话或争辩。[1]

西方民俗学理论曾在本世纪初进入日本、中国、韩国等许多非西方国家(“民俗学”一词,也是日译汉词之一,于 1922 年左右进入中文出版物)。那么,这一套理论在各地游走的过程中,有没有生发出一些新的意义?它在不同的地方是否扮演不同的历史角色呢?本书中《民俗学与现代通俗文艺》一章,企图回答

1 Johannes Fabian, *Time and the Other: How Anthropology Makes its Object* (New York: Columbia University Press, 1983)。

这一类问题，以求将这一段发生在中西之间的学术史做一次整理，同时把费边等人提出的理论问题放在另一段历史中进行检验。以中国为例，英国民俗学会的伯恩女士（Charlotte Sophia Burne）撰写的一本《民俗学手册》（*The Handbook of Folklore*），在20年代对中国的民俗学研究产生过广泛的影响。[1] 中山大学的《民俗》周刊曾在1928年使用很大的篇幅介绍这本民俗学手册。在一篇叫作《民俗学的问题》的文章里，作者何思敬曾大量引述这位英国民俗学家的观点，论证英国从产业革命以后，大工商业的发展引起大都会之膨胀，及殖民地版图之扩大。由于这两方面的突飞猛进，英国的都会和乡村之间、殖民地的统治者和被统治者之间产生道德上、信仰上、思想上、感情上的种种龃龉。宗教，如基督教已不能维持以往之权威，它既不能调和城乡之间、新旧生活之间的矛盾，又没有能力去同化殖民地土著民的思想，以削弱其敌对情绪。在这种情况下，民俗学应运而生，以便了解所谓"陋民"、乡民、土著民、蛮人的思想，从他们的风俗传说中掌握他们的心理，因为统御这种心理以实现"政治上的和平与安宁是当时行政上痛感必要的一件事"。何思敬接着借伯恩女士的原话说："民俗学对于人类知识的总量上恐不能希望过分的贡献，但有一个非常实用的效果当然会从这种研究中生出来，即：统治国对于隶属民族可以从此得到较善的统治法。"[2]

1　伯恩曾一度是英国民俗学会的会长。她1914年版的《民俗学手册》被介绍到中国后，影响很大，被郑振铎、顾颉刚、钟敬文等学者多次引用。

2　何思敬：《民俗学的问题》，载《民俗》周刊1928年第1期，第3—5页。

民俗学研究的对象,是针对所谓未开化、半开化民族及缺乏教育的(uncivilized, semi-civilized, uneducated)人们的传统信仰、风俗、习惯、故事、神话、传说、歌谣、谚语、歌诀、谜语、童谣、儿歌等。英国民俗学者把欧洲的民俗残存物与未开化部族之民俗现存物,都同样作为人类文明发展早期的原始材料进行研究。[1] 中国民俗学则从一开始就在修辞、图像和理论概念上,在少数民族文化与原始野蛮部落之间划了一个等号。比如,《民俗》周刊第5期到第15、16期合刊,每一期封里都附有一两张图版,这些照片出处不明,尤其是那些有关世界各地土著民的照片(是否从欧美民俗学书籍上盗印过来,待考),清一色的有色人种,包括位于印度与缅甸之间的安达曼岛、澳洲亚兰塔部族、新西兰土著、菲律宾土著,以及南太平洋美拉尼西亚岛、非洲北部苏丹国、南阿非利加洲、安南、日本(纹身人)和西藏等地的原住民。这些图片与《民俗》周刊上的那些两粤山歌、台湾歌谣和潮州民歌等文章并置在一起,编者的"全球意识"不言自明。

民俗学进入中土的例子说明,20世纪的中国学术史很难与西方学术史截然分开。你中有我,我中有你,这一点从《民俗》周刊编者的"全球意识"里就可以看出。但我想强调的还不是中国人如何接受和使用西方理论这一类简单的影响说,而是一段发生在语言和语言之间,共创民俗学理论和实践的历史(如

1 有关这方面的历史研究和批评,见 John and Jean Comaroff, *Ethnography and the Historical Imagination*(Boulder, San Francisco and Oxford: Westview Press, 1992)。

前所述的“民族主义”）。这种跨语书写的历史不大容易进入视野，更不大容易捕捉得到，就是因为它不单纯属于西方，也不单纯属于中国，而是跨语际的，是在两者的接触、碰撞之间展开的。因此在我看来，学科史的研究，必须在多重语境下，在不断的比较研究的过程中，才能充分发挥它的解释功能。这是本书对萨义德和费边的批评，也是《语际书写》的理论起点。

四

作为一门学科，英国文学更是这方面的典型例子。一段鲜为人知的历史是，英国文学作为世俗学科的建立，最初不是在英国，而是在它的殖民地印度，是大英帝国内部的世俗化运动与其在殖民地的统治需要相结合的历史产物。这段发人深省的学术史，在一本叫作《征服的面具》（*Masks of Conquest*）的著作中，得到了充分的考证和分析。作者维丝罔内森（Viswanathan）是在哥伦比亚大学任教的印度裔学者，她的这本书不但对重写英国文学的学科史作出了独特的贡献，同时也启发我们对比较文学研究提出新的课题。

维丝罔内森在书中指出，英国本土于1871年始将“英国文学”作为一门正式学科引入国民教育，在这之前，古典文字（古希腊文、拉丁文）和宗教经典（《圣经》及其阐释）是英国本土的教育正宗。[1] 贵族学校的科目主要围绕古希腊文、拉丁文内容展开，而教会管辖下的平民学校（如 Charity School，Sunday School）则只包括《圣经》和有关的基督教文学。英国国内的宗教势力，尤其给当时的世俗人文教育运动造成了强大的阻力。相比之下，18 世纪末 19 世纪初的殖民地印度，情况则大为不同。尽管莎士比亚能否被当作学校教材使用仍引起争议，尽管仍然有人说莎剧中大量出现的"命"（Fate）、"命运"（Fortune）、"缪斯"（Muse）、"自然/天性"（Nature）等词汇渗透了异教色彩，违反新教精神，但殖民地的英国教会正统势力与东印度公司所代表的世俗力量对比悬殊，使世俗人文教育运动有机会开展起来。长期以来，东印度公司有政策限制西方传教士向当地人直接传教，理由是如果强迫印度人抛弃自己的宗教信仰而皈依基督教，这势必引起老百姓的普遍反抗，有碍于公司和英国国家的政治与经济利益（东印度公司当时在广州采取了相同的政策，伦敦传教协会 1807 年派遣第一位新教传教士马礼逊[Robert Morrison]来华时，就碰到了同样的难题，加上清政府的严格监督，马礼逊最初不得不以公司雇员的身份开始他的《圣经》翻译生涯，后赴马六甲设传教士学校和印刷所）。直到 1813 年东印度公司修正其宪章 *The Charter Act* 内容，有关传教的限制才首次放宽。所以，对于英国世俗教育家来说，殖民地印度成为一个得

1 Gauri Viswanathan, *Masks of Conquest: Literary Studies and British Rule in India* (New York: Columbia University Press, 1989)，第 142 页。

天独厚的实验场所,是不足为怪的(受中国科举考试的启发,英国的文官考试也是在殖民地印度首先试行,成功以后被搬到英国,由启蒙者用来改造本国的世袭官僚制度。欧洲在所属殖民地进行的大量的现代化试验,还包括医药、社会治安等方面)。

印度总督威廉·班汀克(William Bentinck)于1835年颁布的《英语教育法令》(*The English Education Act*)是英国文学学科史上的一件大事。它使得"英国文学"作为一门独立的世俗学科正式进入政府学校课堂,成为印度学生的必修科目(在这之前,有些英国文学作品,如班扬的《天路历程》,只是作为圣经文学的一部分来介绍的)。维丝罔内森对《英语教育法令》实施以后殖民地政府学校的教材进行了大量的研究,并与同时期的教会学校教材作一比较,指出被文学史家公认的英国文学经典作家,如Goldsmith、Gray、Addison、Pope、Shakespeare、Bacon、Milton等,恰是先在19世纪中叶殖民地世俗文学教育中初具规模,后来被正统化,在英国本土成为经典。有讽刺意味的是,殖民地的世俗文学教育的宗旨,不但不是为了与宗教分道扬镳,反而是殖民政府希望用潜移默化的方式,疏离当地文化精英与他们自己的文学传统、梵文经典,以及印度教的联系。讽刺之讽刺的是,这种英国殖民教育遗留下来的传统,在20世纪却造就出像拉什迪那样用英文写作的印裔作家。我在本书开头引用《撒旦诗篇》的那句话,对重写学科史的必要,也是一个极好的说明:"The trouble with the Engenglish is that their hiss hiss history happened overseas, so they dodo don't know what it means."(英国……国人的麻烦是,他们的隶……隶……历史发生在别处,所以他们不……不……不明白这历史的含意。)

当代理论和学术、学科史研究的成果,虽然还没有大幅度地影响到美国中学教科书的写作,但大学课程和教材已经普遍有了新的内容,如笔者当前任教的哥伦比亚大学。社会上对学术史写作的这种变化,也有各种直接或间接的反映,比如像围绕华盛顿国家美术馆如何陈列非西方文明遗迹的问题,曾引起学界以外的辩论和社会上普遍的关注。这些变化与欧美社会内部的变动和当今世界格局(尤其是冷战结束以后)的激烈改观,有密切关联。当代理论既是这个历史变动中的产物(而不只是萨义德等少数学者的意愿),也是这一历史过程的积极参与者和塑造者。我想,它对中国学人提出的挑战,大大超出了"西方理论"是否适合中国语境的老问题,更不是要不要反西方的问题;它真正的挑战是:中国学人处在当今剧烈变动中的全球文化格局里,应承担何种角色?或不承担何种角色?在跨语言、跨文化的学术和学科史研究中,中国学人能作出怎样的独特贡献?

本书力图面对以上问题,做出自己的努力,而具体针对的学科则是现代中国文学。由于现代中国文学是在20世纪初与欧美文学和日本文学频繁交往的过程中产生出来的,因此,本书的着眼点亦将这一现象置于跨语言、跨文化的框架中进行研究,而不采取传统的比较文学方法(如假设两种截然不同的独立传统),这对如何使现代文学史的写作置于一个新的框架中也是个尝试。

出于上述考虑,本书各章的写作主要围绕以下问题展开:现代思想史的写作能否落实在语言和语言之间所建构的"互译性"之初(如A语言中的某词何时开始等于B语言中的另一词),落实在语言和语言之间相互碰撞、交融、冲突和翻译的历史过程中去研究?如果现代汉语本身即是这样一个过程的产物,现代思想史的写作亦然,那么,我们就不能不问:汉语和其他语言之间的所谓"互译性"是如何历史地建构起来的?如"文化"何以等同于culture,"个人主义"何以等同于individualism,"国民性"何以等同于national character等。这一系列意义之间的"互译性"何时进入汉语写作?怎样进入的?它们对中国文化和西方文化(还有日本文化)之间"互解"的可能性——也包括"误解"——产生过哪些重大的影响?它们对西方文化的诠释或翻译,以及反过来对中国文化的自我认识,造成怎样的"认识论"上的后果?它们对文化本体论提出怎样的历史挑战?这些问题的提出,使我们今天难以抛开"互译性"的问题,而奢谈"历史"(history)、"民族"(nation)、"现代性"(modernity),或者认识他人和认识自己。

本书的研究对象,现代中国文学,正是在语言和语言之间、书写与书写之间"互译性"的建构中生成的。它给我们留下大量的语言文字材料,为这种跨语言"认识论"的研究提供了极其丰富的内容和解读的线索。《语际书写》一书旨在深入了解东西方文化之间“相互认识”的理论前提和历史内容,同时也希望对当代西方语言哲学理论、文化批评及后殖民理论提出新的问题。

第二章

个人主义话语

“个人主义”(individualism)这个概念,经过近百年的使用,早已被常识化,即本质化了。提到它,人们自然会想到“集体主义”“国家主义”“民族救亡”等与之对立的一些其他概念,这种隐含的二元对立造成我们解读历史的一个死结。因为“个人”和“群体”的二元思维很难对自身的思维逻辑和研究对象提出质疑,同时作出历史分析。那么,怎样才能有效地摆脱这个死结?为此,我想提出以下问题:“个人主义”在20世纪初进入汉语时,怎样作为一种话语策略参与了中国近代民族国家理论的创造?它如何在被翻译、引述、重复、争论,也就是在一次又一次地被合法化和非法化的过程中,取得其特定的历史意义?

我的论点是,“个人主义”的话语自入中土以来,从来就没有过一个稳定的意义。它在现代民族国家理论内部所扮演的角色极其关键,但同时又十分暧昧。因此这里研究的重点不在于汉语的译名“个人主义”对英文“individualism”之本义究竟有多少“偏离”，而在于“个人主义”和“individualism”在跨越彼此语境时——即在建构语言之间“对应关系”的过程中——做了一些什么事，意义是如何给定的，被谁给定的，这个译名与我们所熟悉的其他现代性的范畴，如民族、社会、国家之间都有哪些复杂的互动关系，这种“跨语际实践”为我们揭示了一种怎样的历史想象，它对我们解释中国近代思想史的演变和中西理论之间的关系，能够提供哪些新的思路。

本章将以一个跨越东西方不同语言的实践活动为背景来探讨关于个人主义的话语问题，主要着眼于分析本世纪初中国知识分子是如何通过操纵个人主义这一“西方”话语来建构他们关于现代民族国家的理论的。我强调中国知识分子对“西方”话语的这种“操纵”活动，目的也是为了把人们目前对欧洲启蒙运动以来主体概念批判的重心转移到另外一个语境中来。在此语境中，词语的意义不是由欧洲传统哲学规定的（虽说欧洲传统哲学是这些概念的发源地），而是在不同文化场合中“游走”（travel），并在历史的发展起落中得到重新创造。不同语言在翻译活动和跨语际的实践中发生的交往是历史进程中至关重要的一部分。今天，若是不充分考虑到不同语言之间发生的历史性交换活动的复杂性，就无法进行跨文化的研究。我希望能够从这一角度进一步探索下去，并以此参与当代理论界有关主体、差异、文化以及民族等问题的争论。

一

怎样描述和概括某一语言中的词汇、范畴或话语“游走”到另一种语言的过程？19世纪的殖民主义和帝国主义话语经常用诸如“发展”“启蒙”“进步”等字眼来描述欧洲的观念和理论向世界其他地域的游动。然而从后殖民主义理论的立场来看，这类“游走”远不是那么纯洁无辜，通常都有几分可疑之处。由于各人的视野不同，所选择的理论角度有异，对于上述问题的回答可谓大相径庭。

萨义德在《世界，本文，批评家》(*The World, the Text, and the Critic*)一书中提出所谓理论旅行说(traveling theory)，正是为了探讨概念如何在不同时空中游动的问题。他也是在这个问题上与以往的西方马克思主义理论家们分道扬镳的。西方马克思主义理论家以资本主义经济模式作为对文学生产进行批评的模式，强调的是文本的生产和消费过程；而萨义德所引进的另一种文学实践观念强调的则是在国际环境中不同文化语言之间的影响，创造性借用和挪用范畴，以及观念和理论从一处向另一处的传送。萨义德列举了理论和观念之旅行的四个阶段性的形态：

> 第一，有个起点，或看上去像起点的东西，标志某个概念的产生，或标志某个概念开始进入话语的生产过程。第二，有一段距离，一段旅程，也就是概念从此地到彼地通过时的必经之路。这段旅程意味着

> 穿越各种不同语境,经受那里的各种压力,最后面目全新地出现在一个新的时空里。第三,移植到另一时空里的理论和观念会遇到一些限定性的条件。可称之为接受条件,也可称为拒绝条件,因为拒绝是接受行为不可分割的组成部分。这些条件使人可以引进和容忍外来的理论和观念,不论那些理论看起来多么怪异。第四,这些充分(或部分)移植过来的(或拼凑起来的)概念在某种程度上被它的新用法,以及它在新的时间和空间中的新位置所改变。[1]

萨义德在陈述了他的总体思路之后,接着考察了三位重要的西方马克思主义批评家卢卡契(Georg Lukács)、戈德曼(Lucien Goldmann)、雷蒙·威廉斯(Raymond Williams)的思想发展轨迹,力求根据每个人物的历史环境来衡量他们的工作,最后添上福柯做了收束。不过出于某种原因,萨义德对这些批评家的讨论并没有越出一般马克思主义的基本论点,即理论永远是对变动不居的社会和历史状况的一种反映。[2] 他的理论中有关理论旅行的内容不知为什么在具体的讨论中被弃置一旁了。萨义德的理论旅行说何以被如此轻易地一笔带过,没能展示它原本旨在发挥的内容?在试着解释这个问题时,我意识到也许是旅行这个概念本身缺少完善它自身所必需的思想力度。确实,谁在旅行?理论真的在旅行吗?如果是,怎样旅行?若是暂

---

1 Edward W.Said(爱德华·萨义德), *The World, the Text, and the Critic*《世界,本文,批评家》(Cambridge:Harvard University Press,1983),第226—227页。

2 此外,他的注意力仅仅集中在欧洲。同《东方主义》一样,这本书的参考书目所列举的著作清一色是用欧洲大都市的语言(如英语和法语)写成的。

且承认理论具有旅行者的主体性质,接踵而来的就是另一个问题:什么是理论旅行所借助的交通工具?飞机、汽车、人力车、火车、军舰、航天飞机?詹姆斯·克里福特(James Clifford)评论萨义德在这方面的疏忽说:“在他笔下,卢卡契一路的马克思主义似乎是乘移民船旅行的,现在的理论则乘飞机,时而还要订往返票。”[1]不过我还想就这个批评再向前走一步,因为理论旅行的说法不仅通过赋予理论以充分的主体能动性而强调了理论(在他笔下也就是西方理论)的优越性,更重要的是,它完全忽略了翻译活动这个为理论旅行所必须依赖的交通工具本身。由于隐去了翻译这个重要媒体,理论的旅行变成了一个抽象的观念,以至于理论向哪儿旅行(从西方向东方旅行或相反),为什么旅行(出于文化交流、帝国主义扩张,抑或殖民化),以及用什么语言翻译,翻译给哪些读者看,都似乎毫无不同。[2]

语言之间的交易总是民族和国际斗争的一个交锋场所。萨义德在构想他的理论旅行说时,对这个事实的忽视不免有些奇怪,这个奇怪的疏忽甚至导致了一种对理论(西方理论)的很流行的看法,打个比方,就好像理论是欧洲流浪汉小说中远走异乡

1　见詹姆斯·克里福特(James Clifford)《有关旅行及理论的笔记》(Notes on Travel and Theory),载 *Inscriptions* 1989 年第 5 期,第 185 页。

2　萨义德的理论在美国历史学家、人类学家及文学批评家中引起的反响可以由 *Inscriptions* 杂志 1989 年的专号“Traveling Theories and Traveling Theorists”(“旅行之理论与旅行之理论家”)窥见一斑。这期专号可以说是对萨义德理论的一个集体性的讨论和修正。其中后殖民理论家强调地域之间的不平等关系,提出旅行之理论在多重地域关系中的特权化位置。我认为以地域作为模糊的思想框架固然对开辟后殖民话语空间有暂时的策略性用途,但容易使人忽略一点,即这些后殖民理论和理论者们自己也是“旅行”的,否则很难与他们强调的“第三世界”的地域有任何关联。

的主人公,沿途遭遇到许多艰难险阻,最终不外是以这种或那种方式适应了异乡的生活。这种看法对我来说非常成问题,因为它把理论特权化,同时抹煞了翻译的作用,或把翻译轻描淡写成一个必要而不重要的媒介物。尽管人们早已知道,许多语言交换活动的发起人恰恰是把外语翻译到本国来的人,他们发起这种交换活动的形式是借取、选择、合并和重组别一语言里的字眼、范畴及话语,将它们重新创造成本国语言。人们也知道,从别一语言拿来的理论的意义(即用法)必须是由译者和读者共同决定的。但直到不久前,翻译似乎还算不上一个历史研究的理论问题,甚至也不是什么值得后殖民主义学者去研究的有意义的历史实践。

Tejaswini Niranjana 的著作《为翻译定位:历史,后结构主义,以及殖民主义语境》(*Siting Translation*: *History*, *Post-structuralism*, *and the Colonial Context*)也许称得上是力求把翻译问题置回殖民主义历史中心的仅有的几个尝试之一。写到殖民地印度的经验时,作者将翻译称为殖民者"东方主义"话语的一部分,或是英国用来掌握处于东印度公司商人统驭下的人们的各种情况的一个渠道。[1] 在指出翻译是实行殖民控制的重要场所方面,作者是批判最为犀利的一个。然而,她对这些语言交换活动的讨论以及她本人的研究(书中的三个章节分别写的是保

---

1 Tajaswini Niranjana, *Siting Translation: History, Post-structuralism, and the Colonial Context*《为翻译定位:历史,后结构主义,及殖民主义语境》(Berkeley: University of California Press, 1992),第 11 页。

罗·德曼、本雅明和德里达)都侧重选择了那些以欧洲语言作为翻译所使用之语言的案例。于是这本书就略去了一半故事没有讲:当欧洲语言翻译成非欧洲语言时情形又如何?东西方之间的权力关系会不会因此在这种翻译中被重新缔造?倘若如此,又是怎样缔造的?

在讨论这些问题时应该尽力注意避免的是以新的二元对立取代老的二元对立,不论这些对立是取“西方理论”对“中国现实”说,还是表现为一种更讲究的形式,即宰制与对抗的话语。理论/现实之分野重新引进了以往理论/实践的二元对立,因此非但没有卸去其中的历史积淀,反而加重了这份积淀带给人的负荷。[1] 对于研究上述课题更有意义的也许是去探讨西方理论和中国理论之间有着怎样的历史性关系,而不是问西方理论与中国现实沾不沾边。至于在当代后殖民主义学术中相当流行的“宰制与对抗”说,尽管它的关注点远比理论/现实的二元对立要有意思,但仍然会带来另一方面的一系列完全不同的问题。“宰制与对抗”说令我难以接受的一点在于,它易于把环绕东西方权力关系的复杂问题简单化成“西方主导”对“本土抵抗”这

1 比如张隆溪发表于 1992 年秋季号 *Critical Inquiry* 上的文章“Western Theory and Chinese Reality”(《西方理论与中国现实》)就表达了这样的看法。张文借鲁迅广为引用的“拿来主义”来说明中国人如何懂得利用西方观念为自己服务。我同意对理论的用法最终决定这则理论的意义。但把“拿来主义”作为解决东西方之间文化和历史纠葛的大团圆结局未免就太天真了。近代以来的历史本身没有提供任何余地容人想象一种倒过来的东西关系,比如中国理论被西方迫不及待地“拿去”。我以为对历史研究而言,更重要的是解释当时产生了鲁迅“拿来主义”的各种条件,而不是单纯肯定这一口号,并由此思考今天东西方关系的现实以及我们在其中的角色。

样一个模式。[1] 把抵抗与主导的模式实体化到东/西分野上来有相当的危险性，因为东西两者之间经常是界限混淆，互相渗透，依条件的变化而修改关系的。因此在对跨语际实践的研究中，我的理论出发点是：非欧洲语言并不自然而然构成对欧洲语言的抵抗基础。值得重视的倒是非欧洲语言作为一个权力关系实践场所存在的意义，在这片场地本身我们就可以看到主导与抵抗的复杂过程，以及本土语言和其他语言之间的历史关系。

我提出"跨语际实践"(translingual practice)的概念是为了将我对中国与西方在20世纪初的历史性交往的研究落实在语言实践的领域里。由于中国现代知识传统创始于对西语的翻译、采纳、盗用，及其他一些涉及语言之间关系的活动，对中西交往的研究不可避免地要以翻译活动为始点。众所周知，严复译的赫胥黎的《天演论》(1898)对中国产生了极大的震动，造就了当时整整一代知识人。在文学上，早在鲁迅第一篇现代短篇小说1918年发表前若干年，林纾已因用古文译写了百部以上的外国作品而名盛文坛。[2] 然而我必须赶紧补充一点，即我对跨语际实践的研究重心并不是技术意义上的翻译，而是翻译的历史条件，以及由不同语言之间最初的接触而引发的话语实践。总

1 在后殖民学者中对这个问题最敏感的是查特吉(Partha Chatterjee)。如 *Nationalist Thought and the Colonial World：A Derivative Discourse*《民族主义思想与殖民地世界：衍生性话语?》(东京：Zed Books, Ltd. 1986)。

2 见李欧梵《浪漫的一代中国作家》(*The Romantic Generation of Modern Chinese Writer*)，哈佛大学出版社，1973年英文版，第44页。此外，许多早期作家都以从事翻译开始步入文坛。

体而言，我所要考察的是新词语、新意义和新话语兴起、代谢，并在本国语言中获得合法性的过程，不论这过程是否与本国语言和外国语言的接触、撞击有因果关系。也就是说，当概念从一种语言进入另一种语言时，意义与其说发生了"转型"，不如说在后者的地域性环境中得到了（再）创造。在这个意义上，翻译已不是一种中性的、远离政治及意识形态斗争和利益冲突的行为。相反，它成了这类冲突的场所，在这里被译语言不得不与译体语言对面遭逢，为它们之间不可简约之差别决一雌雄，这里有对权威的引用和对权威的挑战，对暧昧性的消解或对暧昧的创造，直到新词或新意义在译体语言中出现。我希望跨语言实践的概念可以最终引申出一套语汇，协助我们思考词语、范畴和话语从一种语言到另一种语言的适应、翻译、介绍，以及本土化的过程（当然这里的"本土化"指的不是传统化，而是现代的活生生的本土化），并协助我们解释包含在译体语言的权力结构之内的传导、控制、操纵及统驭模式。[1]

二

一旦我们开始问"self"的中文同义词是什么，一个常见的假设就已经被当成了前提，即我们总是可以在不同语言中找到

1　由于我是用两种语言工作的，同样从事着一种跨语际的实践，这篇文章既是对历史的反思，也是其延续。

意义等同的词语。现有的双语字典不就是个绝好的例子么？常常还有人讲，中国哲学传统中不是从很早起就存在“自我”(self)的概念了吗？比如孔子不就讲“己”的概念？如此等等。在我看来，这些问题的提法本身就很成问题，因为它们忽视了这样一个事实，即英文中的“self”和中文里的“己”等词的等同关系只是在近世的翻译过程中才确立的，而后来翻译时选择的词义又是现代中英字典给定的。[1] 因此，这两个词之间的任何联系都是历史机缘的产物，其意义依跨语际实践的特定因素而定，这类关系一旦建立，文本就变成“可译的”。然而问题也就随之而来：在两种语言间进行比较研究，能否以超越翻译历史的、绝对的范畴(如“self=己”)作为理论基础？在此我要举杜维明有关儒学的英文著作做例子，因为美国当年致力于阐述新儒学的“己”与西方的“self”之间关系的理论家中，杜维明可谓举足轻重。杜维明关于“己”的人道主义概念有一种先入的假定，就是认为“己”这个概念与英文中的“self”完全可以对应，不必过多考虑现代翻译的历史对词义的影响。在《人性与自我修养：儒家思想论集》和《儒家思想新论：创造性转换的自我》等著作中，他提出了一个自我循环的观点：儒家的“己”观不同于西方的自我观(儒家的“己”较西方的“self”更优越)，但说来说去“己”仍

---

1 我觉得 Douglas Robinson 有关“等值隐喻”(trope of equivalence)的概念有助于思考在翻译和创造意义时语言发生的变化，可参见 D. Robinson, *The Translator's Turn* (Baltimore: The Johns Hopkins University Press, 1991)。

然是一种"自我"观![1] 换句话说,只有在本体论的层面才有区别可讲,而在涉及语际交换活动的概念构成层面上,差异则可以略去不计。在"己"与"self"之间假想的等一性不可避免地意味着人为地要抹去两个词各自的发展渊源以及"self"翻译成现代汉语的历史。杜维明的著作旁征博引,资料丰富。但由于完全肯定翻译的透明性,他的比较研究仍不免隔靴搔痒,回避了对范畴构成本身的深入分析。

为了不受英汉辞典的限制来讨论不同语种之间的同义关系问题,我们至少应走出字典的范围,引进词语以及有关的概念、范畴、话语的发展变化史。就是说,承认英文中的 self 可以译成自我、我、己是一回事,而承认这些翻译创造了一个有自身历史的话语空间是另一回事。现代汉语中的"自我"很可能是由日本传入的一个旧词新用法——明治时期的日本曾大量使用汉字翻译西欧语言的概念,它的新词义大约就是这样形成的。[2] self 的其他译法源自中国古典哲学,特别是理学,尽管在意思上有重大变动。从更复杂的角度看,现代汉语对西语中的 individual 也有一组译词,如个人、个位、个体。这组词时常与自我等词交换使用。[3] 可以说,自我、我、个人、个位、个体、己等概念间的混杂

1　见 Tu Wei-ming(杜维明), *Humanity and Self-cultivation: Essays on Confucian Thought* (Berkeley: Asian Humanities Press, 1979)及 *Confucian Thought: Selfhood as Creative Transformation*(Albany: State University of New York Press,1985)。

2　明治时期,日本的新用旧词"自个"和"个人"被用来分别翻译"self"和"individual"。

3　早期中国作家讲究提供原文,在"个人"或"自我"后面常附有"individual"或"self"字样。

不仅延续了英语里 self 与 individual 的意义间的滑动，而且反映了跨语际实践及其政治运作在中国环境里的复杂情景。

不容否认，自我、我、个人、个体、己等范畴向我们敞开了一部分中国现代史的丰富收藏。[1] 但如何解释和理解这部分历史遗产？除去通常所说的西化、反传统主义，以及激进主义，这套话语还能揭示出什么？我们能否将它视为中国现代性背景中的一个尚待解决的理论疑点，而不是作为既成事实或超时间的主题？

在新文化运动的高峰期，由北京大学一部分学生主办的期刊《新潮》创刊号发表了一篇陈家蔼的议论文，题为《新》。这篇文章用一系列的形容词展示了一种典型的现代修辞方式："'旧'是'众数'的，'新'是'单数'的。……旧的'众'众到无限，新的'单'单到无偶。"[2] 为什么呢？作者以家族关系作核心比喻，用了一连串排比句来阐释他的新旧观："夫妻两个，在一时间，只能产生出儿子一个。倒转来说，这个儿子虽由父母二人产出，他的父母又有父母，由此一级一级推上，那些父母多至无限……但儿子只有一个，结果只有一个，这'新'也只有一个。"（同上）文中的亲子关系与孝悌毫不相干，倒是为了说明"旧"的

1 无疑，"己"的传统意义保留在有关理学的学术研究中。但我在此要谈的不是"己"的传统意义，而是"己"和英文单词"self"或其他有关的外文词之间在近世以来通过翻译建立的关系。这里的复杂性对我们这些做比较研究的人来说有极其重要的意义。高一涵在 1916 年 5 期《新青年》上的一篇文章《自治与自由》中，以"小己"和"大己"分别翻译 Bernard Bosanquet 的"individual"和"greater self"两个范畴（见后者 *Philosophical Theory of the State* 第六章）。在这篇文章中，高把中文翻译与英文原文放在一起（第 1 页）。

2 陈家蔼：《新》，载《新潮》1919 年 1 期，第 6 页。

概念。就像“老一辈”人一样，注定要由“新”观念和新人取代。而“新”在文中是一个单数的、独特无双的、现代的，因而也是更优越的观念。

新与旧的修辞法在新文化运动中奠定了传统与现代的二元对立观，而传统与现代的二元对立又同东西方文化的对立观互相交迭：“西方文化”优越于“东方文化”，一如“现代”胜于“传统”。这两个对立观的交迭显示了中国人对于现代性的历史体验与西方体验的不同。如同西方一样，中国人的现代体验的确产生了 Querelle des anciens et des modernes（古今之争）的观念，但这只是问题的一面。另一面是，当欧洲各国以进步的名义扩张各自的版图时，中国却是帝国主义暴行的受害者，并不得不在这临暴的体验中接受“现代性”（“西方现代文明”）。[1] 不难看到，这种军事和经济上的暴力在上述短文的作者那里，被内化到语言中：他笔下的“新”及独特的概念是用印欧语系中的语法数词来隐喻的，“新”相对于“旧”如同单数（the singular）相对于众数（the plural）。这样的语法数词在汉语中根本没有。根据这段论述使用印欧语法术语的方式，我们可以对整篇短文的意图作这样一个寓言式的读解：作者赋予现代、西方以及个人等概念以同等的价值，由单数的“子”来象征；而传统、中国，以及家庭等反价值，由“老一辈”来象征。此类修辞法通用于“五四”时代大

1 我想强调这一历史区别，否则纯粹以西方启蒙运动为尺度来衡量中国的现代经验就会抹去帝国主义在中国的历史。

多数关于自我、民族及现代性的激进话语，强化了它们的煽动力。

由于现代自我观及其单数特征最初就是在各种意义交锋的历史中形成的，并与民族性的观念同源而生，我们很难甚至不可能把“自我”想象成纯粹自成一体的、个人独有的内心场地。我这样讲倒不是出于本体论的考虑或精神分析的理由（如拉康的理论），也不是由于解构主义语言学已经否认了主体的本质性，更不是为了重振中国古代的文化观。真正的理由是，中国和中国人自19世纪中叶以来有一段特殊的历史经历。从那时起，中国与西方的暴烈撞击就将民族观嵌进了自我观，自我观嵌进了民族意识，但现代自我观却不能简约为民族身份。相反，两者之间长久存在着互斥、争斗以及互相依存和互相渗透的张力，正是这种互斥与互渗表达了作为一段历史体验的中国现代性。

三

“个人主义”本是用以解决现代自我观和民族观的冲突的概念之一。但我下面马上要阐明，它实际上反倒使问题进一步复杂化了。像许多其他新创的词语一样，“个人主义”这个概念早先是被明治时代的日本知识分子创造出来，以翻译西方自由派和民族主义理论意义上的“individualism”的。在19世纪和20世纪之交介绍到中国来后，这个词很快变成了现代中国有关自我的话语领域的特定标志。为了理清个人主义在中国语境中的所指，我想先比较一下在个人主义及其中国化问题上的两种不同看法。1916 年载于《东方杂志》上一篇题为《个位主义》的文章可以代表第一种看法。文章的作者家义写道："我国人惟不知个人本位主义。故其于社会也，惟现一片笼统。只见有家族，有地方，有国家，有其它社会，而不见有个人。"[1]另一种看法正巧相反。1921 年罗素在《中国问题》(*The Problem of China*)一书中提出："个人主义在西方已经死亡了，但在中国却存活着，不论这存活的结果是好还是坏。"[2]尽管个人主义对两位作者意味着各自不同的价值观，但他们却同时又对各自民族的现状抱有同样深刻的危机感。令家义感到危机的是中国的日益贫困化，而令罗素感到危机的是战后的欧洲局势。因而他们都对东方文明怀有同样重大的期待（尽管两者的期待似乎都受到西方启蒙主义的意识形态的规定）。对我来讲，这里的要点是，两位作者的不同观点具有重要的方法论的启示。他们之间的不同恰恰揭示出，任何寻找某种本质主义的、固定不变的"个人"及"个人主义"意义的努力都是徒然的。真正有意义的分析起点，与其说是定义，不如说是围绕"个人""自我""个人主义"等一些范畴展开的那些话语实践，以及这些实践中的政治运作。

不过要明确这点又谈何容易？现在有许多研究新文化运动

1　家义：《个位主义》，载《东方杂志》1916 年 2 期，第 9 页。

2　Bertrand Russell（罗素），*The Problem of China*《中国问题》（New York：The Century Co.，1922），第 215 页。

及中国思想启蒙的历史专著都把个人主义当作具有给定的价值和意义的概念来使用。比如李泽厚和维拉·施沃尔兹(Vara Schwarcz)就认为,把新文化运动引向一个时代谬误,并因此使以个人主义为内在要素的启蒙运动遭受重大损失的罪魁祸首,首先是“五四”时期的民族主义思想。[1] 两位学者似乎都把欧洲启蒙运动的大叙事当作一个固定的、毋庸置疑的意义所在,一个可以用来衡量中国启蒙的程度及成败的根据,而不是把中国启蒙当作一个可以产生它自身意义及解释术语的历史过程去研究。其结果,他们只是根据一套权威性的典则来读解历史,却忽略了在历史进程中意义与意义间的微妙差别、事件与事件间复杂错综的关联,以及偶然性。[2]

近来,在致力于重新反思历史的许多学者中有一种普遍倾向,即将“五四”时代的个人观冠诸“伪”字,理由是这种个人观与源自西方的个人观不相符。根据这种观点,李泽厚称新文化先驱是个人自由思想的传播者,从根本上就没弄对。持这种看法的人认为,本世纪中国知识分子的悲剧性就在于,他们心目中最高的价值标准是社会、民族、人民及国家,而不是个人。[3] 我同意这种论述的半个看法,即“五四”式的个人观总是与民族、

1 见李泽厚《中国现代思想史论》,北京:东方出版社,1987 年,第 7—49 页;以及 Vara Schwarcz(维拉·施沃尔兹),*The Chinese Enlightenment: Intellectuals and the Legacy of the May Fourth Movement of 1919*《中国启蒙运动》(Berkeley:University of California Press,1986)。

2 欧洲启蒙主义传统本身就充满各不相同的因素乃至互相冲突的话语。比如对现代性的批判实是启蒙遗产中的一个重要部分,见于浪漫主义、尼采、马克思、海德格尔、克尔凯郭尔、阿多诺、福柯、德里达,乃至哈贝马斯。

3 甘阳:《自由的理念》,载刘青峰编《历史的反响》,香港:三联书店,1990 年,第 70 页。

国家及社会的观念密不可分。但我很难赞同说“正宗”的西方个人观就与外在的国家社会毫无关联，更不认为中国的个人观是对西方观念的一个歪曲。安东尼·J.卡萨卡尔第(Anthony J. Cascardi)在《现代性的主体》(*The Subject of Modernity*)一书中曾指出，西方启蒙时期的主体性观念构成了现代性理论提出的根本性问题之一，“现代的文化是分解了的整体，只有抽象的主体，或其政治上的类同物，独立的国家，才能将其整合为一。实际上可以说，正因为能够给分解了的现代性的主体提供整合的途径，国家才获得自身的权能和范围”[1]。卡萨卡尔第在书中对霍布斯、黑格尔、海德格尔、韦伯等人的政治理论所作的分析很有启发性，说明我们除非执意去信奉某种西方神话，不然就很难对个人作出本质性的、非历史的解释。从这个角度看，批评中国的个人观不够正宗本身就复制了“中国群体主义”与“西方个人主义”的简单化说法，它无法解释为什么西方个人观或个人主义会被介绍到中国来的这个前提性的历史问题。

鲁迅在他早年的文章《文化偏至论》(1907)中曾对这个问题做过解释，至少他的解释是把个人和个人主义的问题放在晚清改革的历史环境中来看的。“个人一语，入中国未三四年。号称识时之士，多引以为大垢，苟被其谥，与民贼同，意者未遑深知明察，而迷误为害人利己之义也欤？夷考其实，至不然矣。”[2]

1　Anthony J. Cascardi(安东尼·J.卡萨卡尔第)，*The Subject of Modernity*《现代性的主体》(Cambridge：Cambridge University Press，1992)，第179页。其书第二章颇值一读。

2　《文化偏至论》，见《鲁迅全集》，北京：人民文学出版社，1957年，卷一，第186、187页。

为了保留个人和个人主义的原始意义,鲁迅引鉴了欧洲18世纪和19世纪以来不同的知识传统。卢梭、克尔凯郭尔、黑格尔、叔本华及易卜生在鲁迅的叙述中代表了个人的尊严之声,同时这些思想家之间存在的分歧和差异却多少被忽视了。以这种方式处理启蒙运动以来的欧洲思想家无疑是极其简单化的,但对这种简单化须作某种历史的解释。在《文化偏至论》及《摩罗诗力说》(1907)和其他文章中,鲁迅是在运用"个人主义=真西方"这一语式来批评那些崇尚财富和军事强权的政治体制。这使他能够利用知识权威的本身(即西方知识)向把持知识权威的政治体制提出挑战。个性主义成了他对付自己周遭所见的猖獗蔓延的物质主义的一副解毒剂。比如,他指出,有些热衷权利名誉及财富的中国人一直藉进步之名歪曲地表现西方文明。他认为真正的西方精神潜在于它19世纪物质繁荣的表象之下,其精华乃是法国大革命所推出的那些高尚的思想如社会平等、自由以及个人的政治权利等。为了获得这样一种精神,必须"非物质,尊个人"(《文化偏至论》,185页)。这是一种很有意思的个人观,它不仅提早若干年预见了新文化运动的发生,而且为研究个人主义话语,特别是研究其后来的发展变化提供了一个基本的文本环境。

确实,意义的历史偶然性要求我们把个人这个范畴作为历史的范畴来研究,而不是把它当做某种超越的和优越的价值标准。因此本文要做的不是从一个地域化了的、有关发展进步的叙事出发评价个人主义的意识形态，而是试图把个人主义的宣言，比如中国"五四"时期的个人主义口号，置回它所处的具体历史上下文中，使它成为批评考察的对象。我的论点是，个人主义的话语与通常的看法相反，它与民国早期出现的民族国家的大叙事之间有某种若即若离的关系。像当时流行的其他话语一样，它以自身的方式参与了现代意识形态和权力重组的重要进程。这种参与方式不能冠之以任何简单的结论（如真/伪个人主义的结论）。个人主义并不总是构成民族主义的对立话语，启蒙运动也并非民族救亡的反面。这两种话语中间的张力产生于各自历史内涵的不确定性，同时也源于它们之间的互相渗透，互相盘结。

四

本节的中心是考察民国早期最引人注目的几场关于个人主义的论争。这些论争出现在《东方杂志》、《新青年》以及《新潮》等几个刊物上。我集中分析的是从1915年到20年代上半期的这段时间。如我们所知，这段时间虽短，却十分重要，新文化运动、"五四"运动，以及中国共产党都在此刻出现。我选择这些刊物作为考察对象，理由不仅是由于这些杂志保留了较好的原始性资料，而且也是为了避免把个人主义作为意义自明的关键词(keywords)来对待。[1] 我的讨论对象不只是文章内容,更主要的是杂志文体及修辞方面的实践。我希望借此把自己对跨语际实践的探讨与一般所说的思想(观念)史研究区分开来。无疑,把个人及其与民族国家的关系问题带进公众意识领域的不仅是上述几家杂志,但这些杂志上的文章代表了当时最有力的几种呼声。我力图通过对其修辞方式的解析,阐明个人主义话语在早期现代中国民族国家的建构过程中所起的重要作用。

创办于1904年的《东方杂志》是商务印书馆最早也最有影响的刊物之一。它一开始便是一个讨论政治、国家经济、外交政策、教育及其他公众生活主题的论坛。1911年杜亚泉接任杂志主编后,实行了一次从栏目到内容的大改革,有关自我、性别及心理等方面的论题开始占据更多的篇幅。在《东方杂志》问世前,个人主义的问题曾是黄遵宪、严复、梁启超等人构想的民族国家理论的一个组成部分。[2] 但杜亚泉发表于《东方杂志》1914年6月号的一篇题为《个人之改革》的文章却开始以杂志文体,呼吁新生的共和国应该关注人之改造的问题。[3] 他在文中指

---

1 我指的是雷蒙·威廉斯的"关键词"历史研究法,见 Raymond Williams, *Keywords*(New York: Harper and Row, 1976)。

2 关于早期个人主义的研究,可参见 Benjamin Schwartz(本杰明·史华兹), *In Search of Wealth and Power: Ya Fu and the West*《寻求富强:严复与西方》(Cambridge: Harvard University Press, 1971)。

3 关于影响杜亚泉对辛亥革命看法的一系列政治事件,可参见 Chow Tse-tsung(周策纵), *The May Fourth Movement: Intellectual Revolution in China*《五四运动:现代中国的思想革命》(Cambridge: Harvard University Press, 1960),以及 Benjamin Schwartz(本杰明·史华兹)编, *Reflections on the May Fourth Movement: A Symposium*《反思五四运动:研讨会》(Cambridge: Harvard University Press, 1972)。

出,过去几十年里进行的各种社会改革仅仅关涉在宏观层次的政治体系、教育制度及商业经济方面,而没能对个人或个性的改造给予适当的注意(“个人或个性的改造”是对梁启超“新民”概念的一个微妙改动)。其后果值得人们深思,即便新共和国取代了旧帝制,原有的官僚体系和官僚阶层并没有受到多少触动。不仅旧官僚们依然一如既往地做买办,而且改革者也已同化成了打着共和国旗号的新官僚。“……回顾吾侪之自身,则所持之以改革社会者,亦仅此茫无世纪之希望与志愿也。吾侪之身体,则孱弱而不能自强也。吾侪之精神,则委顿而勿能自振也。吾侪之思想,则剽窃而浮泛,吾侪之经验,则凌乱而暧昧。”[1]因此,杜亚泉强调,真正的改革必须由个人始,其中包括那些自诩的新人。有意思的是,杜亚泉重视个人在改革进程中的重要作用并不意味着他全盘接受了启蒙主义式的个人主义观念。相反,他提出的恰恰是启蒙主义所轻视的个人局限性。

这个时期的个人主义观念并不包含几年后新文化运动里涌现的意识形态及情感内涵。对杜亚泉而言,个人主义的意义是模糊的,需要重新界定。“吾侪非个人主义者,”他说,“但吾侪之社会主义当以个人主义发明之。孔子所谓学者为己,孟子所谓独善其身,亦此义也”(《个人之改革》,3页)。而社会主义和儒家思想对于他又是完全兼容的,这是他对个人主义的最有启示的一种读解。这里突出了两个关键点:首先,杜亚泉的修辞法

1 杜亚泉:《个人之改革》,载《东方杂志》1914年12期,第2页。

对个人主义的观念做了一个语义上的重构,可以被看做是他对梁启超的国家理论及个人观的一次矫正。梁启超在《新民说》和《自由书》两文中曾提出国家对个人的绝对优先权,在他那里,国家和个人在概念上的对立造成了个人自由和民族解放这两个目的之间的冲突。[1] 与此相反,杜亚泉这篇文字所作的是将两者重新整合起来。其次,个人主义在这个历史瞬间尚未被激进化,它既非儒家思想的死敌,又非社会主义的对立面。与儒学相对立的个人主义观念则出现于新文化运动前后,并延续到"五四"时期,成为声讨传统中国文化的一个重要的观念性力量。而与社会主义相对立的个人主义观则出现于20年代中后期,并在国际共产主义运动的影响下,蒙上了一层资产阶级意识形态的负面色彩,成为社会主义革命的对头(这两点我稍后再详细讨论)。然而根据杜亚泉的看法,个人主义不过是儒家思想的现代版,强调的是个人的自我改造。同时,个人主义与社会主义也相去不远,它预言社会中每个成员都应享有自己的权利。杜亚泉对儒家思想、社会主义及个人主义的这一独特的阐述有助于我们了解他所处的那个时代里,改革已经有了新的中心命题。这里重要的并不是他对个人主义的理解是真还是伪,是对还是错,因为从知识的产生条件和生产机制看,人们对某一观念的理解或误读总是参与对真实历史事件的创造。正如萨义德指

1 见《新民说》,收于《饮冰室合集·专集》,上海1936年版,3卷4册,第1—162页。又见《自由书》,同上,2卷2册,第1—123页。另可参见 Hao Chang(张灏), *Liang Ch'i-chao and Intellectual Transition in China, 1890—1907*《梁启超与中国思想转变,1890—1907》。

出的那样,称某文为某人的误读,或把这种误读看成一种通常的理解性错误,无异于"无视历史和具体事件发生的环境"[1]。更值得我们思考的是作者为什么运用这种方式来解释那些观念,而这种解释生发了哪些新的意义。

《个人之改革》可以说是民国成立后首先把个人的概念引入公共讨论的杂志体文章之一。但杜亚泉所作的仍不外是把个人改造作为社会改革首当其冲的出发点,这使他与梁启超又很接近。对比《东方杂志》在1916年第1期发表的一篇署名民质的文章,个人在这里显然开始体现某种绝对的价值。作者以敏锐的历史感倡导人的自立性,虽说这种历史感是由中国古典哲学的语言来表述的。[2] 民质的出发点是古代天下的倾塌。他指出,当国家处于四分五裂,饱受贫穷、动荡和灾变侵袭的关头,个人已经失去了立足之地。在旧的帝制下,士人的作用在于理解民间的疾苦并将其传达给帝王,而从中实现自我,而如今,大家全部束手无策。一个人所能做的,乃是回到个人的自我中去汲取力量。于是,对个人自我的依赖变成任何人在现代世界中生存的必要方式。为了论证个人的自我是生存的理由,民质做出了"私我"和"公我"两个范畴的划分,并用人们所熟知的一个隐喻来阐明两者之间的辩证关系。他提出,对自我利益的追寻可以像烛光照明一样惠及他人。公我和私我是互相关联,互为表

1　萨义德:《世界,文本,批评家》,第237页。
2　《我》,载《东方杂志》1916年1期,第13—16页。

里,互相增进的,两者的区别仅仅在于,公我不过是一种争取实现个人权利的道德使命感。但是,当他断言公我须“自张其权利,与障我者战”,投身生存“竞争”时,这个“公我”看上去是更近乎社会达尔文主义,而不是惠及他人的“无尽灯”了。[1]

接下来一期的《东方杂志》(1916 年 2 期)刊登了一篇题为《个位主义》的文章,作者是前面所提的家义。他在文中明确提倡一种西方启蒙式的个人观,并认为个人主义是治疗中国痼疾的特效药。[2] 他提出,中国积弱的根源在于中国人思想过于笼统,而现代世界是容不得笼统的,世界上的各种事物都须按照科学法则分类、分解和分析。在他看来,现代世界的主宰性范畴是“分”:“今日之世界,何谓文明?曰科学之分科,曰社会之分业,曰个性之解放,曰人格之独立。重伦理论,重界线,重分化,重独立自尊。”(《个位主义》,7 页)。不仅如此,他认为个人主义本身乃是随着现代知识学科的建立而出现的,特别是心理学、社会学及伦理学等。这些现代学科在他看来,本是为个人的发展和自我的实现而设计的(《个位主义》,8 页)。这里,现代的个人被理解为一个与社会群体对立的形象,理想的国家、社会、社群与家庭必须为个人的成长提供条件,而不是阻碍个人意愿。这种以个人的发展来衡量国家及群体之价值的修辞方式,很快在

1 严复所译《天演论》的影响在民质的论述中清楚可见。

2 《个位主义》,载《东方杂志》1916 年 2 期,第 6—10 页。此文作者将“individualism”译为“个位主义”可能是为了呼应“个人本位主义”——一个充满社会学(科学)味道的字眼(见第 7 页)。

新文化和“五四”运动中释放出巨大的政治能量。这篇文字的自相矛盾在于，作者一方面把以“分”为核心的个人主义奉为中国的救世良方，另一方面，他自始至终对自己的笼统意识丝毫不觉。

1917年，杜亚泉在《东方杂志》又发表了一篇文章叫作《个人与国家之界说》，里面讨论的是个人与国家的关系。[1] 他认为，在个人与国家之间应小心划分一条界线，以便双方都不致侵害对方的利益。我们在家义文章中看到的那种修辞方式又在杜亚泉的笔下以某种模棱两可、充满矛盾的方式得到了重现。“论者每谓国家为整体，个人为分子，分子当消纳于全体之中，个人当从属于国家之内”，但“个人虽为国家分子，其个人地位依然存在，未尝消减”。[2] 作者接下来批评个人对国家的屈从。事实上，这篇文字里始终充斥着一种焦虑，似乎担心国家及民族主义话语即将要来控制个人，因此强调在个人与国家之间建立分界线的必要性。否则，国家将会“牺牲多数个人，以殉主持国事之少数人之意旨”（《个人与国家之界说》，4页）。在一段心平气和的说理文字中，杜亚泉提出，国家的大厦是以个人为基石建立的，若是没有国家对个人的尊重，也就没有个人对国家的支持。杜亚泉的文章给我触动最深的地方是，所有的隐喻和辩证式的说理都不过在陈述一点，即现代性的目标之一，乃是在普通

1 高劳和伧父为杜亚泉之笔名。
2 《个人与国家之界说》，载《东方杂志》1917年3期，第2页。

的个人与国家之间建立起一种直接的、毫无中介可言的关系。文章作者也许想从维护个人的角度批评国家的绝对权威，但他的批评并不妨碍他全盘接受这种个人与国家的概念之间的纠结。他对个人与国家之间辩证关系的阐发本身就是重述这一对概念之间的纠结。个人必须首先从他所在的家庭、宗族或其他传统关系中“解放”出来，以便使国家获得对个人的直接、无中介的支配权。在现代中国历史上，个人主义话语恰好扮演了这样一个“解放者”的角色。正如周策纵在讨论另一个问题时指出的那样，旧伦理的解体或许多多少少把个人从家庭与宗族的纽带中分离了出来，但同时也为国家、党派或其他社会经济组织对个人的支配清扫了道路。[1] 对此我要补充的一点是，个人主义话语所作的可能远不只把个人从家庭中剥离出来交给国家：它力图实现一个为解放和民族革命而**创造个人的工程**。在这个意义上，尽管个人主义话语在表面上与民族国家势不两立，但它们之间存在着千丝万缕的关联。个人与民族国家的不可分割关系，作为现代性的话语构成物，总是会寻求某种自圆其说的方式试图消解它带来的冲突。这同时说明为什么批判民族国家凌驾个人意志的逻辑，也会如此轻而易举地被其批判的对象所利用。

高一涵在1915年发表于《青年杂志》上的《国家非人生之归宿论》，也从类似的角度批判了国家思想。与杜亚泉不同的

---

1 周策纵，“Anti-Confucian Movement in Early Republican China”，收于 Arthur F. Wright 编 *The Confusian Persuation*（Stanford：Stanford University Press，1960），第312页。

是，他另外还提到由个人构成的群体——“人民”这一概念，并将其作为国家的潜在挑战者。像当时的许多报刊文章一样，这篇文字旁征博引，大都是许多西方哲学和政治学著作，个别引文出自日本学者的翻译。由于作者的批评用语借自西方启蒙理论，他始终忽略了“人民”与“个人”一样，也是现代民族国家话语的产物。不过我觉得他论述的独到之处还不是“人民”这个概念，而是他对“个人”（individual）一词的译法——“小己”。“小己”采自中国古典哲学的语汇，不似“个人”那样中性。有“小己”意味着有“大己”，“大己”属于对某种公家身份的称谓，偶尔也用来称谓某种社会身份。[1] 高一涵借一位日本学者的话来阐明小己和国家的关系：“小己之发达为国家蕲求之一部，若小己而不发达，则国家断无能自发达之道。”（《国家非人生之归宿论》，7 页）。这一论点与我们前面考察过的有些论点是相呼应的。除此之外，还可以看到，有些意义和范畴在这里发生了微妙的变化。对个人范畴的思考被“小”与其潜在的高量级对应词“大”引入一个形而上的领域，其中词语的等级关系可以通过语义的替换和类比来实现。也就是说，“小”并不仅是“大”的对立面，而且是大小等级中的一阶，是两者之间较次要的一个。由于当时的《新青年》是“小己”/“大己”的现代概念的主要传播渠道，“小”与“大”这一语言机制的作用对于我们理解个人与国

1　高一涵《国家非人生之归宿论》，原载《青年杂志》1915 年 4 期，从 1916 年 9 月开始，陈独秀主编的《青年杂志》易名《新青年》。

家概念的形成可提供多重的启示。[1] 在个人被视之为“小”,国家被视之为“大”的情况下,从个人角度对国家所进行的批评不可能超越语言已经事先命名并规定好的等级关系。再加上“大我”的概念赋予国家一种成熟的、主体性的形象,使其在话语层面上取代“小己”作为权力的代理和运作场地。也就是说,在“小己”和“大己”成为个人与国家的同义词之时,个人就更加紧密地与民族国家联系在一起,国家对个人拥有绝对的支配权。

随着《新青年》在新文化运动中起的作用越来越显著,个人主义的话语开始朝着新的方向发展。李亦民在《人生唯一之目的》一文中谴责传统中国哲学把个人幸福和个人利益作为礼法和社会道德的牺牲品。他激赏盎格鲁-撒克逊人种身上的个人美德,更崇尚据说是给欧洲人带来权力和财富的、“以个人为中心的西方哲学”。这与杜亚泉那种通过儒家思想来诠释个人主义的看法相去天壤。这篇在1915年出现于《青年杂志》上的文章预示了后来在新文化运动中广为流行的一种两极对立:个人主义对儒家思想——前者成为西方才有的文化标志,而后者则是中国传统的代称。李亦民说,儒学鼓励奴性心态,君臣、父子、夫妇等附属关系被高度地仪式化。儒家教化使子妇们“依草附木,附于奴隶牛马不能独立之惨境,尚有何向上发展之可言”。

1 胡适在《不朽》一文中也谈到“小我”与“大我”,不过将“大我”等同于“社会”而非国家。胡适对“大我”和“小我”的看法与高一涵相近。见《不朽》,载《新青年》1919年2期,第96—105页。

他认为,“向上发展”首先须明确一个前提,即“‘为我’两字既为天经地义,无可为讳”。[1] 接下来,他旁征博引,不但有西方19世纪的科学和伦理学,还有社会学、心理学的理论,从此来阐明他的自我扩展说,但他的论点和所引证的材料经常自相矛盾。在他眼里,个人主义不仅与民族主义(盎格鲁-撒克逊)完全统一,甚至还预制、培养了种族至上。我这样诠释不仅是在批评作者缺乏深度,当然与高一涵相比,这篇文章确实幼稚和浮浅。我想强调的是,个人主义的话语从来没有一成不变的意义。李亦民的文章只不过标志出个人主义话语在新文化运动前夕所经历的又一场转变,与前几次相比,这次转变的结果是新的话语对抗形态的产生。

我认为,新文化运动、文学革命以及两者并行不悖的反传统只能从这个角度得到有说服力的解释,而不单是启蒙与救亡的问题。1916年,李大钊在发表于《晨钟》的《青春中华之创造》一文中提出,只有那些敢于用新思想向传统挑战,敢于高扬自我的权利并致力于唤醒自我意识的思想者,才能承担创造新文化的任务。[2] 同样,胡适在两篇倡导文学改良主义的文章《文学改良刍议》(1917)和《建设的文学革命论》(1918)中,呼唤以能够表现个人真性的形式来取代文言文的写作范式。[3] 周作人那篇

1 李亦民:《人生唯一之目的》,载《青年杂志》1915年2期,第5页。

2 李大钊(守常):《青春中华之创造》,载《晨钟》,1916年8月15日。

3 见胡适《文学改良刍议》及《建设的文学革命论》,收于《中国新文学大系 建设理论卷》一卷,第34—43、127—140页。

颇有影响的《人的文学》也提出，现代文学的主导原则应是人道主义，而人道主义的中心被他认为是重主观的个人主义。[1] 中国古典文学不追随人道主义目标，因此必须被抛弃。实际上，从新文化运动在现代中国所扮演的角色来看，也许可以说，这场运动成功地把中国传统及其经典放在个人主义和人道主义的对立面，而个人主义的另一个对立面民族国家反倒在很大程度上被接受，成为个人主义话语的合法构成。

新文化运动中关于个人主义的讨论远远不限于理论上的论争，它也是文学形式辩论的核心。"五四"时期小说文体的一大转变是中国作家开始翻译并借鉴欧洲小说的文体，如心理叙事、自由间接文体、长篇内心独白等。这一写作上的变化对后人的影响有待于通过具体文本的细读和分析比较才能充分展开。这里我想先提出一个初步的想法：新的文体使小说家把主人公放在一个全新的环境之中；主人公不再是父系宗族关系中的一个因素，也不再像许多中国旧小说的人物那样，生活在一个能够与超凡的、非现世互动的世界里。主人公本人则成为拥有心理和道德"真理"的意义载体，成为读者必须从中寻找真理的场所。毫不奇怪，"五四"时期也是"西方"式的第一人称及自传体叙事大量涌现的时代。[2] 正是在个人与传统形成对立的两极的一时刻，现代自传性的叙述主体——一个自我意识强烈、公开叛离传

1 周作人：《人的文学》，同上，第 195 页。

2 详见本书第四章的细读。

统社会,通过叙事来表达的内心世界的主体——开始进了中国文学。[1] 对于现代作家而言,这种个体的自我可以无限制地扩张,与传统秩序建立起一种具有杀伤力的对抗关系。这就是鲁迅在《狂人日记》中所实现的。与此同时,这个自我的范畴又十分不稳定,因为个人很快发现自己在社会秩序的迅速崩溃中也丧失了归属。由此,郁达夫作品中的主人公与俄罗斯文学的多余人形象便发生了内心的呼应。个人它体现的是现代意识的两难处境。

然而,本章的任务不是要论证个人主义和主体的扩张是否代表"五四"文学的总体特征;我想指出的是,个人主义话语的出现为"五四"人开辟出一个新的思想前阵,并由此创造出他们的现代意识。在这个前阵,个人主义并不总是与社会和民族相冲突,尽管传统遭到全面质疑,在这个过程中,民族及社会性并没有被放弃。相反,和个人主义一样,民族主义和"群"的意识在中国知识分子那里同样开辟了自己针插不进的地盘。我们只消提到郁达夫的《沉沦》就会清楚这一点:在《沉沦》里,现代意识的危机既是自我的体验,同时又是民族和国家的体验。胡适于 1919 年发表在《新青年》上的《不朽》一文,其实把"五四"时期关于个人、民族、国家之间的关系说得很清楚。他把个人称为

1　这里"自传性主体"一词是在叙事学意义上使用的,指的是本文中的自叙者,而不是真实作者。有关概念可参见 Gérard Genette《叙事话语》(*Narrative Discourse*)。

"小我",把"小我"的社会性的聚和和增长称为"大我"。[1] 相比之下,"小我"是短暂的、速朽的、不完整的,而"大我"则是不朽的、具有自我更新的能力。胡适的"小我""大我"之分显然近似于高一涵的"小己""大己"之别。不过,在"五四"时代反帝国呼声高涨的背景下,传统仍是个人的对立面,而民族国家不再是。因此,"大我"在胡适这里特指有机的现代社会,在这个有机社会中,个人必须参照民族国家来给自我定位。应当指出,胡适将"小我"置于"大我"的等级之下并不意味着他作为新文化倡导者就背离了个人主义和启蒙事业,恰恰相反,他的观点实际上是对现代性目标的符合逻辑的引申。现代性的目标并不旨在解放个人,而在于把个人组合成民族国家的公民和现代社会的一员。

果不其然,《新潮》创刊号(1919)的第一篇文字就把个人在社会中的位置作为重要议题提了出来。文章作者傅斯年一上来就宣布西方科学和人文知识比起中国三大知识传统——儒、释、道——都优越,儒释道无一能体现人类生活的真理。他认为,我们必须到生理学、心理学、社会学中去寻求真理,因为只有现代科学知识从人的主体出发,表现出人道主义关怀。在文章结尾处,傅斯年用中英文两种语言写下了一个口号:"为公众的福利发展个人(the free development of the individuals for the common

---

1 《不朽》,载《新青年》1919 年 2 期,第 101 页。

welfare)。”[1]他甚至专门加注说古老的汉字抵触并损害现代思想,所以不得不使用英文。这听上去就像是对“五四”以来所发生的语言改革的几乎漫画式的表达。但傅斯年是否能意识到,无条件地发展个人最终有可能有损于公众的福利。这一点其实正是左翼及马克思主义知识分子在“五四”以来反复提出,并希求解决的问题。

傅斯年的自由派加人道主义的理念,不久就碰到左翼意识形态的挑战,个人主义受到了深刻的质疑,个人与社会的冲突也被强化了。1921年,《新潮》发表王星拱的《物和我》一文,力图向个人的自主性发出挑战。作者在文中反对使用“物理之我”与“精神之我”的概念,并提出,我们称之为个人独立性的东西实际上是不存在的:“若有一个人……假使他20岁的‘我’和他40岁的‘我’有一天在街上相遇,他俩必定不能认识自己,即令旁人也必定不认识他俩本是一个人。一个‘我’,在不同时候,竟直不能被人认识是同一的,还能说是永久存在的吗?”[2]作者的结论是,自我只是经验的一种形式,因时因事而变幻不定,其意义纯然是由外部世界决定的。因此,强调个人的重要性常常会弄得本末倒置。与前述不同的是,作者将儒家思想视为导致这种本末倒置的替罪羊。他认为,儒家学说所提倡的自我修养是要人把全部注意力放在个人完善上,并旨在通过个人的完善

1　《人生问题发端》,载《新潮》1919年1期,第4页。

2　王星拱:《物和我》,载《新潮》1921年1期,第2—3页。

实现社会的完善,这乃是纯粹的幻想。在他看来,社会的政治体制才是社会发生根本变革的关键,因而在社会问题与个人问题之间,前者占有绝对的重要性。儒家思想或社会主义思想,这两者究竟哪一个更适合中国国情?这类问题不属于本章的讨论范围——因为我这里的重点是文章的思辨方式以及相关的理论问题。在"五四"反传统思潮的背景下,以儒家思想来解释个人主义等于是加罪于个人主义,将它变成一个负面概念。至此,个人主义和儒家思想之间的交道似乎转了一百八十度的大弯:我们记得,杜亚泉所作的事情正好相反,他曾经以儒家思想作为个人主义的开脱者。

陈独秀对个人主义的批评走得更远。在《虚无的个人主义及任自然主义》这篇随感中,他攻击个人主义放弃社会责任感,是虚无主义的概念。陈独秀倒不像王星拱那样把个人主义看作消极的儒家思想,反而读出其中的道家根源。他认为阻碍中国文化发展和学术进步的势力可以追溯到老庄的虚无主义和无为思想。[1] 无疑,这个指责是毫无历史根据的。但我们现在要做的不是替道家哲学辩护,而是指出在1920—1921年间,个人主义话语内容总是变幻无穷。"五四"人将个人主义与传统中国文化挂钩,无论是儒家也好(如王星拱),还是道家也好(如陈独秀),这其实是命名附会,无非是为了让个人主义充当社会进步

1 陈独秀:《虚无的个人主义及任自然主义》,载《新青年》1920年4期(总第8卷),第3—4页。

或社会主义的对头。显然，问题的关键已经不在于个人主义话语受到谁的压抑，而在于个人主义话语被人创造或重造出来，在不同的历史语境里服务于不同的政治目标。

最早将个人主义作为资产阶级意识形态进行批评，并写出相对有分量的文章的作者是邓飞黄。他的《个人主义的由来及其影响》，发表在 1922 年的《东方杂志》上。[1] 在这篇 3000 多字的文章里，作者追溯了个人主义随着西方自由市场经济的发达、资本主义的兴起、工业革命和欧洲启蒙运动的产生而发展过程。他在文章中说，个人主义作为资产阶级意识形态早已过时，应该由社会主义意识形态取而代之。这种我们所熟悉的马克思主义式的批评中，开始具有了陈独秀文章所缺乏的对个人主义的历史性的尊重。但是，由于知识与权力之间不可分割的联系，任何话语的历史性不仅取决于其概念，更取决于这个概念的作为。在 20 年代早期的民族国家的政治背景下，马克思主义加进化论的历史观的作用，其实是开创了一个新的政治舞台，共产党、国民党、军阀以及帝国主义势力即将成为这一舞台上新的政治角色，并以各自的方式参与日见激烈的斗争和冲突。[2] 从这种历史观出发，对资产阶级个人主义进行批评，其必然结果就是集体主义修辞术的诞生，这种修辞后来被用来发挥左翼的政治理论，

1　邓飞黄：《个人主义的由来及其影响》，载《东方杂志》1922 年 7 期（总第 19 卷），第 35—46 页。

2　英文有关这方面的讨论可参见周策纵《五四运动》（*The May Fourth Movement*）和 Arif Dirlik《中国共产主义的起源》（*The Origins of Chinese Communism*）。纽约：剑桥大学出版社，1989。

其方式与早期个人主义自由派建造个人与国家辩证关系的过程并无二致。

（本章来源于孟悦所译的作者1993年在*Positions*上发表的英文文章。）

第三章

国民性理论质疑

> 凡是愚弱的国民，即使体格如何健全，如何茁壮，也只能做毫无意义的示众的材料和看客，病死多少是不必以为不幸的。所以我们的第一要著，是在改变他们的精神，而善于改变精神的是，我那时以为当然要推文艺，于是想提倡文艺运动了。——鲁迅《呐喊·自序》

国民性，一个挥之不去的话题。

从晚清到今天，中国人的集体想象被这个话题断断续续地纠缠了一个多世纪。无论理论家之间的分歧有多么尖锐，争论多么激烈，其中的大多数人都有一个共识：相信国民性是某种“本质”的客观存在，更相信语言和文字在其中仅仅是用来再现“本质”的透明材料。[1] 这种认识上的“本质论”事实上模糊了国

1 孙玉石的文章《鲁迅改造国民性思想问题的考察》是少数的几个例外之一。见《鲁迅研究集刊》第一集，上海：上海文艺出版社，1979 年，第 86—117 页。

民性神话的知识构成,使人们看不到“现代性”的话语在这个神话的生产中扮演了什么角色。绝大多数学者不是把目光集中在如何给中国的国民性定调子、下结论上,就是在它和阶级性这两个概念之间争论不休,可是,一个比它们更有意义(且属于前提性)的问题,却被彻底地排除在视野之外:“国民性”究竟是一个什么样的知识范畴?它的神话在中国的“现代性”理论中负载了怎样的历史意义?

“五四”以来,西方传统“思想史”的写作模式对历史研究影响甚大。人们经常热衷于大思潮、大体系和大结论(无论是肯定的还是否定的),而忽略对具体的话语实践进行深入细致的分析。本文对国民性神话的研究一方面着眼于这个话语本身的历史面貌(以及批评它的可能性),另一方面也是想尝试一种与传统“思想史”完全不同的历史写作,去探讨“五四”前后的中国“现代性”理论的意义。

一

“国民性”一词(或译为民族性或国民的品格等),最早来自日本明治维新时期的现代民族国家理论,是英语 national character 或 national characteristic 的日译,正如现代汉语中的其他许多复合词来自明治维新之后的日语一样。19 世纪的欧洲种族主义国家理论中,国民性的概念一度极为盛行。这个理论的特点是,它把种族和民族国家的范畴作为理解人类差异的首要准则(其影响一直持续到冷战后的今天),以帮助欧洲建立其种族和文化优势,为西方征服东方提供了进化论的理论依据,这种做法在一定条件下剥夺了那些被征服者的发言权,使其他与之不同的世界观丧失存在的合法性,或根本得不到阐说的机会。

有关国民性的概念最初由梁启超等晚清知识分子从日本引入中国时,是用来发展中国的现代民族国家理论的。在《新民议》和《论中国国民之品格》等文中,梁启超明确地把中国的悲剧归结为国民性的问题,批评国人缺乏民族主义、缺乏独立自由意志以及公共精神,认为这些缺点是中国向现代国家过渡的一大障碍。1889 年到 1903 年之间,梁氏写了大量文章,从各个不同的角度阐述这一点。仅举其中一小部分就有:《中国积弱溯源论》《十种德性相反相成义》《论中国人种之将来》《国民十大元气论》等。《新民说》是其中最主要的一篇。[1] 孙中山在讨论中国问题时,也使用了相似的语言。他认为中国人是爱好和平的,但他们的奴性、无知、自私和缺乏自由理想是国民性的一大缺陷。[2] 值得玩味的是,梁启超和孙中山两人都曾是抨击西方帝国主义的先驱,然而,他们的话语却不得不屈从于欧洲人本来用来维系自己种族优势的话语——国民性的理论。这是他们当时的困境,也是后来许多思考民族国家问题的中国知识分子所

1　参见梁启超《饮冰室合集 · 文集》和《饮冰室合集 · 专集》,上海:中华书局,1936 年。

2　参见孙中山《建国方略》和《民族主义》等文章,见《孙中山选集》,北京:人民出版社,1956 年第 1 版,1981 年第 2 版。

共有的困境。

1911年前后出版的主要报章杂志,无论是进步的还是保守的,都程度不同地被卷入了有关国民性的讨论。比如,《东方杂志》在1905年至1919年之间登载了大量文章,专门议论或部分地涉及这个问题。其中对国民性的说法有褒有贬,但立论是基本一致的。其主要观点见于以下诸文:《论中国人民之依赖性之起源》(1905)、《论中国之国民性》(1908)、杜亚泉的《静的文明与动的文明》(1916)、钱修智的《惰性之国民》(1916)等。归纳起来看,这些文章大致都与梁启超的观点相呼应,认为中国的国民性必经改造,才能适应新时代的生存需要。虽然不同文章的作者对国民性的定义有所出入,有关优势或劣势的说法也不尽相同,但几乎无人对国民性理论的前提发出质疑。大家坚持认为,国民性责无旁贷地承担着中国自鸦片战争以来的所有历史包袱。可见,此话语在当时已获得何等的透明度和知识权威。

1917年初,《新青年》发表了一篇题为《中国国民性及其弱点》的文章,作者署名光升。这是一篇颇有研究价值的论文,因为它对新文化运动以前的国民性研究理论做了比较系统的总结。作者在这里把国民性界定为"种性"、"国性"和"宗教性"的集合体,在此基础上对中国和其他的民族进行了一番比较。他从欧洲人和中国人对异国文化及宗教的不同态度入手,概括它们之间的文化差异:欧洲民族排外,憎恶异类;中国人则多含容忍精神。在作者看来,正是这种容忍性使中国人丧失了个性和独立自由的精神，造成了极其薄弱的法制和民主观念。文章最后得出的结论是，误入迷津的中国国民性已不适应现代世界的生存方式，应加以彻底改造。[1]

值得注意的是，国民性之孰优孰劣，这在光升的论述中是一个相对的概念。他甚至认为，欧洲民族的国民性未必比中国人优越，所谓改造国民性，不过是为了适应"现代化"的生存条件所必需的社会达尔文主义的手段。然而，到了陈独秀倡导的新文化运动，特别是后来的"五四"运动，这一切开始发生根本的转变。国民性的话语开始向我们所熟悉的"本质论"过渡。陈独秀在《东西民族根本思想之差异》和《我之爱国主义》文中，将国民性的问题和传统文化相提并论，把国民性的讨论推向一个新的历史环境，赋予新的内容。新文化运动的"现代性"理论把国民性视为中国传统的能指，让它负担传统的一切罪名。于是"批判国民劣根性"上升为批判传统文化的一个重要环节。[2] 新文化运动的倡导者提出，国民性是中国启蒙运动的主要对象，由此一来，唤醒和教育国民的责任自然就落在了他们自己这样的小部分知识分子精英的肩上，这在当时成为主流话语。例如，蔡元培在为《国民》杂志写的序中指出，中国的国民缺乏自我意

---

1 光升：《中国国民性及其弱点》，载《新青年》2 卷 6 号，第 465—505 页。

2 "国民性"的意义向国民劣根性滑动，成为不折不扣的贬义词，主要是新文化运动和"五四"运动的功劳。这一点从反面也可以得到证明。到了 1922 年，《学衡》派的梅光迪和胡先骕等人又出来提倡国粹时，国民性也是贬义词。发人深省的是，国民性在这里第一次被人拿来批判同儒家传统相悖的现代人。见梅光迪《评今人提倡学术之方法》，载《学衡》1922 年第 2 期，第 1—9 页；胡先骕《说今日教育之危机》，载《学衡》1922 年第 4 期，第 1—10 页。

识,必须通过启蒙才能唤醒他们。[1] 不难看出,知识与权力、西化与传统、精英与民众等关系在这个时期的国民性话语中得到了一系列的重组。与此同时,随着"改造国民性"这一主题的凸现,文学也开始受到中国"现代性"理论的青睐,被当作实现国民改造之宏图的最佳手段。相比之下,梁启超原先倡导的政治小说倒略显气魄不足了。然而,在这样做的同时,"五四"文学恰恰把国民性的话语转化成一种超越自身历史的话语,而且做得极其成功。如今说起"五四"文学和改造国民性,谁都看成是老生常谈。可是,在"自然"的表象下,现代文学与国家建设的历史姻缘究竟是如何缔结的,这个问题始终无人问津。

二

中国国民性的毛病在哪里？谁应该为它的缺陷负责？到底如何改善？这些问题深深困扰着继承晚清知识传统的五四知识分子,尤其是那些对中国积弱原因的种种解释已经失去信心的人。鲁迅青年时学医,对医学失去信心后,抓住了"国民性",认为它是中国病弱的症结和解决问题的起点。在"五四"文学的雏形期,国民性理论为鲁迅那一代作家提供了一套有力的自我批判语言,同时将儒家礼教视作批判对象。新文学肩负重任,为

1　蔡元培《国民》杂志,1919 年第 1 期,第 1 页。

了"解剖"一国的病弱心灵以拯救其躯体。对鲁迅而言,新文学成为"了解国人的途径——了解他们的国民性是什么,有哪些缺陷——因为在他看来人的身体已不是病根所在"。[1] 医学及解剖术语充斥在有关现代文学的讨论中,将文学和医学并举,医学的治疗力量被转移于文学,而且基于心物对立,文学的地位被抬高在医学之上。

鲁迅最初在梁启超等晚清改良派的著作中接触到了国民性理论。后来在留学日本期间,接触到亚瑟·史密思(Arthur Smith)的日译本《中国人气质》,开始思考经由文学改造中国国民性的途径。[2] 在他的影响下,将近一个世纪的中国知识分子都对国民性问题有一种集体情结。他们定义、寻找、批评和改造中国国民性,却往往不去追究此话语本身得以存在的历史前提。1980 年后的中国知识分子再度翻出一个世纪以来的老问题:"我们的国民性到底出了什么问题?"好像真的有一个答案在那里。[3] 如果不去分析这一问句本身,我们将很难对中国现代史和现代文学提出新的阐释。

中国启蒙思想家利用国民性理论来提倡现代文学之前,国民性理论已由西方人,特别是传教士,传入中国。鲁迅通过史密思的著作接触到这一理论,这也很能说明 20 世纪初中国文学现

1　Leo Ou-fan Lee(李欧梵),*Voices from the Iron House: A Study of Lu Xun*(Bloomington: Indiana University Press,1987),第 19 页。

2　鲁迅首次使用"国民性"一词,是在《摩罗诗力说》。见《鲁迅全集》,1:213,221。此文写于 1907 年,发表在留日中国学生的刊物《河南》第 2、3 期(1908 年 2 月 3 月)。

3　见沙莲香编《中国民族性》,北京:中国人民大学出版社,1989 年。

代性的大背景。亚瑟·史密思(中文名:明思溥)是19世纪下半期在中国居住多年的北美传教士。[1] 他在中国农村传教期间,写了几本有关中国人的书。《支那人气质》最初以文章的形式,发表在上海的英文报纸《字林西报》(*North-China Daily News*),时为1889年。和很多其他的传教士游记一样,书出版后极受在亚洲的西方人欢迎,在英、美、加等国也拥有众多教徒及非教徒的读者。当时此书是研究中国的外文著作中最具影响力的一部。一直到1920年,它还是生活在中国的西方人最常阅读的五本有关中国的书籍之一。即使到现在,这本书还在持续影响美国人对中国人的了解。[2] 一位晚近研究史密思的批评家说过:"史密思为我们建立了对中国人基本气质的复杂看法。虽然现在看起来,他的观点有点陈腔滥调,但我们应该记得在他以前的作者,从马可波罗一直到卫三畏(S.Wells Williams),都把许多我们认为最有趣的事略去不谈。"[3]

史密思的书不过是国民性理论在中国传播的众多渠道之

---

1 李景汉为潘光旦《民族特性与民族卫生》(上海:商务印书馆,1937年)所作的序(第1—25页),以及潘光旦自序(第1—9页),都讨论了史密思著作。

2 此注释系笔者为2016年版所新加,它不在《语际书写》1997年香港天地的版本,也不在2003年上海三联的版本之中。新加注释的缘由是,2002年美国一家出版社决定重印史密斯的《支那人气质》一书,请我作序。说服我作序的现理由是,这本书将给去中国做生意的美国人提供有关中国人的信息,我若不写这个序,那么读者将很难获得一种客观的历史眼光。序文发表在 Lydia H.Liu,"Introduction to the 2003 Edition" in Arthur H.smith, *Chinese Character istics* (Norwalk, Connecticut: East Bridge, 2003)。

3 见 Charles W. Hayford, "Chinese and American Characteristics: Arthur Smith and His China Book", In Susan Barnett and John Fairbank, eds., *Christianity in China*, Cambridge, Mass.: Harvard University Press, 1985年,第165页。

一,不过它恰巧是鲁迅的国民性思想的主要来源。1896年,日人涩江保将1894年版的英文《支那人气质》日译出版。根据张梦阳的推测,鲁迅是在留日期间(1902—1909)看到这个译本的,当时日本的国家主义人士正热烈地讨论国民性。鲁迅曾不止一次地在信函、日记和杂文中提到原著及这个日译本。例如,在1926年7月2日的《马上支日记》中,他提及在北京买了一本日文书,书名他译为《从小说看来的支那民族性》。他指出该书的作者安冈秀夫受到了亚瑟·史密思著作的深刻影响:"他似乎很相信Smith的*Chinese Characteristics*,常常引为典据。这书在他们,二十年前就有译本,叫作《支那人气质》,但是支那人的我们却不大有人留心它。"[1]显然鲁迅指的日译本就是涩江保1896年的翻译。一方面,鲁迅不同意安冈秀夫许多具体的看法,甚至讽刺他,例如,在1926年7月4日的《马上支日记》,他嘲笑安冈认定中国菜反映出中国人淫风炽盛。可是另一方面,鲁迅又极力表明,虽然他跟安冈在具体看法上有出入,这并不表示中国人不必批判自己的国民性。鲁迅在同一篇日记中说:"要得结论,还很费周折罢。可是中国人偏不肯研究自己。"[2]

7年以后,1933年10月27日,鲁迅在致陶亢德的信中再次提到这本书:

---

1 鲁迅:《马上支日记》(1926年7月2日),《华盖集续编》,《鲁迅全集》,3:240,最早发表于1926年。

2 同上,第245页。

> 日本方在发生新的"支那通",而尚无真"通"者,至于攻击中国弱点,则至今为止,大概以史密思之《中国人气质》为蓝本。此书在四十年前,他们已有译本,亦较日本人所作者为佳,似尚值得译给中国人一看(虽然错误亦多),但不知英文本尚在通行否耳。[1]

直到去世前,鲁迅一直希望见到史密思的书译成中文。他在去世前不久发表的《"立此存照"(三)》有如下文字:"我至今还在希望有人翻出斯密斯的《支那人气质》来。看了这些,而自省,分析,明白那几点说的对,变革,挣扎,自做工夫,却不求别人的原谅和称赞,来证明究竟怎样的是中国人。"[2] 80 年代的学者如张梦阳,说鲁迅的遗愿多年来始终没有实现。[3] 据我的研究,早已有两种中文翻译。第一种是《支那人之气质》,1903 年由上海作新社出版,是据 1896 年涩江保的日译本用文言译出,并包括日译者的注解。[4] 鲁迅没见到这个译本,因为出版的时间正是他离开中国前往日本留学的第二年。第二种则是直接根据英文原著编译的,于鲁迅死后一年,即 1937 年出版。译者是美国留学回国的优生学家、著名精神分析批评家潘光旦。他用白话

---

1 鲁迅:《鲁迅书信集》,1:425。

2 鲁迅:《"立此存照"(三)》,《鲁迅全集》,6:626。

3 张梦阳:《鲁迅与斯密斯的〈中国人气质〉》,《鲁迅研究年刊》2(1980),第 208—217、216—217 页。张梦阳赞同史密思对中国国民性的见解,强调在 80 年代中国四个现代化的背景下,史密思的批评很有用。可见不出一个世纪我们已绕回到原点。

4 我是 1990 年在哈佛燕京图书馆的善本书库架上,首次发现这个 1903 年的译本的。当时让我感到意外的是,这本书竟然没有进入燕京图书馆的卡片编目。我发现它后,立即通报了善本书库的负责人,他后来把这本书录入了编目。出版人作新社自称是翻译者,但未注明是哪些人。

译了史密思书中的 15 章，收入他的《民族特性与民族卫生》一书。该书属于王云五商务印书馆发行的优生、文化、生物系列书籍之一。[1] 不过，鲁迅和潘光旦似乎都不知道有 1903 年作新社的译本。

《中国人气质》究竟是怎样的一本书？研究史密思的海佛（Charles W.Hayford）说这本书的重大缺点是“理论不成熟，史密思没有反省、了解自己美国中产阶级文化的相对性”。虽然我同意海佛所指出的史密思的局限，但不同意他的论说前提，即一个人只要能自我反省，或有良好的人类学研究训练，就能避免文化本位主义的问题。[2] 在我看来，不是理论不成熟，而是 19 世纪欧洲国民性理论的深刻影响，才使史密思采取了其特定的立场。[3] 史密思用 26 章的篇幅提出了 26 个范畴来定义中国人的国民性：爱面子、经济、勤劳、礼貌、不守时、不精确、善于误解、迂回、表面上有弹性其实固执、思想混乱、神经麻木、轻视外国人、无公共精神、保守、不在乎舒适和方便、身体富活力、有耐性毅力、知足常乐、孝顺、仁爱、无同情心、社会台风、讲信用重法、互相猜疑、缺乏真诚、多神泛神无神。[4] 史密思在每一章中，或用

1　史密思经由潘光旦仍在持续发生影响。沙莲香 1989 年所编的《中国民族性》选入了潘光旦翻译史密思的部分章节。

2　Hayford，第 173 页。

3　最近的人类学理论已指出现代人类学中的种族中心主义偏见，参见 James Clifford and George E. Marcus, eds. *Writing Culture: The Poetics and Politics of Ethnography*（Berkeley: University of California Press，1986）。

4　这种分类法可上溯到欧洲 18 世纪中叶自然研究的分类学，最具影响力的著作是林奈（Linnaeus）的《自然系统》（*Systema naturæ*，1735）。又，参见 Mary Louise Pratt. *Imperial Eyes: Travel Writing and Transculturalism*（New York: Routledge，1992），第 15—85 页。

小事例，或对中华民族作笼统描述（时时与其他种族比较），来说明这些范畴的有效性。

举例说明，其中有一章《神经麻木》。史密思认为中国人的体质不能感觉疼痛、噪音和西方人所不能忍受的其他不便之处。他说中国式的睡眠习惯是这样的：

> 在睡眠上，中国人和西方人之间的差异，与我已经提到过的中西基本大分歧吻合。一般而言，中国人哪儿都可以睡。使我们觉得难堪的干扰并不能打扰他。以砖作枕，以稻草或泥砖作床，他就可以好梦不惊。房间不必暗下来，别人也不用安静。“夜里哭泣的婴孩”可以尽管继续啼哭，因为并不会影响到他。某些地区，有时似乎所有的人都睡着了，好像狗熊冬眠一样。大家规律地在夏日午后的头两个小时，不拘地点，依本能睡着。在这季节，午后两点的静寂可比午夜两点。对于劳工阶级和很多其他的人而言，睡觉的姿势无关紧要。设想在中国找一百万、一千万的人来作下列考试，是毫无问题的：试验他们躺在三轮推车上，像蜘蛛一样头朝下，张大了嘴含着苍蝇，是否睡得着。[1]

这个段落很能代表史密思的笔调，他在语法上使用现在时态和“支那人”这个全称来表达“真理”，描述中国人与西方人之间的本质差异。睡眠，人们共同的生理状态，在这里被用来描述文化差异，而其意义早已被西方人优越的前提所决定。这里的关键，不是描写错误的问题，而是语言里包含的权力问题。作者透过修辞和比喻将他人矮化成非人的动物，使用一些自以为幽

---

1 Arthur H.Smith, *Chinese Characteristics*(New York:Revell,1894)。

默的轻蔑比喻，如“冬眠的狗熊”和“蜘蛛”等等，这种触目惊心的轻蔑自然反映了他对中国人的种族歧视，但也同时肇因于他与中国佣仆之间的阶级差异。在当时，中国乡绅对传教士表示敌意，传教士和中国人之间发生的最紧密关系只有主仆关系，因此在讲故事的时候，史密思从自己或他人与中国劳动阶级之间的不愉快的经验中取材，好像不足为奇的。但外国人与当地仆人之间的阶级差异往往就藏在“中国国民性”理论的背后，秘而不宣。依靠主仆关系所建立起来的笼统的国民性印象，倒不是没有经验的基础，而是隐藏了经验本身的真相。

这样的主仆关系也不能不表现在国际政治上，史密思在尾章中提出的问题在意料中：“支那能自己趋策改革吗？”[1] 回答是，支那需要外国的干涉，基督教文明的宗教信息必须传布以改进支那人的国民性。“为了变革支那，性格的本源必须被深入和净化，良心必须登上宝座，不能像日本的天皇一样，被幽禁在宫殿里。”[2] 面对这种传教语言，中国人作何反应？小说家老舍年轻时与传教士有不少来往，他在《二马》中对传教士做了辛辣的讽刺。下面的小说片段可以点明史密思隐藏的真意：

> 伊牧师是个在中国传过二十多年教的老教士，对于中国事儿，上自伏羲画卦，下至袁世凯作皇上（他最喜欢听的一件事），他全知道。除了中国话说不好，简直的他可以算一本带着腿的“中国百科全书”。

1　Arthur H.Smith, *Chinese Characteristics*（New York：Revell，1894），第 322 页。
2　同上，第 329 页。

他真爱中国人:半夜睡不着的时候,总是祷告上帝快快的叫中国变成英国的属国;他含着热泪告诉上帝:中国人要不叫英国人管起来,这群黄脸黑头发的东西,怎么也升不了天堂![1]

或许伊牧师只是老舍凭借想象力肆意挥洒的人物,然而史密思笔下的支那人何尝不是如此。伊牧师与史密思出奇地相似,只不过在史密思的书中,不存在一个超然的叙述人来指出传教士的动词中所隐含的暴力。事实上,他笔下的动词可以轻易翻译成帝国主义行动:深入即侵入,净化即征服,登上宝座即夺取主权。[2]

正如詹姆士·何伟亚(James Hevia)最近在一篇研究中所说:"传教士话语的目的不仅在反映现实,而且在塑造现实,它也的确产生了这样的效果。"[3]何伟亚分析八国联军为报复义和团之乱所逞的暴行,指出传教士的记载——如将现实比附《圣经》中的事件,将死去的传教士描写为殉难者,对中国人的国民性做笼统的结论——都对历史上的"真实"和后来人们的理解起了重大的塑造作用。传教士话语和八国列强的行动之间的依

1 老舍:《二马》,见《老舍文集》,第407页。

2 参见 Albert Feuerwerker(佛尔维克),*The Foreign Establishment in China in the Early Twentieth-Century*(Ann Arbor:University of Michigan, Center for Chinese Studies, 1976)。佛尔维克(p. 57)说过,基督教传教士不应和那些与中国强订不平等条约的八强混为一谈。可是,将这两者之间的关系轻松地一笔带过很难有说服力。毕竟,1842、1844、1858年的不平等条约都明文规定了传教士的特权。佛氏自己也指出:"治外法权——再小的教堂也能在中国内部升起母国的国旗、干涉诉讼案件、使用武力、沾沾自喜于道德上的优越——使得不仅是反基督教的国粹派,就连中国基督徒,也有愈来愈多的人产生反感。"

3 James Hevia, "Leaving a Brand in China: Missionary Discourse in the Wake of the Boxer Movement", *Modern China* 18.3(July 1992),第306页。

存，早已超过修辞比喻的层次（巧合的是，老舍的父亲，一名守卫皇城的护军，就是在八国联军进占北京时身亡的）。[1]

对于西方传教士话语，我们不应当看成对事实的歪曲，而应理解为真实的曾经发生过的历史事件，因为它的确塑造了中西之间的历史和关系。史密思的书属于这样一个特定的文类，它改变了西方对自己和对中国的看法，也改变了一些中国人对自己的看法。在它出版之前，已有各国传教士的著作，如美国人卫三畏（S. W. Williams）的《中国》（*Middle Kingdom*，1848），英国人亨利·查尔斯·萨（Henry Charles Sirr）的《支那与支那人》（*China and the Chinese*，1849），法国人埃法利思特-莱基·虞克（Evariste－Regis Huc）的《中华帝国》（*The Chinese Empire*，1854），托马斯·泰勒·密迪乐（Thomas Taylor Meadows）的《支那人及其叛乱》（*The Chinese and Their Rebellions*，1856）。密迪乐曾为史密思在《支那人气质》中引用。此外还有以《在遥远契丹的外国人》（*The Foreigner in Far Cathay*，1872）著名的华尔特·亨利·麦华陀（Walter Henry Medhurst），以及《伦敦时报》1857 至 1858 年间驻华记者乔治·温格鲁夫·库克（George Wingrove Cooke）。史密思曾引用库克的《支那通信集》的序，作为《支那人气质》的前言。这段引文特别能帮助读者看清 19 世纪国民性神话的本质。他们的互文关系显示，西方有关中国国民性的知识受制于当时的理论假想，而与现实少有关联。库克

1 老舍在《〈神拳〉后记》里生动地描写了儿时丧父和对“洋鬼子”的恐惧的记忆。

的这段文字便是极佳的说明：

> 我在书信集里有意地回避了在支那国民性的题目上大做文章。这的确是一个不小的空白。天底下没有比这个题目更诱人、或者提供更广阔的空间叫人肆意发挥自己的想象力了。它可以让人乘机讲一些深奥的大道理，得出一些充满自信的教条式的结论。每个世俗的批评家都会嘲笑我，说我不该放过这样的大好机会。其实，我并非不想尝试对中国人的种性作某种整体的素描。这种东西我曾写过几稿，而且还写得不算坏。不幸的是，所接触到的支那人总是用他们的言行一次又一次地粉碎了我预想的结论。为了真理的缘故我只好忍痛割爱，将那些美好的文字付之一炬。此外，我还想补充一句，为这事我曾多次请教过当今最有名望和最坦诚的汉学家。他们也都支持我的看法，认为任何关于支那国民性的笼统观念都是不可靠的。这种困难只有那些实际接触过支那人的人才会懂得。世上有些孤陋寡闻但又自命不凡的人，他们编出一些让人拍案叫绝的故事来，好像它就是真理。
>
> 我不否认，也许将来有一天我们会获得比较完备的知识，帮助人们了解支那人究竟是怎么一回事，而不至于像今天这样困惑不已。但至少在目前，我不得不避开武断的定义，仅就支那人的一些最显著的特点做一描述。[1]

史密思引用库克序言时，完全没有意识到其中的反嘲语调，而误以为库克遗憾自己未能描述中国国民性，而认真道歉。史密思利用库克模棱两可的言辞，声称西方人在经过数百年与中

1　Cooke，p.vii。可与史密思《中国人气质》引用部分做比较。

国的接触后，已做好充分的准备来对中国人做综合了解，其过程就像对待其他复杂的自然现象一样。他自己的书就是这项知识的开路先锋。[1]

史密思笔下的中国，是不是爱德华·萨义德（Edward Said）所批评的那种东方主义所构筑出的神话？可以说，他的书与萨义德讨论的情形有相似之处。但是单做这样的分析是不够的，特别是当我们考虑到，这一套国民性的理论也被翻译成汉语，并且在中国境内广为传播。传教士的话语因此获得了双重语境，我们要问，这种翻译创造了什么样的现实？在思考中文的跨语际实践（translingual practice）时，这个问题必须提出，因为我们一旦考虑（必须考虑）本地的语言文字，这就比东西方文化批评家设定的"观照主体与被观照的客体"更复杂得多。史密思不同于早期书写远东的东方哲学和语言学者，因为他（以及前面提过的亨利·查尔斯·萨等西方人）的著述曾被选译成中文。这些翻译大都经过日本的媒介，或改译自日译本，或因日本先行引介而被择取中译。[2] 由于这些理论被中国人翻译和阅读，并且进入中文有关国民性的论战，其中牵涉的问题就与萨义德讨论的东方主义有所区别。

---

1 Arthur Smith，第 11 页。

2 1935 年，日人大谷孝太郎编译过一册谈支那国民性的集子，其中收列了前述西方传教士和记者的文章以及 19 世纪日本学者的撰述。此集在二次大战和日本侵华前夕出版，可说是意料中之事。这本书后来由袁方译写成中文出版，叫《中国人精神结构研究》。其影响力一直持续到 80 年代，成为新近一本中国国民性论文集的主要资料来源，见沙莲香编《中国民族性》。所不同的是，新文集的编者在"国民性"和"民族性"之间直接画等号，并未提出理论上进一步的分梳。

三

知识从本源语言进入译体语言时，不可避免地要在译体语言的历史环境中生发出新的意义。译文与原文之间的关系往往只剩下转喻层面的对应，其余的意义则服从于译体语言使用者的实践需要。在跨语际实践的过程中，史密思传递的意义被他意想不到的读者（先是日文读者，然后是中文读者）中途拦截，在译体语言中被重新诠释和利用。鲁迅即属于第一代这样的读者，而且是一个很不平常的读者。他根据史密思著作的日译本，将传教士的支那国民性理论"翻译"成自己的文学创作，成为现代中国文学最重要的设计师。

从一开始，鲁迅就对国民性理论充满复杂矛盾的情绪。一方面，国民性理论吸引他，因为它似乎能解释中国自鸦片战争（1839　1842）以来的惨痛经验。但另一方面，西方传教士对支那人的轻蔑又使作为中国人的鲁迅无法认同。许寿裳在《亡友鲁迅印象记》中曾描述道：

> 鲁迅在弘文学院的时候，常常和我讨论下列三个相关的大问题：
>
> 一　怎样才是最理想的人性？
>
> 二　中国国民性中最缺乏的是什么？
>
> 三　它的病根何在？
>
> 他对这三大问题的研究，毕生孜孜不懈，后来所以毅然决定放弃

学医而从事于文艺运动，其目标之一，就是想解决这些问题，他知道即使不能骤然得到全部解决，也求于逐渐解决上有所贡献。因之，办杂志、译小说，主旨重在此；后半生的创作数百万言，主旨也重在此。[1]

许寿裳这项观察可从鲁迅著名的《呐喊》自序得到印证。鲁迅回忆那段著名的弃医从文的经过如下：

我已不知道教授微生物学的方法，现在又有了怎样的进步了，总之那时是用了电影，来显示微生物的形状的，因此有时讲义的一段落已完，而时间还没有到，教师便映些风景或时事的画片给学生看，以用去这多余的光阴。其时正当日俄战争的时候，关于战事的画片自然也就比较的多了，我在这一个讲堂中，便须常常随着我那同学们的拍手和喝采。有一回，我竟在画片上忽然会见我久违的许多中国人了，一个绑在中间，许多站在左右，一样是强壮的体格，而显出麻木的神情。据解说，则绑着的是替俄国做了军事上的侦探，正要被日军砍下头颅来示众，而围着的便是来赏鉴这示众的盛举的人们。

这一学年没有完毕，我已经到了东京了，因为从那一回以后，我便觉得医学并非一件紧要事，凡是愚弱的国民，即使体格如何健全，如何茁壮，也只能做毫无意义的示众的材料和看客，病死多少是不必以为不幸的。所以我们的第一要著，是在改变他们的精神，而善于改变精神的是，我那时以为当然要推文艺，于是想提倡文艺运动了。[2]

一直以来，批评家总希望在鲁迅的生平和小说之间建立起

1　许寿裳：《亡友鲁迅印象记》，北京：人民文学出版社，1977年，第19页。

2　鲁迅：《自序》，见《鲁迅全集》，1:5。

直接联系。学者们也努力寻找那张鲁迅看过的画片,可徒劳无获。于是就有人猜测这件事可能是鲁迅根据目睹或听说的事演绎出来的。[1] 时至1983年,日本学者太田进发表了一张他发现的1905年的新闻图片,图片旁边印着:"处决俄国间谍。观看的群众中有笑着的士兵(1905年3月20日摄于满洲国开原城外)"。这个日期和鲁迅叙述中日俄战争的日期重合,图片的内容也与鲁迅声称见到的画片极其相似。尽管如此,学者们一直未能确切地建立起一对一的联系。[2]

我认为,即使找到了该画片或者新闻纪录片,确定了此事的真实性,也不见得能解释鲁迅那段文字的震撼力。人们仍然可能仅仅将鲁迅的思想对照图片或者新闻片再转述一遍。[3] 至于鲁迅对暴力场景的叙述,我自己的解读则是着眼于下列问题:谁在讲故事?谁在被描述?谁阅读这些描述?

叙事人鲁迅,在事件中充当了一个无意间被迫看画片的观众,这个身份至关紧要。如果我们想充分了解鲁迅讲述的复杂场面,则不仅图片的画面,而且画面内外的观众,包括无意间加入观看而后来又成为文字记叙者的鲁迅,都应该被考虑进去。鲁迅后来在一篇文章中,曾尝试分析他当时的矛盾心情。1926年,他在怀念日本仙台医学院教授的《藤野先生》一文中再次叙

---

1 Leo Ou-fan Lee,*Voices from the Iron House*,第203页注61。

2 见太田进《资料一束》,载《野草》31(June 1983),第61—62页。

3 有关学术写作中的间接转述见 Dan Sperber,*On Anthropological Knowledge*(Cambridge,Eng.:Cambridge University Press,1985),第13—48页。

述道：

第二年添教霉菌学，细菌的形状是全用电影来显示的，一段落已完而还没有到下课的时候，便影几片时事的片子，自然都是日本战胜俄国的情形。但偏有中国人夹在里边：给俄国人做侦探，被日本军捕获，要枪毙了，围着看的也是一群中国人；在讲堂里的还有一个我。

"万岁！"他们都拍掌欢呼起来。

这种欢呼，是每看一片都有的，但在我，这一声却特别听得刺耳。此后回到中国来，我看见那些闲看枪毙犯人的人们，他们也何尝不酒醉似的喝采，——呜呼，无法可想！但在那时那地，我的意见却变化了。[1]

这一变化就是放弃学医。此段叙述与先前《呐喊》自序很不同。在此鲁迅强调他与日本同学之间的差异，他无法如他们一样拍手叫好；同时，也无法与中国的旁观者认同。他既当看客又与被观看者重合（因为都是中国人），但他拒绝与其中任何一方认同。这种重合与拒绝，一再重复出现在他描写看客场景的短篇小说中，例如《药》《示众》《阿 Q 正传》，以及《野草》中的部分诗作，这些作品描绘的都是一些兴奋地观看同胞被处决的无情群众。鲁迅的小说在展示所谓国民性的同时，也将读者一齐拖入这个场景之中，没有一个读者能逃脱不当旁观暴力的看客的命运。读者、叙事人、暴行的旁观者之间的交叠与差异，正可以让我们深入理解鲁迅在国民性问题上的两难处境。

1 鲁迅：《藤野先生》，见《鲁迅全集》，2：275—276。鲁迅这次提到的是电影，而不是画片。

四

《阿 Q 正传》是 20 世纪中国文学文化遗产的代表。诚如李陀所言:"汉语里原本没有'阿 Q'这么个词,它是鲁迅先生造出来的,但是,这个词一离开鲁迅的笔下,就在千百万人的口说和书写中被千百万次引用和使用,并由此派生出更多的词语和话题——这让人联想起由一颗冰砾的滚动而引起的一场雪崩。"[1] 国民性理论也由于千百万次的引用,牢牢钳制住了大多数读者和批评家。批评家根据鲁迅要改变国民性的愿望,称《阿 Q 正传》是关于中国国民性的集大成之作,并从鲁迅文集中拿出作者自己的言论,去证明阿 Q 是国民性的具象。[2] 但很少有人注意到,这样的文学批评一边巩固了国民性理论,一边使学者重蹈鲁迅当年的道德困境。鲁迅观看图片或幻灯的噩梦在文学批评中不断上演:批评家心甘情愿地充当鲁迅小说中国民劣根性的看客。由于鲁迅如此有力地描绘出主体的分裂,因此,看与被看的暴力形态必然也在读者和批评家那里一再得到精神分裂式的呈现。。

举例来说,批评家将阿 Q 对体面的重视当作鲁迅有关中国

---

1 李陀:《雪崩何处》(序),见余华《十八岁出门远行》,台北:远流出版公司,1990 年,第 5 页。

2 最常被引用的是鲁迅《呐喊》自序,以及《鲁迅全集》中下列文章:《论睁了眼看》(1:328—332),《随感录三十八)(1:387—390)、《两地书》第八号信(9:25—28),《忽然想到(一至四)》(3:10—15),《这个与那个》(3:102—109),《宣传与做戏》(4:266—267),《再谈保留》(5:114—115)和《俄文译本〈阿 Q 正传〉序及著者自叙传略》(7:77—82)。

国民性的中心立论，于是故事中滑稽有趣的段落似乎就都得到圆满的解释。比如“他想：孙子才画得很圆的圆圈呢。于是他睡着了。”[1]这段描写当然表现了阿Q主义的精髓，但同时，它又如何说明了中国国民性呢？几乎可以肯定地说：西方传教士话语来到之前，“重脸面”在文化比较中还不是一个有意义的分析范畴，更不是中国人独享的特征。《支那人气质》的第一章即专门讨论“脸面”。文中说：“‘爱面子’是了解支那人的许多最重要特质的关键。对我们而言，失去性命而保留面子并没有吸引力，然而我听说，曾有支那县官被砍头时被允许身着官服保住体面，而视此为特别恩赐的！”史密思将中国人的重体面归因于戏剧本能：“不需要太大的刺激，任何支那人就能把自己当成戏子。他摆出戏中的身段，鞠躬、屈膝、在地上磕头，在西方人看来，这般举动既多余又可笑。然而支那人的思维是戏剧式的。”[2]

詹姆士·何伟亚讨论八国联军在北京的暴行时，对史密思描述“脸面”的文字有一段精辟的分析：

> 史密思描述这项“中国人的特质”时，以为自己正确地呈现了中国人的社会行为，他这种态度向来很少受到质疑。其实，关键不在体面是否为一项统筹指导中国人行为的原则，而是它在西方仪式化的施行暴力和教训别人中所占的地位。也就是说，我们应当思考，在联军破

1　《阿Q正传》，见《鲁迅全集》，1：111。
2　Arthur Smith，第18页。

坏城墙、宝塔和庙宇的过程中,面子所扮演的角色。布朗和史密思等人的中国见闻录将“爱面子”写成殖民地人民独具的特质,而否认联军的代表们对自身外表的重视,他们的话语因此制造了“脸面”说。西方人这样解释中国人的结果(即让他们研究的对象自己对创造脸面的假象负责),这就使他们理直气壮地认为中国人崇信的象征物是迷信,混淆了外表与真实,因此,摧毁其城墙不足为惜。[1]

不过,传教士讲述的中国人爱面子故事出乎意料地被中国人拿去运用时,到底会发生什么事?话语的流传在跨语际实践中的情形格外复杂。在史密思断言中国人重脸面的30年之后,阿Q几乎一字不改地戏剧化地演出了这一剧本。在处决之前,阿Q被抬上车游街示众。当他省悟自己正赴法场时,他羞愧自己竟没有唱几句戏而搜索枯肠:“他的思想仿佛旋风似的在脑里一回旋:《小孤孀上坟》欠堂皇,《龙虎斗》里的‘悔不该……’也太乏,还是‘手执钢鞭将你打’罢。他同时想将手一扬,才记得这两手原来都捆着,于是‘手执钢鞭’也不唱了。”[2]虚荣、可怜、可笑,加上夸张和戏剧化,阿Q的举手投足似乎与史密思对中国人爱面子的描述很吻合。然而,其中有些重要细节值得注意。首先,鲁迅构思阿Q的故事是在他熟稔史密思的论述之后,因此他的写作并不是独立地佐证史密思的观察,而是别有深意的回应。其次,史密思笔下的县官身着官服,而阿Q穿的是

1 Hevia,第316页。
2 《阿Q正传》。

一件“洋布的白背心”。这两者之间有何关联？穿着洋布白背心的阿Q代表的是中国国民性，还是别的什么？中国国民性的说法是否也如阿Q的白背心一样，是洋布编织出来的？

1926年，也就是《阿Q正传》发表五年以后，鲁迅在一篇文章中特别提到史密思讲脸面的那一章。他半开玩笑地说：

> 我所遇见的外国人，不知道可是受了Smith的影响，还是自己实验出来的，就很有几个留心研究着中国人之所谓“体面”或“面子”。但我觉得，他们实在是已经早有心得，而且应用了，倘若更加精深圆熟起来，则不但外交上一定胜利，还要取得上等“支那人”的好感情。这时须连“支那人”三个字也不说，代以“华人”。因为这也是关于“华人”的体面的。[1]

鲁迅此处的讽刺有更深的含义。他准确地指出，上层中国人和帝国主义之间存有某种利益交易，他们对“体面”的研究出于其共同利益者多，为合理解释中国种族者少。此外鲁迅在理解中国国民性时已经明显开始思考阶级因素，由此引发的问题必然是：阿Q在这幅图景中扮演何种角色？像阿Q这样居无定所的赤贫文盲是否能使中国国民性的理论失去可信度？鲁迅是否自相矛盾？他对史密思的态度究竟是什么？

韩南(Patrick Hanan)研究过阿Q在文学上的原型，他的分析有助于我们回答这些问题。周作人曾指出，鲁迅在《阿Q正

1 《马上支日记》，3:240。“支那”和“支那人”是日本自明治时代至1945年最常用来指称“中国”和“中国人”的名词。

传》中的反讽技巧系模仿果戈理(Gogol),波兰小说家先珂维茨(Henryk Sienkiewicz)和日本小说家夏目漱石。韩南据此,进一步去发掘《阿Q正传》和鲁迅最欣赏的小说家先珂维茨的两篇故事之间的联系。他发现《阿Q正传》和先珂维茨的《胜利者巴泰克》(*Bartek the Victor*)以及《炭笔素描》(*Charcoal Sketches*)惊人地相似。在后两篇中,"叙事者以高度的反讽语气描述村中最卑下的角色"[1]。《胜利者巴泰克》的主角是一个最富自我欺骗天分的波兰农民,可说是阿Q讲精神胜利法的先驱。巴泰克在人生的竞赛中是常败军。而左吉克(Zolzik),另一个故事的可笑主角,对农民惹巴(Repa)妻子的欲望则预告了阿Q荒谬的罗曼史。韩南指出,《阿Q正传》和先珂维茨两篇短篇小说之间,尚有更广泛的相似点。例如,有关阿Q名字的讨论与《胜利者巴泰克》开头的段落有所呼应。又如,虽然鲁迅的叙述者根据阿Q的情况解释了采用"正传"一词的始末,这个词的灵感可能是由《炭笔素描》中"正当的传记"(proper biographies)而来。[2]韩南的发现并不在简单表示鲁迅的故事脱胎于先珂维茨,重点在于:阿Q这个角色是跨国际的,他所包含的阶级因素可能与波兰小说的原型有密切关联。

当然,有关阶级性的诠释早在二三十年代就有。以钱杏邨

1 Patrick Hanan,"The Technique of Lu Hsün's Fiction",*Harvard Journal of Asiatic Studies* 34 (1974),第53—96页。

2 Ibid.,p.70.陀思妥耶夫斯基(Dostoyevsky)的《卡拉马佐夫兄弟》(*Brothers Karamazov*)有一类似的开场白。

为首的正统马克思主义批评家一直从阶级斗争的角度诠释阿Q的故事。[1] 他们强调，《阿Q正传》的故事并没有刻画中国国民性，而是反映了中国下层社会农民历经辛亥革命动乱时期的困苦悲惨。这些批评家认为，鲁迅谈论中国国民性时，区分了“上等人”和“下等人”两种阶级，[2] 主要证据是鲁迅的《灯下漫笔》。在这篇杂文中，鲁迅提到罗素关于中国国民性的见解，批评他把苦力脸上的微笑当作中国人的美德。罗素说：

> 记得有一天我们坐着轿子翻山，路崎岖陡峭，苦力非常辛苦。在途中最高点，我们停下来十分钟让轿夫休息。他们马上一排坐下，拿出烟管，无忧地相互关怀谈笑起来。若是在习于前瞻的国家，他们大概会利用这段时间抱怨天气炎热，以便取得更高的小费。[3]

鲁迅评价说：

1　1928年太阳社攻击鲁迅，开了马克思主义批评《阿Q正传》传统之先河。见钱杏邨（阿英）《死去了的阿Q时代》及其他论文，载《现代中国文学作家》，第1—53页。

2　马克思主义批评家最常引用《鲁迅全集》下列文章：《春末闲谈》（1:304—308）、《灯下漫笔》（1:309-16）、《学界的三魂》（3:150—152）、《英译本（短篇小说选集）自序》（7:632—633）、《答〈戏〉周刊编者信》（6:112—116）、《说面子》（6:98—100）和《南人与北人》（5:354—355）。有趣的是，鲁迅的“上等人”与“下等人”概念并不完全符合马克思主义的阶级理论，而主要由中国社会的经济和教育等级来定义。详见我对《阿Q正传》的分析。

3　Bertrand Russel, *The Problem of China*（New York: Century, 1992），第212页。

轿夫若果真对坐轿的人不笑脸相迎，那中国也早不是今日中国了。[1]

马克思主义批评有可取之处，它指出了鲁迅对中国社会阶层的思考。可是，它往往单纯地将鲁迅对国民性问题的关注视为他早期思想的局限，并认为鲁迅到后期重视阶级问题后才克服这一局限。[2] 我认为，这种解释缺乏说服力，因为它将话语斗争，特别是鲁迅的思想，简化为单线演变。鲁迅思想极其复杂，事先设定一个终点，然后评断鲁迅某时期的历史局限，必然会将其大大简化。那么，如何才能更有深度地批评国民性话语呢？我想不该简单着眼于鲁迅对从西方引进的这一理论的接受或拒

1 《鲁迅全集》，1:316。对鲁迅而言，历来中国作家描写轿夫时的观察角度并不陌生，对罗素则可能很费解。以18世纪的袁枚诗《舆夫叹》为例，袁枚跟轿夫之间的巨大差距，正能支持鲁迅基于对社会阶级差异的认识，并以此批评罗素对中国文化所作的本质概括：

舆夫负重行，上山复下谷。
历尽诸险艰，垂暮方息足。
我意获弛担，自当速睡熟，
谁知重张灯，彻夜作蒱博！
此哄彼复嗔，甲逃乙更逐。
所得几何钱，未足供饘粥。
胡乃大鸱张，抛撒如星落？
明朝重耸肩，勇气盛贲育。
至夜又复然，如有鬼捉缚。
毋乃枭与卢，竟是医劳药？
物性果不齐，熊鱼各有欲。
上智与下愚，不可常理度。
且勿忧人忧，姑且乐吾乐。

身为自由派思想家的罗素不会用轻蔑加体恤的语气谈下层阶级。然而令人玩味地是，他使用了国民性话语来描写类似的经历。

2 这类研究非常多。毛泽东在1956年4月发表的谈话《论十大关系》中，对阿Q也持相同看法。

绝,而应勇于面对这其中的张力,哪怕当鲁迅毫无保留地认同这个思想时也不例外。下面我对《阿Q正传》的诠释就是试图探讨这种张力,我的出发点是叙述人的主体身份,因为叙述人与阿Q人物之间的隔膜,恰恰隐喻了国民性话语进入中国后的两难情境。

五

鲁迅曾不止一次说他写《阿Q正传》的目的是描写中华民族的灵魂。例如,他在俄文译本《阿Q正传》序中说:“我虽然已经试做,但终于自己还不能很有把握我是否真能写出一个现代的我们国人的魂灵来。”[1]这句话一再被批评家引用,以有利于对这篇小说作出单一的结论。我倒觉得,他的另一篇文章值得回顾。在《再谈保留》中,鲁迅以第三人称说:“十二年前,鲁迅作的一篇《阿Q正传》,大约是想暴露国民的弱点的,虽然没有说明自己是否也包含在里面。然而到得今年,有几个人就用‘阿Q’来称他自己了,这就是现世的恶报。”[2]此话一方面讥讽有人将《阿Q正传》当作影射真人真事,另一方面则提出了作者、文本、读者的复杂关系和诠释的问题。我关心的,倒不是鲁迅的批评对象是不是也包括他自己,或他自己是否能免于阿Q

1　《俄文译本〈阿Q正传〉序及著者自叙传略》,见《鲁迅全集》,7:77。
2　《再谈保留》,见《鲁迅全集》,5:114。

和未庄村民的国民性的缺陷。鲁迅曾多次在作品中明确表示批评家跟其他人一样值得批评。例如,他说过:“我的确时时解剖别人,然而更多的是更无情地解剖我自己。”[1]在《狂人日记》中,叙述人也承认说他可能和别人一样犯了吃人的罪行。

那么,在《再谈保留》中,鲁迅是怎样理解文本与诠释活动的关系呢?我认为这里最突出的是《阿Q正传》中叙述人的特殊角色。这个角色使得谁是阿Q,谁做阿Q的同类(作者还是读者?)这一类问题显得幼稚和苍白,我们接着要问:小说中的什么因素使得阿Q和国民性都向着批判敞开?批判意识是从哪里来的?一旦我们开始提出这些问题,叙述人的角色就变得极其突出和鲜明。这不能不让人联想到《呐喊》自序中鲁迅回忆在课堂上看画片的故事。他无意间看见血腥的场面和围观暴力场面的看客,后来又在回忆中成为这个故事的讲述者。《阿Q正传》的文本、读者和叙述人之间也蕴含了同样复杂的看与被看的关系。

在《阿Q正传》中,鲁迅特意安排读者在故事结尾处加入观看“悲剧英雄”阿Q被处决的看客行列。这是他的一石二鸟之计。他绝不放过读者,正如他也不会放过小说中的虚构人物一样,叫所有的人都无处藏身。这个看似简单的故事是怎样达到如此复杂的效果?

我们不妨从巴赫汀(Bakhtin)提出的“戏拟风格”(parodic

1 《写在〈坟〉后面》,见《鲁迅全集》,1:362。

stylization)的角度加以了解。巴赫汀认为在多层次言说(heteroglossia)的构成中,常见“在同一个句子里,作者可以取得同时说自己的话和说别人的话的双重效果”。巴赫汀以果戈理(鲁迅喜欢的俄国作家之一)为例,指出他作品的叙事角度是假客观叙事文体的最佳范例,即叙述人假装说别人的话,或“公众意见”从自己的口中说出造成“多层次言说”的效果。[1] 我认为这样分析叙述人的角色会有启发性。就《阿 Q 正传》的解读而言,叙事人在抨击国民性时,恰恰提出了他自己是谁的问题。也就是说,叙述人,而非阿 Q,才是这个故事意义的关键,这些意义包藏在叙述人(虚构的传记作者)、阿 Q、未庄居民和读者的网络结构之中。

叙述人和阿 Q 一样,都是鲁迅虚构的人物,这似乎是不言而喻的。但与阿 Q 不同的是,叙述人同时存在于两个虚构的文体世界(用热内[Genette]的话说,两个剧情层次),以全知叙述人的隐身术在两者间来回穿梭。故事的第一章,叙述人以第一人称介绍自己是拟题为《阿 Q 正传》故事的作者。叙述人谈论自己计划写一篇(从读者的观点来看)已经写好的故事,这就在超剧情层次(extradiegetic level,即叙述人从剧情世界以外发言)和剧情世界内部(autodiegetic level,即叙述人同时也是叙述对

1 巴赫金对于言说的多层次结构被长期误译为“众声喧哗”。正确的理解应该是叙述学意义上的不同言说层面在行文中的统一。见 Mikhail Bakhtin, *The Dialogic Imagination*, Trans. Michael Holquist and Caryl Emerson(Austin: University of Texas Press, 1981),第 304、305 页。

象)之间画了一道界线。[1] 这两个层次在故事进展时很快合而为一,使我们在阅读中捕捉隐藏在两个层次之间的意义十分困难。然而,这些不同的叙述层次对我们了解叙述人与他描述的世界之间的关系有绝对的重要性。

第二个虚构世界比较容易了解,因为它符合我们对一个"好故事"的期待:时间、地点、事件、人物等。简单地说,时间是辛亥革命前后,地点是南方一个叫未庄的小村,那里发生了一连串故事,最后以阿 Q 丧命作结。这个虚构世界的界限在第二章,叙述人停止使用第一人称,而改用第三人称全知视角。由于第一章中的第一人称叙述为后来的第三人称叙述提供了基本框架,它必定也影响到后来发生的事件的意义。也就是说,我们在阅读阿 Q 的故事时,必须全面考虑叙述人消弭之后的存在。

第一章中,叙述人,一个被虚拟的传记作者,他说话的口气像新旧交替时代的文人。他数次提到《新青年》,提醒我们写作时间是"五四"时期,与故事发生的时间相距将近十年。叙述人娴熟于旧派学问,大谈各种传统传记文类的优缺点。同时,他对西学也略有所知。不过,他对新旧学都不满意。例如,他夸张地深究阿 Q 不详的姓名宗谱,这等于在嘲弄传统的儒家价值观。他也运用西文字母,但这并不表示他同情新文化运动的一派人

---

1 纪德(André Gide)小说《作伪者》(*Les Faux monnayeurs*)是这种高度自觉(self-reflexive)叙事的有名范例。法国批评家称为 mise en abyme,见 Lucien Dallenbach,Le Récit *Speculaire*:*Essai sur la mise en abyme*(Paris:Seuil,1977)。

物。关于阿Q的姓名,他说:“生怕注音字母还未通行,只好用了‘洋字’,照英国流行的拼法写他为阿Quei,略作阿Q。这近于盲从《新青年》,自己也很抱歉,但茂才公尚且不知,我还有什么好办法呢。”[1]阿Q的名字本身就是跨语际书写的成果！小说的生成牵涉到四国语言:英语(斯密思)、日语(涩江保等人)、波兰语(先珂维茨)和现代汉语。主角阿Q自称蔑视假洋鬼子,字面上他的名字的缺席却是由一个英文字母替代的。在引文中,叙述人和作者鲁迅显然不是一回事。鲁迅本人时常向《新青年》供稿,并且是新文化运动的主要领袖之一,叙述人则若即若离地趋随一个姓赵的国粹派意见。叙述人的文体声音暧昧地游移在传统(中国)和现代(西方)之间,制造反讽效果。这个游移中的声音,后来导向第三人称叙事,成为我们诠释这篇故事须掌握的关键。

由于叙述人的声音始终在主导着叙事,那么阿Q是否象征国民性,是否代表下层农民这一类问题,就不能不受制于叙述人与阿Q,和他与未庄乡民之间的关系,叙述人身上有没有国民性。即使后来他变成第三人称全知,这些问题仍然重要,因为叙述人始终不离开未庄。就连阿Q因为调戏女人、偷窃,被赵家殴打而离开未庄时,隐身的叙述人也没有离开过未庄。也就是说,叙述人为阿Q作传,但从不离开未庄的眼光。鲁迅的叙述人是很灵活的传记家,跳过阿Q不在未庄的那段时间,他从阿Q

1　《阿Q正传》,见《鲁迅全集》,第1—74。以下引文以括弧标示页数。

回到未庄后接下去说。所以第六章的开头是:“在未庄再看见阿Q出现的时候,是刚过了这年的中秋。人们都惊异,说是阿Q回来了,于是又回上去想道,他先前哪里去了呢?”(93页)整章中,叙述人以全体未庄村民的眼睛来观察,虽然他也跟村民保留距离,对村民不无嘲讽,但对阿Q去向所知始终不比村民多。例如,当阿Q对自己在城里的作为撒谎,叙述人只冷静地说:“据阿Q说,他是在举人老爷家里帮忙,这一节,听的人都肃然了。”(95页)

在其他地方,叙述人视角并不总是与村民重合。在大部分章节里,叙述人自由地出入阿Q的意识,在心理叙述(psycho-narration)、内心语言(thought language)和自由间接引语(free indirect style)之间对现实和阿Q的幻觉对比。无论如何,叙事总是围绕在阿Q和未庄人的来往上。那么,未庄是不是中国的缩影?果真如此,则村民代表中国国民性,如鲁迅在俄文译本序中指出的那样。可是,叙述人呢?叙述人也在未庄社会。如果他完全属于那个社会,他怎么又能同时置身事外,嘲讽阿Q的愚蠢以及村民的残忍呢?

现在我们必须回到书写符号的社会地位。知书识字使叙述人获得地位,而双目白丁让阿Q无权无势。小说以叙述人大谈历史写作,为阿Q的命名开始,以阿Q不认字的惨况作结。阿Q不但不会在自己的死刑状上签名画押,即使画圆圈也画不圆。这一幕令人难忘:

于是一个长衫人物拿了一张纸，并一枝笔送到阿Q的面前，要将笔塞在他手里。阿Q这时很吃惊，几乎"魂飞魄散"了：因为他的手和笔相关，这回是初次。他正不知怎样拿；那人却又指着一处地方教他画花押。

"我……我……不认得字。"阿Q一把抓住了笔，惶恐而且惭愧的说。

"那么，便宜你，画一个圆圈！"

阿Q要画圆圈了，那手捏着笔却只是抖。于是那人替他将纸铺在地上，阿Q伏下去，使尽了平生的力画圆圈。他生怕被人笑话，立志要画得圆，但这可恶的笔不但很沉重，并且不听话，刚刚一抖一抖的几乎要合缝，却又向外一耸，画成瓜子模样了。(111页)

假如阿Q把圈画圆了，它就会像英文字母O，倒是离Q字不远。既然文字的生杀大权掌握在叙述人手里，因此阿Q画不圆并不奇怪也意在其中。阿Q只能匍匐在文字面前，面对文字符号所代表的中国文化的威势发抖。叙述人的社会地位就不可能让他做出阿Q那些劣行劣迹，叙述人占据着阿Q永远够不着的主体位置。他处处和阿Q相反，让读者省悟到横亘在他们之间的"上等人"与"下等人"的鸿沟。叙述人无论批评阿Q还是宽容阿Q，前提都是他自己知书达理，掌握文化资本。[1] 叙述人的知识不限于中国历史或西方文学，而且还包括全知叙事带给

1　在小说《孔乙己》中，鲁迅探索了上等和下等阶级之间的另一种紧张关系。叙述人用白话文记述了儿时当伙计时常见的孔乙己，语带反讽。《孔乙己》中的阶级区分，与其说在识字与不识字的差别，不如说在古文与白话文的冲突。见《鲁迅全集》，1:20—24。

他的出入阿Q和未庄村民内心的自由。

《阿Q正传》中的叙述人,他的主体位置出人意料地颠覆了中国国民性的论述,尤其是史密思的那种一网打尽的论述。我的意思不是说,这篇小说里没有中国国民性,我们必须承认史密思说的面子问题是鲁迅和阿Q共同关心的。我想指出的是,鲁迅的小说不仅创造了阿Q,也创造了一个无情地分析和批评阿Q的叙述人,这个叙述人既不是美国人,也不是日本人,而是一个中国人。由于鲁迅在小说中这样的主体意识,它就深刻地超越了史密思的支那人气质论,大幅改写了传教士的话语。

六

国民性是"现代性"理论中的一个神话。说它是神话,我不过在这里用了一个隐喻,指的是知识的健忘机制。理由是,国民性的话语一方面生产关于自己的知识,一方面又悄悄抹去全部生产过程的历史痕迹,使知识失去自己的临时性和目的性,变成某种具有稳固性、超然性或真理性的东西。我觉得,问题的复杂性倒不在于文化与文化之间、国与国之间到底有没有差异,或存在什么样的差异。我们的困难来自语言本身的困境,它使我们无法离开有关国民性的话语去探讨国民性(的本质),或离开文化理论去谈文化(的本质),或离开历史叙事去谈历史(的真实)。这些话题要么是禅宗式的不可言说,要么就必须进入一个既定的历史话语，此外别无选择。因此，话语实践、知识的来龙去脉，以及各种概念和范畴的运作，就不能不上升到理论研究的第一位。不然的话，知识将永远和我们捉迷藏。

（本章由作者的两篇文章改写而成，一篇为桑梓兰从《跨语际实践》一书的英文翻译了其中的一章；另一篇为《一个现代性神话的由来：国民性话语质疑》，载陈平原、陈国球主编《文学史》第一辑，北京：北京大学出版社，1993 年，第 138—156 页。）

第四章

不透明的内心叙事：从翻译体到汉语叙事模式的转变

在读欧美叙事学理论时，我经常会产生出一些疑问。由于这些疑问很难在欧美叙事学理论内部找到答案，因而想到，汉语和汉语文学能否为我们提供一种新的资源，一套帮助我们重新认识叙述学的理论话语。比如，汉语通常可以省略若干句子的主语，却丝毫不会影响句子意思的完整性。而印欧语系的屈折语形态则不同，正常句子的主语通常是不能或缺的，“人称”这个概念，之所以成为欧美叙事学的一个关键因素，实在是受其句法（syntax）和与之相关的语法特性所制约的。欧美叙事学从来都把对人称的研究放在首位，早期的理论著作尤其重视对第一人称、第三人称以及有关人称形态的界定与阐说。[1] 接受了结

---

1 早期叙事学著作较有代表性的包括 Percy Lubbock, *The Craft of Fiction*（London: Cape, 1921）；E.M.Forster, *Aspects of the Novel*（London: Arnold, 1927）。

构主义语言学影响以后的叙事学理论，则更是执意追求某种严格的、带有普遍意义的技术性语言，为的是修正或取代传统叙事学中那些似是而非的概念，诸如“全知全能叙事”（omniscient narration）和“限制叙事”（limited point of view）之类的概念。法国叙述学理论家热奈特（Gérard Genette）在人称、时态、语态和语气等范畴上所作的范本分析，就相当成功地达到了取代传统叙事学的目的。[1] 还有一批产生过较大影响的理论家，如 Roland Barthes，Mikhail Bakhtin，Tzvetan Todorov，Dorrit Cohn，也分别从符号学、俄国形式主义、结构主义等不同角度着手，为传统的叙述学更新了语言。[2] 上述研究对当代批评家提出了根本性的挑战，使我们不再可能将复杂多变的叙事现象，笼统地划入第一人称、第三人称或全知及限制叙事的视域，就完事大吉。它要求我们在讨论叙事模式的时候，必须把叙述人的文体身份放入小说文本多重修辞因素的关系之中加以探讨。这无疑大大丰富了我们对叙事文体的认识。但无论是传统的还是当代的欧美文论家，这些学者一般都不会否认他们发明和使用的概念和名词，都是从自己母语——通常为法、英、德、俄语——的语法范畴中派生出来的。屈折语形态的人称、时态、语态和语气等语法概念，在热奈特和其他欧美学者看来，义不容辞地承担着叙事学的

1　见 Genette，*Fingure Ⅲ*（Paris：Seuil，1973），*Nouveau discours du récit*（Paris：Seuil，1982）。影响较大的英译本是 *Narrative Discourse*，Trans. J. Lewin（Ithaca：Cornell University Press，1980）。

2　例如 Barthes，*S/Z*（Paris：Seuil，1970）；Bakhtin，*The Dialogic Imagination*（Austin：University of Texas Press，1981）；Todorov，*Grammaire de Décameron*（The Hague：Mouton，1969）；Dorrit Cohn，*Transparent Minds*（Princeton：Princeton University Press，1978）。

理论架构,这似乎是不争的事实。然而,对那些熟悉欧美文学传统以外的语言和文字的人来说,情形就大不相同。前面提到的那些疑问,就是由于我自己对欧美叙事理论的前提不满而产生的。

但是,汉语的句法形态是否能给我们提供一套与欧美叙事学截然不同的理论资源呢?这似乎又涉及另外一些问题,一个不容我们回避的事实是:"五四"甚至更早的白话文运动业已将翻译体,尤其是欧化文体,不可逆转地引入了汉语语法和小说叙事之中,使得现代汉语和其他语言之间,产生了错综复杂的联系。[1] 因此,我们很难想象建立一套所谓纯属汉语的,与其他语言毫无干系的叙事学。但凡开口讲叙事学(narratology),言说者就身不由己地离开了那个纯粹的汉语领域,而跨入了某种真实的关系之中。我想强调一下,这里讲的是关系,是某种在历史过程中形成的实实在在的关系(如翻译及翻译可能性的建立等),而不是凌驾于汉语和一切语言之上的抽象的普遍性。但强调和突出关系的重要性,是不是意味着我们必须套用欧美人在自己母语的基础上发展起来的理论框架,才能探讨现代汉语小说叙事的特点呢?或者我们换个角度提问题,即现代汉语在理论话

1 参阅陈平原《中国小说叙事模式的转变》,上海:上海人民出版社,1988 年);Edward Gunn, *Rewriting Chinese*(Stanford:Stanford University Press,1991);北岛:《翻译文体:一场悄悄的革命》,见 Bei Dao,"Translation Style:A Quiet Revolution",in Wendy Larson and Anne Wedell-Wedellsborg,eds.,*Inside Out:Modernism and Postmodernism in Chinese Literary Culture*(Aarhus:Aarhus University Press,1993),第 60—64 页。李陀关于毛文体的研究也涉及这一类问题,见《现代汉语和当代文学》,《新地文学》1991 年 1 卷 6 期。此外,笔者 1995 年出版的一书 *Translingual Practice*,对此有比较详细的讨论。

语上应如何处理自己的主体位置。说得更具体一点,汉语的言说行为同欧美的文学理论要不要沟通,怎样沟通?其实,翻译体的存在已经部分地回答了要不要沟通的问题,我们面临的仍然还是如何沟通的老问题。对此,人们目前还没有找到现成的答案。

一

答案虽然没有现成的,但几个经常出现在学术著作中的理论陷阱,倒是值得我们警惕的。其中之一便是比较文学的“影响说”。“影响说”表面上看起来好像是研究关系史和沟通史的理论方法,但它经常成为常识的附庸,而且是被改头换面了的常识。因为除了对所谓可见的“影响”给予学术上的肯定,亦即予以合法化,它几乎从来都不能圆满地解释——更不必说批评——影响何以能够决定意义的产生,为什么有人受到这样的影响,有人受到那样的影响,影响本身能否构成自足的研究对象,它是何种性质的研究对象,等等。与“影响说”相对的另一理论陷阱,则是国粹主义。20世纪初以来出现的多次国学浪潮,无一不是在西方文化霸权的压力下产生的。虽然历代主张国学的人都坚信自己搞的是纯国学,但“国学”本身的提法却是一个舶来语(日语读音 kokugaku),出自日本的现代国粹运动,它与日本曾大量翻译18—19世纪德国国家主义学说,这些学说后来又曲折地传入汉语。[1] “国学”的现代史痕迹是很难抹掉的,国粹学派抵抗西方文化也好,崇洋派认同西方文化也好,两者都是同一历史的孪生儿。这里其实真正值得我们关心的,是藏在那些抵抗和认同背后的前提性的东西。

木章试图在“影响说”的简单模式之外,检讨汉语文学和西方文学之间的关系,并在摒弃“国粹主义”情结的同时,讨论现代汉语应如何在叙事学理论上替自己建立起一个主体位置。这无疑是一项十分艰巨的工作。现代汉语目前还没有自己的叙事学理论,有的仅仅是对西方叙事学的应用,这种长期的主从、应用的关系,使汉语的主体位置成了一个不可回避的难题。我觉得,我们有没有自己的叙事学理论倒其次,要不要西方叙事学的“影响”也绝非一厢情愿的事,重要的是有没有反省中西学术之间的历史关系和权力关系——以往的和现在的——的那种意识。这就意味着,研究者必须把研究的对象和自己的学术实践同时放进更大的历史格局之中去看:把研究对象历史化,也把自己继承的学术传统历史化。

从晚清的新小说到民国初期的新文化运动,以及后来的多次反传统运动,人们都曾努力寻求中西文化之间的沟通,但很多做法都是以否定自己为出发点(拒绝沟通者另当别论)。梁启

1 见 H. D. Harootunian, *Things Seen and Unseen: Discourse and Ideology in Tokugawa Nativism* (Chicago: University of Chicago Press, 1988); Tetsuo Najita and Irwin Scheiner, eds., *Japanese Thought in the Tokugawa Period 1600—1868: Methods and Metaphors* (Chicago: University of Chicago Press, 1978)。

超曾经说过："吾中国人状元宰相之思想何自来乎？小说也；吾中国人佳人才子之思想何自来乎？小说也；吾中国人江湖盗贼之思想何自来乎？小说也；吾中国人妖巫狐兔之思想何自来乎？小说也。"[1]梁启超当时对传统小说的批评，是为了给他自己提倡的政治小说开风气，但对后人的影响却远远超越了晚清的历史环境，使其成为中国现代写实主义小说的滥觞者。梁启超的文学见解被"五四"批评家发挥到了极致，如周作人就曾在《人的文学》中将传统中国小说一概斥为"非人的文学"，并举出十种在他看来是妨碍人性生长的小说类型：色情狂的淫书类、迷信的鬼神书类、神仙书类、妖怪书类、奴隶书类、强盗书类、才子佳人书类、下等谐谑书类、黑幕类，以及与上述各种主题有关的旧戏。[2] 傅斯年在《白话文学与心理的改革》一文中大力迎合上述观点，说："我们的祖先差不多对于人生都没有透澈的见解，会说什么'圣贤'话，'大人'话，'小人'话，'求容'话，'骄人'话，'妖精'话，'浑沌'话，'仙佛侠鬼'话，最不会的是说'人'话，因为他们最不懂得的是'人'，最不要求的是人生的向上。"[3]诸如此类的说法在今天听起来似乎过分激烈，甚至流于肤浅，但在当时，却深刻地影响了汉语小说的写作、批评和阅读行为，尤其是"五四"的白话文学传统。

---

1 梁启超：《论小说与群治之关系》，《饮冰室文集全编》，卷九，上海：新民书局，1935 年，第 21 页。

2 见赵家壁编《中国新文学大系 建设理论》，上海：良友出版社，1935—1936 年，第 196—197 页。

3 同上，第 204 页。

早期“五四”白话小说的文体标志主要是各式各样的翻译体。新的小说观念，特别是心理写实主义，随着翻译体的进入，开始逐渐渗透汉语小说写作（晚清林纾等人的文言翻译无疑是推动这一过程的先行者）。作为一种主导叙事策略，心理写实主义承担了文学对所谓“人”的意义做重新诠释的任务，它给中国文学带来的强制性变化和转型，是有目共睹的事实。本文打算就这一历史的过程提几点疑问，不是为了简单地肯定或否定西方心理写实主义近百年以来给汉语写作和现代汉语带来的实际变化，而是为了充分了解藏在这些变化后面的那些论说前提和历史条件：心理写实主义如何帮助五四文学取得历史的——“现代化”的——合法地位？汉语的写作和阅读行为由此产生了怎样的实质性变化？心理写实主义对“人”的意义作出怎样的再解读？“内心叙事”何以成为汉语小说的主导叙事之一？翻译体给汉语小说的文体和叙事模式带来了什么意义上的转变？

二

郭沫若 1922 年曾在《创造季刊》第 2 号上发表过一篇叫作《残春》的小说。稍后不久，他又登出一篇替《残春》辩护的评论文章，题为《批评与梦》，为的是回应几位批评家对他这篇“心理小说”的误读。作家为自己小说辩护的做法，在文学史上并不少见，更何况青年郭沫若在人们眼里多少有些狂妄的嫌疑。只要细察《残春》和《批评与梦》之间所发生的事，我们就会发现，那里面的内容大大超出了我们对作家个人品行的关怀。它提出的是现代小说和现代文学批评如何替自己谋取合法性的问题，其中涉及的问题包括弗洛伊德的精神分析理论、心理写实主义、阅读的现代性以及文学批评的标准等。

短篇小说《残春》的主人公名叫爱牟，故事的场景设在日本，写爱牟在那里的一段留学生活。叙述人"我"用自传的口吻，讲述了他去医院探望一位患病的同乡贺君时，在梦中与护士S姑娘之间发生的艳遇，以及接下来的一场妻子持刀杀人的噩梦。故事的叙述并无特别精彩之处，中间倒是穿插着一些西方文学中的典故或名字，如 Odysseus，Siren，Medea，Shelley 等，并一概用罗马字母标出，好像作者在着力渲染他与欧洲文学互文这件事。[1] 当时有一位批评家指出，这篇小说"平淡无奇，没有深意"。对此，作者提出了自己的反驳："我那篇《残春》的着力点并不是注重在事实的进行，我是注重在心理的描写。我描写的心理是潜在意识的一种流动。"[2] 又："我在《残春》中做了一个梦，那梦便是《残春》中的顶点，便是全篇的中心点，便是全篇的结穴处。"(115 页)我们姑且先不去管这篇小说的成就究竟有多高，这场辩论的焦点是：心理描写能不能成为小说创作的核心。

1 郭沫若：《残春》，见《沫若文集》，卷五，北京：人民文学出版社，第 13—28 页。

2 郭沫若：《批评与梦》，见《沫若文集》，卷十，第 113 页。本文页码不再另行加注，均在文中标出。

身为作者的郭沫若，毫无疑问是要替自己辩护的，这也无可厚非。关键的是，当他替自己辩护的时候，他所使用的语言和理论依据比其辩护行为本身更能说明问题，因为它凸现了有关汉语小说观念和语言的一场更大的历史转型。这在郭沫若解读《残春》的语言中，表现得十分生动：

> 主人公爱牟对于S姑娘是隐隐生了一种爱恋，但他是有妻子的人，他的爱情当然不能实现，所以他在无形无影之间把它按在潜意识下去了。——这便是构成梦境的主要动机。梦中爱牟与S会于笔立山上，这是他在昼间所不能满足的欲望，而在梦中表现了。及到爱牟将去打诊，便是两人的肉体将接触时，而白羊（小说中的人物之——笔者注）匆匆走来报难。这是爱牟在昼间隐隐感觉着白羊为自己的障碍，故入梦中来拆散他们。妻杀二儿而发狂，是昼间无意识中所感受到的最大的障碍，在梦中消除了的表现。至于由贺君的发狂而影到妻的发狂，由晚霞如血而影到二儿流血，由Sirens的连想而影到Medea的悲剧（因为同是出于希腊神话的），由Medea的悲剧而形成梦的模型。……我自信我的步骤是谨严的。我曾把我的这层作意向达夫说过。达夫说"如果你自己不说出来，那就没有人懂"。（116页）

郁达夫的话里是不是含有讽刺的意思，我们无从了解。对郭沫若来说，重要的是要把自己的深义"说出来"，也就是通过"言说"或"命名"使其合法化。小说《残春》和文章《批评与梦》共同做了一件事，那就是对梦的重新诠释和"命名"。作者绝不否认，小说中插入梦境的手法，是文学家惯用的写作技巧；但他这里强调的不是一般意义上的梦境，而是被精神分析学重新命名过的那个东西,它的名字叫“潜意识”。

为什么一定要通过写梦来捕捉潜意识的流动呢？郭的回答是,有精神分析学和生理学上的理论依据(他当时还是医学院的学生):“我听见精神分析学家说过,精神分析的研究最好是从梦的分析着手。精神分析学对于梦的说明也有种种派别。如像弗罗以德(Freud),他是主张梦是幼时所抑制在意识之下的欲望的满足。如像雍古(Jung),他所主张的欲望是对于将来的发展。如像比赛底司(Sidis)和卜林司(Prince),则于欲望之外还主张恐怖及其他的感情。综合而言之,此派学者对于梦的解释是说‘梦是昼间被抑制于潜在意识下的欲望或感情强烈的观念之复合体,现于睡眠时监视弛缓了的意识中的假装行列’。更借句简单的话来说,便是我们俗语所说的‘日有所思,夜有所梦’。这句话把精神分析学派对于梦的解释的原理说完了。”[1](114页)表面看起来,作者好像是在用中国的民间俗语解释晦涩的精神分析术语,语气中多少流露出一点嘲弄被翻译体搞得不伦不类的那种汉语,诸如“意识中的假装行列”之类的句子。遗憾的是,郭沫若并没有这一份批评的自觉。精神分析学和生理学在他的文章里,终归是打开意义之门的金钥匙,他甚至毫无顾忌地握着这把金钥匙,去尝试开启传统文学的大门。谈到庄子,按照生理学对人体的末梢感官和脑神经中枢的连络活动的

1　引文括弧中的名字分别为:Sigmund Freud, Carl Jung, Boris Sidis, Morton Prince,他们都是当年影响最大的精神分析专家。

说法,郭沫若做了如下分析:“庄子的脑筋天天在游于无何有之乡、广漠之野,所以他梦见化为蝴蝶。”(114—115页)这句貌似聪明、实则荒唐的分析,点到了现代文学批评的要害之处。说得严重一点,我认为现代文学批评在追求科学、实证方法的过程中,付出了惨重的代价。这代价不是别的,恰是想象力的日趋贫困。

郭沫若的小说和评论文章给予我们的启示是多重的。它的典型之处还不在于精神分析理论对初期“五四”文学有多么广泛和直接的影响,尽管这种渗透都是实实在在的(鲁迅《故事新编》即是一例);而在于这些理论为“人”的文学提供了一套理论资源和合法性话语。批评与创作携手并进,共同开辟了一个新的话语空间。至20年代末30年代初,这个话语空间已经得到了普遍的承认,换言之,人们已无须替自己的心理写实主义小说做郭沫若式的辩护了。

三

心理写实主义的兴起和继而获得主导地位,在西方也是晚近两个世纪以来的事。有人指出,现代人对自己“内心”世界的解释和把握,往往离不开甚至有赖于现存的叙事文体。[1] 也就是说,小说叙事文体对心理描写策略的运用,并不是作品对人物

1 这是 Dorrit Cohn 等人的研究所得出的结论,见 *Transparent Minds*。

"内心"世界的真实反映(镜像式的反映不过是小说刻意追求的幻象而已),而应该倒过来看,即这种文体是叙述语言对内心世界的幻想(捕捉不到,故求助于幻想),亦是小说语言对人的自我认识极限的突破。我们经常听说,弗洛伊德的精神分析学如何使文学作品获得了前所未有的深刻性,如何影响了现代西方人的自我认识,等等。此类说法虽然不错,但往往掩盖了另一个事实,即弗氏理论的出现恰恰是维多利亚文学和欧洲心理写实主义小说发展的鼎盛时期,而弗洛伊德本人喜欢在自己的理论中使用文学意象,不会是一次简单的巧合。[1] 19世纪欧洲小说家发明的各种"内心叙事"策略,替新兴的精神分析学准备了大量的"叙述"语言,以及伴随而来的那一份对认知行为的自信,因为精神分析的大前提是不让你怀疑内心世界的可知性和可言说性——虽然"无意识"这类概念分明把精神分析的语言推向另一个不可言说的极限。正因为它和文学之间有如此不解之缘,精神分析语言的"科学"性就不能不在叙事学面前打一个大大的折扣,而现代小说对"内心叙事"的情有独钟,也同样应放在叙事文体演变的历史中,给它一个恰当的历史定位。

什么叫小说的"内心叙事"?它具有哪些文体特征?为什么在现代汉语小说中,它和翻译体结下如此不解之缘?为了回答这几个问题,我首先举一个英文文体的例子。英国翻译家霍

1　参阅 Steven Marcus, *Representations: Essays on Literature and Society* (New York: Random House, 1975)。

克斯(David Hawkes)曾经使用大量的“内心叙事”手法,翻译曹雪芹的《红楼梦》。小说第三回,黛玉初见宝玉的那一刻心理活动,曹雪芹曾作如下描写:“黛玉一见,便吃一大惊,心下想到:‘好生奇怪,倒像在哪里见过一般,何等眼熟到如此!’”霍克斯是怎样翻译这一段文字的呢?且看他的译文:“Dai-yu looked at him with astonishment. How strange! How very strange! It was as though she had seen him somewhere before, he was so extraordinarily familiar.”[1]译者文笔十分流畅,无疑为读者提供了标准的现代英语范例。但我举这个例子并不是要检验译文是不是符合信、达、雅的原则,而是为了说明“内心叙事”在英语文体上的一些特征,并由此引申到我们讨论的翻译体的叙事上面来。霍克斯这段译文的突出特点是,他有意省去了原文中用来标记直接引语的词句“心下想到”(这一类文体标记,常使现代汉语版本的引号显得有点画蛇添足),对黛玉的那段内心独白则做了另一番处理。他的办法是采取现代英语读者所熟悉的“自由间接文体”(free indirect style),把曹雪芹原文的“引述”化为某种自由“转述”的模式(本文一律采用“自由转述体”的译法)。虽然这种做法有不忠实于原文之嫌,但效果似乎比直译更佳。关于这一点,我们拿库恩(Franz Kuhn)的德文译本略作比较,就一目了然。库思的翻译力图保持原文的叙述风格,因此他的译

1 Cao Xueqin: *The Story of the Stone*, vol.1, translated by David Hawkes (London: Penguin Books, 1973),第101页。

法是:“Blaujuwel war von seinem Anblick aufs höchste betroffen. ‘Seltsam, wie bekannt mir sein Züge vorkommen, Als müßte ich ihm schon einmal begegnet sein,’ ging es ihr durch den Sinne.”[1] 德文本的译文对黛玉的内心独白做了直接引语的处理,因此,它除了把原文的“心下想到”移至句尾以外,基本上是严格遵守了原文的叙事模式。但读起来,此种叙事风格毕竟不如霍克斯的英译本来得那么流畅和明快。这里的原因很多,首先就是小说叙事模式本身的历史变化,以及由此而触发的种种文体上的革新。

一般认为,自由转述体是法国19世纪作家福楼拜最早发明的。它第一次出现在小说《包法利夫人》时,在读者和批评家中间引起很多关注,不过当时主要是误解。但自此以后,欧洲文学的叙事模式就开始经历一场深刻的文体革命。自由转述体从逐渐被人认识、接受,到被大量地模仿、使用、翻译而一跃成为小说正统。[2] 这场文体革命给欧洲小说叙事模式究竟带来了些什么呢?我们只要拿传统小说处理人物内心活动的手段来作一比较,就大致清楚了。传统的内心叙事通常采用是以下几种策略:一、直接引述。指的是叙述人对人物内心独白的引述,其文体标志为引号的使用、人称与时态的转换(如“他”变“我”,过去时变现在时),以及随之而来的其他语法形态的改变。二、间接报

---

1 *Der Traum der Roten Kammer: Ein Roman aus der Frühen*, translated by Franz Kuhn (Wiesbaden: Insel-Verlag, 1959), 第45页。

2 参阅 Hans Robert Jauss, *Literatur als Provokation* (Frankurt a.M., 1970), 第203—206页。

导。即叙述人用“某某想到……”或“某某意识到……”等句式，间接地报告人物的内心活动，而不在人称、时态以及标点符号上做另外调整。三、直观描写。相当于从全知全能的视角或有限的视角对人物行为或情感的客观描述，如“她看到……”。它与“间接报导”的根本区别是，直观描写不参与对人物（内心）语言的报导。我们可以想象把“间接报导”的从句加上引号，并在时态和人称上做适当调整，就能把句子由“间接报导”转换为“直接引语”。这一类的转换在“直观描写”那里是不生效的，因为直观描述的事物不是人物自己的语言。四、有意回避。叙述人有时可能卖关子，拒绝进入人物的内心，如“我们不可能知道某人此时此刻在想什么，请聪明的读者自己想象吧”等。[1] 无论是叙述人决定“替”他所描述的人物说话，或“摘引”其原话，或干脆不进入对方的内心世界，有一点是不能含糊的，即叙述人的语言和人物的语言之间保持着明确的文体界线，我说的是我说的，他（她）说的是他（她）说的，我“替”他（她）说也是我的转述，等等。自由转述体的出现，则打破了这一道文体界线，在“直接引述”和“间接报导”之间做了一次意义重大的调和。它意味着叙述人可以不必借助直接引语，但依旧能够用人物自己的口吻说话（福楼拜的叙述人就是因为用了这种文体描述主人公 Emma 的内心活动，而被当时的读者误解，以为是作者本人的思想，结

1 以上几条，是笔者对当代叙述学的有关内容所作的简要概括，有研究兴趣的读者，可参阅前文第 98 页注 1 和注 2 所列的著作。

果他被控告有伤风化)。前面提到霍克斯用自由转述体翻译曹雪芹原文中的直接引语,正是达到了这种文体上的效果。译文的头一句是叙述人描写黛玉见到宝玉:"Dai-yu looked at him with astonishment."这是普通的直观心理描写,但叙述人笔锋一转,接下来开始用自由转述体"模仿"黛玉的语气说话,而不是直接引述:"How strange! How very strange! It was as though she had seen him somewhere before, he was so extraordinarily familiar."惊叹号标出的感叹句不可能是叙述人自己的感慨,它显然是黛玉的语言、黛玉的内心独白,但译者没有拿它做直接引语来处理,而是在整段的叙述中维持了第三人称和过去时态。这种文体的效果很特别,相当于叙述人在用自己的语法"模仿"别人的语气说话,它既不同于直接引语,又有别于传统的"间接报导",而后者一旦开始模仿人物的语气说话,也就化为自由转述体了。自由转述体的出现给欧洲小说带来了一场深刻的革命,它不仅使"内心叙事"获得了空前的自由度,而且为心理写实主义提供了极好的文体形式。关于这一点,我在讲到老舍的《骆驼祥子》和英国小说的关系时,还要做进一步说明。

霍克斯的翻译也许偏离了原文,但这种偏离给我们提出了一个非常有趣的问题,使我们对现代汉语小说的叙事文体研究刚好由此切入。说得夸张一点,现代中国文学对传统汉语文体的改造,很像霍克斯译文的再次汉译,是西方现代文体"自由间接地"对传统汉语文体的改造。外国文学,尤其是欧洲文学,从根本上动摇了汉语的文学传统，正如现代西方文化对20世纪中国人自信心的打击一样，其影响之巨可以说是波及了现代汉语每一个角落，无论是写作观念、叙事文体（包括自由转述体的引入）、语言风格、语法结构，还是遣词造句（如今想要彻底摆脱它的影响，几乎是不可能的，除非回到文言文和古白话，而那是不切实际的）。不过，我们很难因此就将现代汉语小说中的心理写实主义和“内心叙事”，简单地归结为比较文学上的那个老套路：甲影响了乙，故乙产生了某种期待中的变化等。比如，翻译体的现象就容易给“影响说”出难题，因为这里涉及的不是甲对乙的影响问题，而是介乎于甲和乙之间的一种不伦不类的东西；再说，当翻译体作用于译体语言的时候，它不能不同时受到译体语言的改造。针对这一复杂的跨文化、跨语言的文体现象，我想用老舍的小说，做一次范本分析，看看现代翻译体出现以后，汉语在叙述文体和小说观念上都有了哪些重大的变化，以及这些变化能否为我们检讨20世纪东西方之间的历史关系提供一些启发。

四

现代白话小说的语言技巧到20年代末30年代，可说已趋向成熟。在北方方言作家群里，这方面的佼佼者，应首推老舍。老舍的小说写作从一开始就在英语和汉语之间运作。不少研究者都注意到英国十八九世纪的小说对老舍小说尤其是早期作品的深刻影响，但很少有人从现代双语叙事的角度去认识这些“影响”，以把握那些体现在他的小说文体中的那些外来因素。

我记得许多年前读长篇小说《离婚》时，常见老舍使用一些产生新鲜效果的修辞，印象极为深刻。后来仔细想一想，才悟到那是翻译体给汉语造成的某种特殊的陌生化效果。比方说，小说中有一节描写邱太太的门牙，那牙长得有些夸张，所以叙述人说它总是在她的下唇上“休息”。[1] 这拟人化的动词“休息”显然是从英文 to rest 那里来的，从中文翻译回去就是：her teeth rested on the lower lip，一句很普通的英文表达。动词 to rest 除了有“休息”的意思，还经常充当半个系动词用，相当于“待在”某处的意思。因此，在英文读者听起来，此句的意思大约等于她的门牙总是“待在”下唇，而绝无“休息”的含义在内。正因为如此，英文句子就不可能有老舍句子里特殊的修辞效果。老舍对英文多义词的选择译法，可谓歪打正着，把翻译体变成了一种近乎戏仿（parody）的东西，且是汉语对英语的戏仿。不过，正打正着的翻译体现象在老舍的小说里似乎更常见一些。我在这里想集中探讨的，就是老舍在英语和汉语之间创造出来的一种“内心叙事”的翻译体；其中，他独具汉语特色的“自由转述体”代表了此类尝试的重要成就。

1　原句为：“一槽上牙全在唇外休息着。”见《离婚》，《老舍文集》，卷二，北京：人民文学出版社，1981 年，第 240 页。

《骆驼祥子》是这方面的典型。这部小说的重头戏几乎都是靠“内心叙事”的无声戏完成的,叙述人的“自由转述体”是贯穿全书的一条主线,而且用得极为圆熟。相比之下,祥子靠自己的嘴说出来的话,则是不被强调的,不仅不强调,小说还特意把他刻画成一个少言寡语的人。祥子之不善言辞是有名的,他与虎妞的对话,经常以他这方面的笨拙,败下阵来而告终。按照叙述人的说法,“祥子没有个便利的嘴,想要说的话很多,可是一句也不到舌头上来。他呆呆地立在那里,直着脖子咽吐沫”[1]。咽下去的话如变戏法一般,在叙述人的巧妙经营下,化作滔滔不绝的“内心叙事”。这些“内心叙事”形成主人公自己独特的语言世界,也在他和书中其他人物之间划了一道深刻的文体界沟。

关于祥子的形象,批评家有很多说法,这里就不一一赘述了。我们拿1951年以前和后来的版本稍作比较,就会发现作者自己的说法也不尽统一。由于各种原因,老舍曾不得不大幅度地修正自己对祥子的看法。但不管怎么说,有一点维持不变,而且批评家也都取得共识的,那就是祥子表现出来的个人本位主义。小说结尾处有一段话总结了祥子一生的悲剧:“体面的,要强的,好梦想的,利己的,个人的,健壮的,伟大的,祥子,不知陪着人家送了多少回殡;不知道何时何地会埋起他自己来,埋起这堕落的,自私的,不幸的,社会病胎里的产儿,个人主义的末路

---

1 老舍:《骆驼祥子》,上海:文化生活出版社,1949年,第173页。本文页码不再另行加注,均在文中标出。

鬼。”(308 页)一连串的形容词,意义相互冲突的、抽象的形容词,加上翻译体的句法(如一口气连用七个带“的”的定语修饰词),给祥子的生命涂上了一层悲剧的色彩。这里的“悲剧”一词似乎应加上引号,因为《骆驼祥子》塑造的悲剧形象,不是泛指人生的起伏跌宕,而是特指 tragedy,也就是我们在欧洲古典悲剧里经常碰到的那种形象高大,然而具有某种致命人格缺陷的人物,即所谓的 tragic flaw。祥子的人格缺陷是他的要强和好梦想,这一点既成全了他高尚的一面,又是导致他堕落的致命原因。虽然古典悲剧中的主人公大都是公子王孙,而祥子只是个洋车夫,但祥子毕竟不是一名普通的洋车夫。这个人物的吸引力不在他的职业形象,而在他对职业形象的超越。这种超越既是梦对现实的超越,又是文学对真实的超越。我们只要稍微关注一下祥子的内心独白,就可大致了解这种超越的动力。比如第二十章,虎妞死于产褥,祥子把车卖掉以后,他的心情得到了如下描写:“到城里来了几年,这是他努力的结果,就是这样,就是这样!他连哭都哭不出声来!车,车,车是自己的饭碗。买,丢了;再买,卖出去;三起三落,像个鬼形,永远抓不牢,而空受那些辛苦与委屈。没有,什么都没了,连个老婆也没了。”(245 页)很难想象正常人用这样的语气和节奏跟自己讲话。祥子的内心独白,倒更像舞台上的戏剧独白(soliloquy);他对自己一生的那种超然的把握和洞见,也很像古典悲剧中的人物。我们知道,古典悲剧人物的生涯不但要有大起大落,更重要的是,他还必须具备强烈的自我意识,一边睁大眼睛看着自己经历一场大灾大难,一边用戏剧化的语言道出自己的悲剧情结。因此内心独白是万万不可少的,没有了它,悲剧就会失去自己的语言灵魂,人物的内心也会失去戏剧化的见证。老舍小说里的洋车夫形象也被类似"悲剧"式的语言书写过了,因此,我们在阅读中,不能不考虑骆驼祥子的象征意义大于其职业和阶级身份规定的可能性。

严格地讲,祥子的内心叙事和戏剧里的独白又很不相同,它既可能是由叙述人替主人公讲出来的,也可能是由人物自己直接道出,这中间,起码还有自由转述、直接引语和间接引语的分别,而传统戏剧里的独白则一味地由人物自己去完成。从叙事学的角度来看,祥子之所以能够超越普通洋车夫的形象,恰是因为他被赋予了一个比其他任何人物都丰富的内心语言世界。可它是怎样的一个内心语言世界呢? 回答可以是各种各样的,叙事学的着眼点自然是文体。如此复杂的内心世界怎么就凭着自由转述、直接引语、间接引语和叙述人的直观描述等有限的心理叙事策略,一句一句地经营出来了呢? 乍一看,这个问题好像没什么新奇之处,有人会问:小说不描写人物的心理活动还干什么? 心理写实主义本来就是对人的内心世界的如实反映,云云。中国20世纪主流文学批评的盲见,大都由这一类常识性的假设所致,本章的全部立意都在于反驳这些说法的大前提。长久以来,批评家对小说人物真实或不真实的追究,实在是由于他们误解了写实主义小说里的幻觉机制,尤其是阅读上的幻觉机制。

我姑且把这种机制称之为双重幻觉机制。假如我们承认,文学中的写实永远不可能与现实生活等同,正如每个人的姓名不能与他的实存等同一样(姑且用一个不十分恰当的比喻),那么小说所能做到的无非是制造关于现实的幻象,一种“名”义上的写实而已。但仅仅做到这一点还不够,写实主义小说还要给读者在阅读上制造幻象的幻象。换句话说,它在制造故事幻象的同时,还要给读者装上某种阅读上的幻觉机制,让人觉得小说中的幻象并非幻觉,而是真实生活的拷贝。当我们想弄清一篇小说对人物的刻画是否真实的时候,这种做法本身就已经使我们受到双重幻觉机制的捉弄。要想不再受它的捉弄,就必须换一个方式提问题。比如:这篇小说的双重幻觉机制是什么?内心叙事是不是透明的?……我对《骆驼祥子》研究的兴趣,也恰好在这里。

解读《骆驼祥子》的双重幻觉机制,第一步就是要找到它的开关。这个开关其实不难找,它就藏在内心叙事的语言中。且看下段引文:

> 悠悠的他放开了步。走出海甸不远,他眼前起了金星。扶着棵柳树,他定了半天神,天旋地转的闹慌了会儿,他始终没肯坐下。天地的旋转慢慢的平静起来,他的心好似由老远的又落到自己的心口中,擦擦头上的汗,他又迈开了步。已经剃了头,已经换上新衣新鞋,他以为这就十分对得起自己了;那么,腿得尽它的责任,走!一气他走到了关厢。看见了人马的忙乱,听见了复杂刺耳的声音,闻见了干臭的味道,

踏上了细软污浊的灰土，祥子想爬下去吻一吻那个灰臭的地，可爱的地，生长洋钱的地！没有父母兄弟，没有本家亲戚，他的唯一的朋友是这座古城。这座城给了他一切，就是在这里饿着也比乡下可爱，这里有的看，有的听，到处是光色，到处是声音；自己只要卖力气，这里还有数不清的钱，吃不尽穿不完的万样好东西。在这里，要饭也能要到荤汤腊水的，乡下只有棒子面。才到高亮桥西边，他坐在河岸上，落了几点热泪。(39—40页)

这是祥子卖了骆驼以后，身揣三十五块大洋，往北平赶来的路上发生的事。表面上看，它不过是叙述人对祥子此时心情的一段生动描写，语言流畅，透明无比。但仔细分析，就会发现叙述人的描写其实并没有初看时的那么透明。除了没有用直接引语，前面提到的那些心理叙事策略全都参与了叙述，其中有两个地方用到自由转述体，引文中笔者加了着重号的部分便是。自由转述体往往是由叙述人的直观描述(有时由间接报导)引入的，如“他以为这就十分对得起自己了……”或“祥子想爬下去吻一吻那个灰臭的地……”。我们完全可以想象这些话后面跟着的不是自由转述体，而是带引号的直接引语，翻译过来就是“这座城给了我一切……”，要是用直接引语，则还应加上“他想”或类似“心里想到”这样的字眼，以符合现代汉语的文体。两者相比之下，直接引语在语气上的停顿和行文上的繁琐，似乎是不言自明的。而老舍的自由转述体，由于不必在行文的过程中调整人称和语气，则有一气呵成之优势。再从双重幻觉机制的效果来看，由于自由转述体模糊了叙述人的语言与人物语言之间的文体界限，取消了直接引语或间接报导的文体标记，如引号或“祥子想到”等，这使祥子的内心叙事变得格外透明，好像事情的本来面目就是如此，似乎有无叙事的参与显得不那么重要。事实上，自由转述体一边制造内心叙事的幻象，一边积极抹去使这一幻象得以形成的文体痕迹。仅这一点，它就比别的叙事模式更容易达到心理写实主义所预期的效果。

前面已经讲到。老舍小说的“内心叙事”，特别是自由转述体，跟他所熟悉的英国小说和汉语的翻译体有密切关联。但这不等于说，老舍的自由转述体是对英语的 free indirect style 的直接翻译。有许多东西是翻译不了的，也不必翻译。比如时态，区别英文中直接引语和自由转述体的重要文体手段之一，就是时态的变化。前者如是现在时，后者就一定是过去时，依次类推。再如人称，这在现代汉语里是既可有又可无的，而在英文它往往是叙事模式转变的主要标记，也就是说，叙述人通常要在“他”“她”“我”等人称代词之间做唯一的选择，这使得人称成为叙事模式转换的另一重要因素。汉语则不同，当人称被省略时，内心叙事就有可能在自由转述和直接引语或间接报导之间滑动不定。再看下列引文：

门外有些脚印，路上有两条新印的汽车道儿，难道曹太太已经走了吗？那个姓孙的为什么不拿她呢？

不敢过去推门，恐怕又被人捉住。左右看，没人，他的心跳起来，试试看吧，反正也无家可归，被人逮住就逮住吧。轻轻推了推门，门开着呢。顺着墙根子走了两步，看见了自己屋中的灯亮儿，自己的屋子！他要哭出来。弯着腰走过去，到窗外听了听，屋内咳嗽了一声，高妈的声音！他拉开了门。(138页)

这里描述的是祥子第二次遭到命运的捉弄，全部储蓄被人抢走，回到曹家小院时的心情。由于人称代词的省略，自由转述体几乎跟不加引号的直接引语没有区别，甚至也和省略了主句的间接报导几乎雷同。就拿“试试看吧，反正也无家可归，被人逮住就逮住吧”这一句来说，如补上引号，会立刻变成直接引语，甚至字句上不须做任何调整。另一种情况是不加引号，而补充一个间接报导的引词，试看：“他的心跳起来，想到：试试看吧，反正也无家可归，被人逮住就逮住吧。”这就变成了间接报导。但除了“想到”作为间接报导的引词以外，此句同样不需要做字句或语气上的调整，意思照样不变。可以设想，假如老舍在“无家可归”前面用了人称代词“他”，那么自由转述和直接引语之间的关系就会比较接近英文的用法。总之，汉语和英语的自由转述体既相通，又很不一样。但差异本身并不能说明多少问题，关键是，这种相通和差异给现代汉语的内心叙事翻译体带来了一些意想不到的收获。从上面关于老舍小说《骆驼祥子》的分析中，可以看出，由于汉语不是屈折语形态的语言，句法灵活，可省略主语和人称代词，因此，翻译体的叙事模式之间的界线往往变得异常微妙，从而大大加强了内心叙事的透明效果。青出于蓝胜于蓝，自由转述体在这方面更是大显身手。有了它，汉语内心叙事的语言变得更加流畅（这一点是英文能做到的），同时又不会失去直接引语给读者带来的那种逼真感（由于时态的转换，英文则很难做到这一点）。

我们把詹姆斯（Jean M. James）的英译本拿来做一对照，就不难看出那些有趣的、但根本无法消除的文字隔阂。上段引文詹姆斯是这样译的：

> There were footprints in front of the doorway and new tire tracks on the street. Could Mrs. Ts'ao possibly have left already? Why hadn't that fellow Sun arrested her? He didn't dare push at the door; he was afraid someone would grab him again. He looked around and saw no one. His heart began to thump. Try taking a look. There's no other house to go to. Anyway, if someone arrests me, then I'm arrested. He pushed gently at the front door and it opened. He took two steps in, staying close to wall, and saw the light on in his room. In his own room! He felt like crying. He crept up to the window to listen and heard a cough. It was Kao Ma's voice. He opened the door. [1]

詹姆斯的翻译算是我见过的最忠实的译本，但它不能不依照英文的文法重新编排老舍的叙事体。由于时态和人称的介入，我们在上面看到的那种汉语翻译体的优势，几乎荡然无存。

1　见 Lao She, *Rickshaw*, translated by Jean M. James (Honolulu: University of Hawaii Press, 1979)，第 108—109 页。

原文中老舍仅使用3次人称代词“他”，英译本用了12次，其中包括主格、宾格和所有格。此外，译者还使用第一人称I和me，把有些句子作为不带引号的直接引语处理，时态上则选择了与之呼应的现在时，而我们已经看到汉语原文是颇能维持其模棱两可状态的。假如我们用戏仿的方式，把英文句子再倒过来译成汉语，效果会是怎样的呢？我试着译了其中的几句：“他不敢过去敲门，他怕自己又被人捉住。他左右看没人，他的心跳起来，试试看吧，反正我也无家可归，被人逮住就逮住吧。他轻轻推了推门，门开着呢。他顺着墙根子走了几步，看见了自己屋中的灯亮儿，他自己的屋子！他要哭出来。他弯着腰走过去，到窗外听了听，屋内咳嗽了一声，高妈的声音！他拉开了门。”（138页）我毫无取笑英文的意思，但它在这里确实显得比较笨拙。其实，我的戏仿还远没有把英文在时态上对老舍叙事文体的改造传达出来。

老舍的小说是20世纪汉语叙事模式转变的一个生动见证。我们必须肯定这种新的叙事模式给汉语小说带来的那些特殊贡献，但同时也不能忽略另一个问题，就是长期以来，现代小说的观念也塑造和限制了我们的阅读视野。总的来说，心理写实主义小说只能代表一段时期的写作尝试，不一定比从前的写法更高明。我们熟悉的新感觉派小说家施蛰存，曾在30年代写了一系列实验性质的心理分析小说，《石秀》即其中之一。这篇作品用弗洛伊德的精神分析语言重写《水浒传》里的一则故事，用大段大段的内心叙事对石秀的欲望做了心理写实主义的铺张,这与原作叙述人对人物内心世界的轻描淡写,形成了鲜明的对比。但《水浒传》和《石秀》所分别代表的小说观念和写作手法,究竟哪个更胜一筹?我想是仁者见仁智者见智的事情,这里暂不加评论。不过,"五四"以来,心理写实主义对"人"的种种假说,通过文学对内心叙事的不断复制,成为人们常识的一部分,这件事倒是值得深思的。内心叙事被透明化,除了小说的双重幻觉机制在起作用外,根本上还是因为心理写实主义的常识不容许你有别的读法。有没有别的读法?本文对老舍小说叙事模式的解读,就算一个初步的尝试。

第五章

民俗学与现代通俗文艺

歌舞剧《刘三姐》，亦称民间歌舞剧，曾在60年代风行中国。有关歌仙刘三姐的古老传说，从此变得家喻户晓，差不多人人都会唱几句刘三姐的山歌，或背诵里面的几段台词。这部根据著名两粤民间歌谣改编的新式歌舞剧，最初是在1959年，以地方彩调剧的形式，首次与广西柳州的观众见面。其后，又被著名作家乔羽写成电影剧本，于1961年拍成电影，放映后受到各地观众的普遍欢迎。与此同时，遍布各省市的歌舞团和部队文工团，也都纷纷加入，为当地的民众演出这部歌舞剧，使《刘三姐》一跃成为民间舞台艺术中最成功的例子。

时隔35年之后，即从1995年夏天开始，广西彩调剧《刘三姐》的原班作者，曾昭文、龚邦榕、牛秀等人，在律师的协助下搜集材料,备案起诉官方作家乔羽在 60 年代对《刘三姐》剧本的剽窃。[1] 这不能不说是文艺界的一件大事。中国的《著作权法》自 1991 年开始实施后,接二连三地出现过多起类似的版权诉讼案。牵扯文艺界名人的案子,更是受到媒体的跟踪报道,在社会上常被炒成热门话题。因此,这一场被人告到法庭的《刘三姐》版权官司引起人们的注意,似乎是理所当然的事情。但是,比起别的版权案,《刘三姐》毕竟比较特殊,它和一般的媒体事件有本质的区别,因而值得文学批评家和文学史研究者给予特别的关注。这场官司无论结果怎样,谁胜谁负,都不会仅仅是一场牵扯到经济赔偿的私人案子。它将显然是一次充满象征意味的较量,即地方作家与官方作家、民间文学与官方(通俗)文学、少数民族文学与汉族文学之间展开的一次公开的、合法的较量。《著作权法》的实施,起码在理论层面上,为长期被压制的一方提供了申诉的机会。因此,无论谁胜谁负,这一场纠纷对于现代文学史的意义都不可低估。本章试图从《刘三姐》版权纠纷所带来的一系列历史问题出发,重新思考民间(口头)文学、官方(通俗)文学、市民(消费)文学、大众视听媒体、少数民族文化等概念以及实践之间的断裂、冲突与历史联系,因为这些断裂、冲突和历史联系,可能有助于我们对 20 世纪中国现代文学和各派文艺论争的理论前提获得新的了解。

1　胡椒粉、铁戈:《电影〈刘三姐〉,创作还是抄袭?》,《法律与生活》1996 年第 3 期,第 2—6 页。

有关歌仙的古老传说及文字记载

有人曾拿刘三姐（亦称刘三妹）与古希腊女诗人萨孚（Sappho）相比拟，称其为中国的萨孚。[1] 这不见得是夸张之辞，因为刘三姐所代表的那一类山歌，尽管从未登上过中国古典诗歌的庙堂，而且被历代正统文化，尤其是汉族文化一再遗忘，一再排挤，但在民间，在两粤少数民族的口头文学中，有关她的美丽传说，却存活了达千年之久。这一方面说明了民间文学强韧的生命力，另一方面也说明刘三姐传说本身的持久魅力。民间固然有不少关于山歌起源的说法，但刘三姐，是流传最广、最为人熟知的山歌始祖。如明末清初广东诗人屈大均有如下笔记：

> 新兴女子有刘三妹者，相传为始造歌之人。生唐中宗年间。年十二，淹通经史，善为歌。千里内闻歌名而来者，或一日，或二三日，卒不能酬和而去。三妹解音律，游戏得道，尝往来两粤溪峒间。诸蛮种族最繁，所过之处，咸解其言语，遇某种人，即依某种声音，作歌与之唱和，某种人即奉之为式。尝与白鹤乡一少年登山而歌，粤民及瑶壮诸种人围而观之，男女数十百层，咸以为仙。七日夜歌声不绝，俱化为石。土人因祀之于阳春锦石岩。岩高三十丈许，林木丛蔚，老樟千章，蔽其半，岩口有石磴，苔花绣蚀，若鸟迹书，一石状如曲几，可容卧一人，黑润有光，三妹之遗迹也。月夕辄闻笙鹤之音，岁丰熟则仿佛有人

1 见萧拙《刘三妹与岭南民歌》，《羊城晚报》1958 年 1 月 7 日。

登岩顶而歌。三妹今称歌仙，凡作歌者，毋论齐民与俍瑶壮人山子等类，歌成必先供一本，祝者藏之，求歌者就而录焉，不得携出。渐积遂至数箧。兵后，今荡然矣。[1]

类似的故事，在南方各省，尤其广西、广东流传甚广，只是说法不同而已。有人说刘三姐，也有人讲刘三妹，大家一致尊她为歌仙。广西壮族自治区的许多县市，如桂林、柳州、平乐、富钟、贵县、平南、洛容、容县、岑溪、环江、宜山等地的民众，都把刘三姐看成他们自己家乡的人物。由于三姐因善歌而成仙，广西、广东各地留下不少祭祀她的庙宇、三妹石、歌仙台等遗迹。延续至今的少数民族"歌圩"，以及岭南一带民间歌手的赛歌，也都保留了设坛供奉这位歌仙的民俗。[2] 相传，洪秀全的太平军和历次少数民族起义部队中，有些女将领竟以"刘三妹"来当自己的绰号。[3] 在女诗人中，席佩兰曾作三妹词二绝，一云："祝九为男到底非，读书有妹著绡衣。七月七日星岩上，薄他蛱蝶一只飞。"其二云："秋草蝶飞情寮河，山禾羞为倚榜歌。玉环肥更绿

---

1 见《广东新语》卷八《女语·刘三妹》。另参阅黄芝冈《粤风与刘三妹传说》，见《中山文化教育季刊》1937 年 4 卷 2 期，第 763—782 页。

2 西方人类学家研究中国时往往忽视这一重要的民俗现象，而总是把精力集中在那些据说是更能反映中国家庭和社会状况的灶王爷、土地神、阎王爷身上去。这些男神们固然很重要，但他们不是全部，也不那么可爱。刘三姐自古化为歌仙，被两粤和其他南方地区的民众敬为女神，恐怕自有其人类学或民俗学上的道理。遗憾的是，神仙依性别和种族之不同，学者对待他们的态度似乎也很不一样。刘三姐既不是男人，也不属汉族，且不属达官贵族，难怪史书（零星笔记文学和地方志除外）不写她，人类学家因此也不重视她。

3 见萧拙《刘三妹与岭南民歌》。

珠白，孰与水南村里多？”[1]

传说壮族本无歌，凡刘三姐所到之处，即成歌乡。凡是她不幸走漏的地方，那里会唱歌的人就比较少。她歌无对手，曾用一首歌把装来满船歌书的秀才打得大败而回。如“江边洗衣刘三妹，你有山歌唱得来，山歌只有心中想，哪有船装水载来”。另一说是她和白鹤秀才张伟望（也有人说是同一青年农夫），上山比歌，连比七日，终于化石成仙。她的山歌引动了成群成对的西山男女，人们听而忘返，“不思归”，“不思工”，“四处山头都踩低”。[2] 刘三姐山歌的魅力，我们还可从少数文字记载中，略见一斑。如清人王士祯在《粤风续九》中写道：

> 粤西风淫佚，其地有民歌瑶歌俍歌壮歌蛋人歌俍人扇歌布刀歌壮人舞桃叶等歌。种种不一，大抵皆男女相谑之词。相传唐神龙中，有刘三妹者，居贵县之水南村，善歌，与邕州白鹤秀才，登西山高台，为三日歌。秀才歌芝房之曲，三妹答以紫凤之歌。秀才复歌桐生南岳，三妹以蝶飞秋草和之。秀才忽作变调曰朗陵花，词甚哀切。三妹歌南山白石，益悲激，若不任其声音，观者皆歔欷，复和歌，竟七日夜，两人皆化为石，在七星岩上，下有七星塘。至今风月清夜，犹仿佛闻歌声焉。同年睢阳吴井渠（淇）为浔州推官，采录其歌，为《粤风续九》，虽侏离之音，时与乐府，子夜，读曲相近，因录数篇。[3]

1 钟敬文：《几则关于刘三妹故事材料》，见《民俗》周刊1928年8月，第19、20期合刊，第28页。

2 天鹰：《歌剧〈刘三姐〉的人物刻化及其他》，见《中国当代文学研究资料——刘三姐专集》，第108页，原载《上海文学》1961年第2期。

3 录自《池北偶谈》卷16《粤风续九》条。

又如王士祯替后人录下的山歌《相思曲》：

妹相思，不作风流待几时，

只见风吹花落地，不见风吹花上枝。

还有优美的《藤缠树歌》：

入山忽见藤缠树，出山又见树缠藤，

树死藤生缠到死，藤死树生死亦缠。[1]

《藤缠树歌》是一首广泛流传的情歌，虽然各地唱法不同，但其生动的意象，在不同的版本中都圆满地保存了下来。如萧抴记载的岭南民歌中就有：

入山看见藤缠树，出山看见树缠藤，

树死藤生缠到死，藤死树生死也缠。[2]

侥幸留存下来的有关歌仙刘三姐的最早文字，恐怕要算南宋王象之在《舆地纪胜》中记载的《三妹山》，文字相当简略："刘三妹，春州人，坐于岩石之上，因名。"[3]较为详细的描写，除前所录明清文人笔记之外，更见清张尔翮所作的《刘三妹歌仙传》。张也称刘三姐是唐中宗之神龙时人，文中附会之笔墨虽然多，但也反映出民间传说本身的特点。自由发挥，添枝加叶，讲起来好听，写下来好看。

1　同上。

2　见萧抴《刘三妹与岭南民歌》。

3　《舆地纪胜》卷98《三妹山》（据道光二十九年惧盈斋刻本）。

《刘三妹歌仙传》藉游记形式，讲述了叙述人在仙女寨附近耳闻目睹的一桩奇事。某日，“余”上西山访友，走近仙女寨时，忽闻：

> 层峦之上，有声乌乌然，若继若续，响振林木。四顾无人，青峰满目，远盼山巅，惟二石人偶坐，心颇异之。呜呼！噫嘻！无人有声，声在半天，飘渺云端，意者其仙籁乎？倾耳细听，随声仰望，或隐或现。遥见人影三五成群，互歌相答。惟闻呵呵声，而不知其所歌何调，何奇幻若如此乎？[1]

幸而不久，他结识了一位童颜鹤发的老叟，这位老叟替他解了谜。原来，他早先在山上听到的是村里少妇采茶时，答歌相戏的声音。那歌声婉转动人，是因为“此地古有歌仙，故乡中所生男妇多善歌”。歌仙叫刘三妹，系汉刘晨之裔，生于唐中宗之神龙元年。年七岁，即好笔墨，聪明敏达，时人呼为女神童。“年十二，能通经传而善讴歌，父老奇之，偶指一物索歌，倾刻立就，不失音律。”[2]三妹能歌的美名传至数百里之外，人们莫不闻风而来，与之唱和，却无人比过三妹。歌仙之名，遂由此胜也。

以上关于三妹出身的描述，与某些更流行的传说出入较大，尤其是“好笔墨”“通经传”这一细节。前面引述屈大均笔记，其中确有“淹通经史”一笔，但多数口头文学都将刘三姐描绘成出

---

1 见《刘三妹歌仙传》，录自《古今图书集成·方舆汇编职方典》第1440卷《浔州府部艺文二》之六。
2 同上。

身寒微、为民争气的壮族少女(这些版本,是五六十年代彩调剧和歌舞剧的主要出处,后被有意识地纳入阶级斗争说)。不过,根据钟敬文的调查,口头文学中,也有肯定刘三姐既会唱歌又识字通文的说法。如一首苗歌唱道:"读书便是刘三妹。"[1]

总体看来,"五四"以前关于刘三姐歌仙的文字记载,主要散见在一些笔记散文之中,相当零碎,也相当偶然。除上面所提及的王象之、屈大均、王士祯外,还有清闵叙的《刘三妹》(《粤述》卷二十)、清褚人获《谿峒歌谣》(《坚瓠集》八集四卷)、清陆次云《声歌原始》(《旧小说》十七册),以及清谭敬昭《游通真岩并序》(《阳春县志》卷十四)。由于篇幅有限,这里就不一一引述和介绍了。[2]

此外,还必须提几句的是两粤方志。我们目前能够看到的记载,主要有以下几种:《贵县志》卷二所收的《歌谣》一条,《宜山县志》卷三的《刘三妹》,《苍梧县志》卷十八的《刘三娘》,《广东通志》卷三的《刘三妹》,《阳朔县志》卷四、十一和十二所分别记录的《刘女仙石》《女仙》《刘仙祖父墓》等。以《宜山县志》卷三所记的《刘三妹》为例:

> 相传唐时下涧村壮女,性爱唱歌,其兄恶之。与登近河悬岩砍柴,三妹身在岩外手攀一藤,其兄将藤砍断,三妹落水流至梧州,州民捞起

1　钟敬文:《民间文艺丛话》,广州:国立中山大学,1928年,第94页。
2　有关细节,请参阅钟敬文《钟敬文民间文学论集》,上海:上海文艺出版社,1982年,第93—120页。

立届祀之,号为龙母。甚灵验。今其落水岩高数百尺上,有木扁担斜插岩外,木匣悬于岩旁,人不能到,亦数百年不朽。

三姐遭其哥哥陷害的这一段故事,出现在各种传说中,但并不是每处都有。如《苍梧县志》卷十八中的《刘三娘》就有另一套说法:

刘三娘,苍梧须罗村人。生于明季,上巳日,浣衣溪中,风雨骤至,弟妹皆走避。独与神遇,坐石上,衣不湿,由是能歌,成文理,言人幽隐,皆奇中。治丝者,闻歌而丝理;耕田者,闻歌而田丰。天旱,祷雨尤验。一日,告其家,将仙去,每年上巳日一归,若有所求,向前坐溪石呼之必应,遂不知所终。

虽然各地传说不同,但刘三姐因善歌而成仙,这个总体脉络是大致不变的。少数民族对歌仙的祭祀活动,有些地方极为隆重。《富川县志》中就有如下场面的描述:每年正月初一、六月十三、八月十五等日,附近百里之民,涌集淮南庙前,举行盛大热烈之醮会,白露节后,又复扛神出游,环行各乡,动辄数旬之久,靡费巨万,毫无吝啬。[1] 千载之下,人们尚能如此祭奠歌仙,可以想象古代规模之巨了。然而,对这一类民俗现象进行系统整理和研究的工作,则始于20世纪"五四"运动前后,即北京大学发起的"歌谣学"和"民间文艺"运动。

---

1 见佚名《广东土神简辑——刘三妹》,《广西日报》1949年3月4日。

“五四”以来的歌谣采集和民俗学

民俗研究，是新文学运动和白话文运动不可忽视的一个组成部分。刘三姐的传说以及有关少数民族的山歌，便是在这种历史契机下，被重新发掘、整理、出版和研究，并由此获得了新的意义。我在这里强调新的意义，是为了把“五四”的民俗文学研究，同表面上与之相似的古时历代相传的官方“采风”区别开来（毛泽东 1958 年春指示“收集民歌”，亦是模仿古代盛世之官方“采风”。它与“五四”时期的民间文学运动有历史上的承接关系，但意义完全不同[1]），甚至也有必要把它同王叔武、冯梦龙、李调元等人对山歌和民间文学的兴趣做某种区分。我们不能忽略这样一个基本事实，那就是“五四”的民俗文学研究既不是由国家官方发起，也不是市民文化推动的结果。追其导因，则应回到民国初年的历史中去看，尤其是在现代民族国家兴起之时、知识精英的功能与角色之变迁中去看。这个时期的民间文化，无论在内容上还是意义上，都不是简单的与正统文化相对立的概念。它与新白话文学、市民通俗文学、外国翻译文学，以及被新文化倡导者所肯定的旧白话文学之间，始终存在着一个不稳定

1　见《大规模地收集全国民歌》，《人民文学》社论，1958 年 4 月 14 日。又见郭沫若、周扬《〈红旗歌谣〉编者的话》，《中国民间文学论文选》上卷，上海：上海文艺出版社，1980 年，第 47—49 页。有关批评文字，参阅陈思和《鸡鸣风雨》，上海：学林出版社，1994 年；以及赵毅衡的文章《村里的郭沫若：读〈红旗歌谣〉》，见《今天》1992 年第 2 期，第 190—200 页。

的关系。这一不稳定关系使得民间文学和民间文化在当时的政治和文化生活中，以及后来的几十年里，扮演了一个极为特殊的历史角色。

自19世纪起，西学东渐，打破了本土文化在庙堂与民间之间相对封闭的自我循环的状态。所谓的正统或经典文学，在新文化反传统的口号下遭到了全面的质疑。尽管如此，正统文化并不是"五四"文学的唯一敌人。20世纪初兴起的现代出版业和现代都市文化，曾造就了一批作家和读者群（这些群体在上海和其他城市构成一个市民文化的社会基础）以及应运而生的文学写作和出版方式，如著名的鸳鸯蝴蝶派。作为市民通俗文化的代表，鸳鸯蝴蝶派一开始就成为"五四"新文学的批评靶子。"五四"的民间文学研究，显然是把鸳鸯蝴蝶派一类的市民通俗文学，排除在"民间"的概念之外的。这里的民间，主要指民歌、地方戏曲、鼓词、评书、少数民族口头文学等，它与杂志、报纸副刊上看到的那种通俗的、商业化的市民文学之间存在着一条看不见的分野。从这个角度来看，假如我们仅仅从"五四"新文学与通俗文学（elite versus popular）的对立和冲突着眼，去重新评价现代中国文学史，恐怕远远不够，至少还应考虑民间文学在两者之间所扮演的重要角色。"五四"新文化运动以后，对刘三姐的重新发现和两粤山歌的采集，为我们提供了观察这一段复杂历史的几个侧面，也对理解50年代末广西彩调剧的出现，以及民间文艺、官方通俗文学和民俗学研究的发展，会有一定程度的启发。

北京大学歌谣的征集,发起于1918年春。[1] 先设有歌谣征集处,由刘半农、沈尹默和周作人做主任编辑,钱玄同、沈兼士负责考订方言。同年,刘半农在《北大日刊》上开辟“歌谣选”专栏,每天登载歌谣一首,共出148则。次年“五四”运动时期,由于《北大日刊》停出,“歌谣选”也暂时停顿。1920年冬,北大成立“歌谣研究会”,以沈兼士、周作人、顾颉刚等人为核心,继续推动民歌的采集和研究工作。通过登报征集,发送简章,委托私人朋友及各同乡团体代为收集等途径,“歌谣研究会”几年之内采集到的数千首民歌,来自多达22个省。1922年北大研究所国学门成立,由沈兼士主任其事,“歌谣研究会”被归并进去。为了初步整理已经收到的材料,和引起社会的注意与投稿者的兴趣,就在北大25周年校庆之际,周作人等人开始印行《歌谣周刊》,并重新发表征集简章。[2]

“民俗学”这个新名称,是对英语“folklore studies”一词的翻

1 钟敬文所记的日期是1918年2月,见《钟敬文民间文学论集》(上),第357页。但容肇祖的《北大歌谣研究会及风俗调查会的经过》一文(可能是钟敬文的主要材料来源)则说是民国七年二月,即1918年3月13至4月10日之间,因此不可能是2月。见容肇祖《北大歌谣研究会及风俗调查会的经过》,《民俗》第15、16期合刊,1928年,第1页。

2 见顾颉刚《吴歌甲集自序》,《歌谣周刊》,1925年6月28日。又见容肇祖《北大歌谣研究会及风俗调查会的经过》,第8页。

译,日本学界先采用了这个汉字译名。[1] 周作人对日本民俗学先驱柳田国男、佐佐正一等人的研究,很早就产生浓厚兴趣,这与他后来在北大倡导歌谣学,有直接的关系。[2] 据钟敬文回忆,"民俗学"一词在中国最早出现,就是在北大 1922 年出版的《歌谣周刊》上(是否更早,有待进一步考订)。该刊的《发刊词》把歌谣的搜集、研究,明确地纳入民俗学的范围,并认为在中国,研究民俗学是一项重要事业。到了 1927 年,广州中山大学首创民俗学会,刊行《民俗》周刊和民俗丛书,这个新名词才逐渐普及于中国一般学术界。[3]

从 1922 年 12 月到 1925 年 6 月,《歌谣周刊》共印行 97 期。"歌谣研究会"则前后共收到歌谣一万三千余首。它的出版物除《歌谣周刊》以外,还包括一个《歌谣纪念增刊》及《吴歌甲集》、《孟姜女故事的歌曲》、《看见她》(《一首歌谣整理研究的尝试》)等专册。顾颉刚对孟姜女故事的研究,可以代表《歌谣周刊》后两年的实绩。[4]

几乎与顾颉刚的孟姜女研究同时进行的,还有对刘三姐传

---

1 有关现代汉语、日语、欧洲语言之间的七种借贷词传播途径的研究,见拙作(Lydia H.Liu) *Translingual Practice: Literature, National Culture, and Translated Modernity* (Stanford: Stanford University Press,1995)。"民俗学"一词似应归入 Appendix D(Return graphic loans:"kanji" terms derived from classical Chinese compounds)和 Appendix E(A sampling of suffixed and prefixed compounds from modern Japanese)。

2 详情见 Chang-tai Hung(洪长泰),*Going to the People: Chinese Intellectuals and Folk Literature 1918-1937*,(Cambridge,Mass,Harvard University Press,1985),第 43—46 页。

3 《钟敬文民间文学论集》,第 174—175 页。

4 见《歌谣周刊》,第 69—96 期(1924,1925)。

说的收集与研究。起先是一名民俗学热心者广西柳州人刘策奇在《歌谣周刊》第82期上登载了一篇短文,题为《刘三姐》:"传闻刘三姐,系广东潮梅人,有唱歌之天才,走遍曲粤,不获一对手。后至立鱼峰,遇一农夫,与彼对唱,一直唱过三年又三月,三姐似不支,心中一急,呆然化为石像。农夫瞧瞧叹息一声,悠然逝去。"[1]次年,刘策奇又在《北京大学研究所国学门周刊》上发表了一篇《刘三姐的故事》。稍后《国学门月刊》上登载了左天锡的《刘三妹故事与〈粤风续九〉及〈粤风〉》一文,也论及这个古老的传说。自此,这个两粤的故事开始引起一部分学者的重视。

1926年以后,北京学人纷纷南下,民俗研究的重心因而也随之转移。顾颉刚于1927年来到广州中山大学任教,也就在这一年的11月1日,《民俗》周刊在中山大学问世,主编是钟敬文。[2] 这个刊物原名叫《民间文艺》,在顾颉刚的倡议下,从第13期开始改用新名。此举不能不说是一个重要的历史转折,因为它预示着北大时代的歌谣研究,开始正式向社会科学意义上的民俗学过渡,个中利弊,下面还将做进一步分析。

同年,中山大学建立了民俗学会(1927—1943),《民俗》周刊这个重要刊物,成为学会的主要定期出版物,陆续共出了123

1　作者刘策奇生平不详,一说他死于北伐大革命期间。见钟敬文《钟敬文民间文学论集》(上),第101页。

2　有关详情,参见 Laurence A. Schneider, *Ku Chieh-kang and China's New History: Nationalism and the Quest for Alternative Traditions* (Berkeley: University of California Press, 1971),第138页。

期(包括30年代的复刊)。它对歌谣的收集和民间风俗的研究,贡献甚为可观。此外,中大民俗学会还出版了30多种民俗丛书,其中包括顾颉刚的著名研究《孟姜女故事研究集》、《妙峰山》和《苏粤的婚丧》,钟敬文的《民间文艺丛话》,谢云声的《台湾情歌》,周振鹤的《扬州的故事》等。配合以上出版物,民俗学会还组织大量的相关活动,如创办风俗物品陈列室,举办民俗学讲习班等,培养出一代民俗学家。

1928年,《民俗》周刊第13、14合期发表了愚民的一篇文章,标题为《山歌原始的传说及其他——罗隐秀才与刘三妹》。同时,钟敬文的《民间文艺丛话》也出版,其中有一章专门讨论刘三姐的传说,题目是《歌仙刘三妹故事》。这是继北大之后,中大民俗学会对刘三姐传说的进一步深入探讨,尤其是钟敬文的《民间文艺丛话》小册子,为后来的有关民歌民俗研究,提供了综合性的文字材料及极有说服力的分析。

先谈愚民的文章。这里所记载的口头传说出自翁源,与各地略有不同。故事将刘三姐同广东客家人中广为流传的罗隐做天子的传说混成一体。罗隐,据说是天上的一个星宿,玉帝特地派他下凡来扶困救民,做王做帝的。因此,罗隐一出娘胎,便能说话,识字,读书。但由于他母亲的一句话被灶王爷误解,告到玉帝那里。玉帝派人换去了罗隐的一根肋骨,从此,罗隐不但做不成皇帝,就连举人也中不上。于是他闷在家中做山歌书,一本一本地堆满三间大屋。但念给人听时,都说不好。他的山歌太正经,太文雅,一般人听不懂。他妹妹劝他唱唱女人,他答应了,又做了许多吟咏女人的山歌书,仍是一本一本存在书房内。

刘三妹这时是远近知名的才女,吟诗作对,件件都能,唱山歌更是她的特别本领,和人对唱到十日半月,都唱不尽。她很自负地说:"有谁和我猜(对唱)山歌,猜得赢我的,我便嫁给他。……"于是罗隐载了他的九船山歌去见她,结果却不是对手,而败下阵来。关于他们之间的对话,有如下描写:罗隐秀才载着自己的山歌来到三妹屋前,碰到一个年少的姑娘在河边担水。罗隐向前问道:

"小姨!你可知道三妹的屋家在什么地方?"

"你找她做甚?"

"我想和她猜山歌,把她娶来做老婆。"

"请问先生有多少山歌?……"

"一共有九船,三船在省城,三船在韶州,三船已撑到河边……"

"那么你回去吧,你不是三妹的敌手。"

"怎解?……"

"滚开!"三妹高唱道——

"石山刘三妹,

路上罗秀才,

人人山歌肚中出,

哪人山歌撑船来?”[1]

愚民记载的这段有名的对唱,在不同的传说中有不同的附会。如王礼锡在《文学周报》第三〇六期上发表的《江西山歌与倒青山的风俗》一文,说的是一位“饱学先生”和刘三妹对歌,歌曰:“江边洗衣刘三妹,你有山歌唱得来,山歌只有心中想,哪有船装水载来。”[2]无论对手是罗隐还是“饱学先生”,这些对歌中体现出来的以女性为特征的口头文学,与男人士大夫文化所代表的书面文学之间,存在着深刻的对立。民间歌手对士大夫文化的拒绝和蔑视,在多数刘三姐传说中都具有这一共同的象征色彩。

钟敬文的《民间文艺丛话》,对历史上有关刘三姐的传说,做了初步的整理和比较,列出下面的简表,让人一目了然:

书名或篇名	三妹籍贯	三妹时代	敌手姓名籍贯	赛歌地点	供祀地点
广东新语	广东新兴	唐中宋	白鹤乡少年	登山而歌	阳春锦石岩
粤述	广西贵县西山	唐景龙	郎宁白鹤书生张伟望	白石山	白石山
池北偶谈	广西贵县水南村	唐神龙	邕州白鹤秀才	西山高台	

1　见愚民《山歌原始的传说及其他——罗隐秀才与刘三妹》,《民俗》周刊 1928 年第 13、14 合期,第 42—45 页。与刘三妹无关的罗隐传说,见司徒永《卢隐的故事》,《民俗》周刊 1928 年第 25、26 合期,第 32—34 页。

2　引自钟敬文《几则关于刘三妹故事材料》,《民俗》周刊 1928 年 8 月,第 19、20 合期,第 29 页。

续表

书名或篇名	三妹籍贯	三妹时代	敌手姓名籍贯	赛歌地点	供祀地点
峒豁纤志余			白鹤秀才	粤西七星岩	苗，瑶等洞中(?)
刘三姐	广东潮梅		农夫	广西柳州立鱼峰	立鱼峰(?)

表中凸现的雷同之处和各种差异，钟敬文认为是民间传说本身的特点，“民众头脑简单，善于附会，便是这所以致其然的原因”[1]。歌仙的传说既是两粤民众的集体创作，因此，刘三姐是否真有其人的问题，就显得不那么重要了。[2] 对民俗学研究者来说，更有意义的问题则是，民众为什么要构造这种故事，民众如何能构造这种故事。回答是，两粤僻在南荒，不为中朝文化所及，一切风俗习惯，颇脱不了原始时代的状况。这种好歌的习尚是在文化比较长进的地方所不易有的。钟敬文摘引《广东新语》中《粤歌》一章的描述，证实这一点。如：“粤俗好歌，凡有吉庆，必唱歌以为欢乐。”再如：“……故尝有歌试以第高下，高者受上赏，号为歌伯。其娶妇而亲迎者，婿必多求数人与己年貌相若而才思敏给者，使为伴郎。女家索拦门诗歌，婿或捉笔为之，或使伴郎代草，或文或不文，总以信口而成、才华斐美者为贵，至女家不能酬，乃出阁……”[3]

1　钟敬文：《民间文艺丛话》，广州国立中山大学，1928 年，第 95 页。

2　作者在其 1981 年所著的长文《刘三姐传说试论》中，再次重申这一观点。见《钟敬文民间文学论集》(上)，第 93—120 页。

3　钟敬文：《民间文艺丛话》，第 96 页。

钟敬文对这一类引文的诠释，虽然令人信服地打开了刘三姐传说的社会风俗背景，尤其是当地人求偶婚嫁的习俗，但他的语言不自觉地流露出对少数民族的轻视，说两粤“荒唐神话”的来源，表现了某种“自然野蛮人”的求知欲望，“他们所仗以为推理的经验和事物，是那样的幼稚与简陋，于是便成立了这个根据眼前风俗及渗入自家荒唐之幻想的故事”[1]。可是，我们很难看出《广东新语》所描绘的那个求偶婚嫁的风俗，带有多少原始野蛮的痕迹：“年貌相若而才思敏给”，“才华斐美者为贵”，“婿或捉笔为之，或使伴郎代草”，这种风俗，似乎与汉族（书写）文化有某些关联，但又比后者更开明，起码更加符合“五四”时期大力提倡的所谓“自由恋爱”的新观念。既然如此，钟敬文为什么会那样解读，他当时的主要盲区是什么？

相对而言，单纯批评中国学术中的大汉族主义，是一件比较容易做的事情，因为，它的意识形态倾向比较鲜明，很容易捕捉。难的是如何认清和解开人文研究、社会科学学科本身的历史包袱，尤其是它们对“客观性”的诉求，对“时间”和“非我”的界定等一系列现代性带来的问题。钟敬文对大汉族文化固然有认识上的盲区，但我想强调的是，这不是个别学者的盲区，而是“民俗学”本身的问题。包括民俗学在内的现代学术建制，使20世纪的汉族文化获得某种不争的（合法的）优越地位，获得一种在多元的口号下（各民族大团结）对少数民族文化的优越地位。

1 同上，第98页。

因此，我们对人文、社科等学科，尤其是民俗学及其变种，在这里所扮演的历史角色，应予充分的检讨。

在这方面，当代文化人类学家近十几年已经做了很大的努力，提出许多值得我们深思的问题。比如我在第一章中提及的费边（Johannes Fabian）在其《时间与非我：人类学如何构建其对象？》一书中，对西方人类学的时间观、历史观以及客观诉求，提出了尖锐的挑战。他认为，人类学及民俗学从一开始，就建立在对时间的想象之上。这种想象把“非我”事先放置在历史长河的“原始”那一端，以确立现代“我类”这一端的文明之优越。人类学对“非我”在时间上排拒（temporal distancing）造成时间的空间化（spatialization of time），体现在人类学家和民俗学家跑到别的地方，从事职业化的“田野调查”（fieldwork）。去“传统”社会做“田野”的大前提是把“他们”作为“我们”人类的过去来研究，而不是关注“他们”存在的现实意义。“他们”的现实状况必须翻译成“我们”的过去，才获得其真实内涵。这就是为什么经过几百年的殖民经验和跟非西方世界的交往以及这种交往所带来的全球性的后果，人类学家还能够继续假设别处的文化和社会结构一成不变，仍然不包含他自己的历史。这种把时间（进化论意义的）空间化的做法，为学术的“客观性”提供了认识论基础，使人类学、民俗学获得了自己知识上的权威。然而，作为研究对象的“非我”，由于不能踏入和研究主体同样的时间和空间，不能以主体的身份，参与真正的对话或争辩。[1]

如果说人类学、民俗学在西方建构了一整套关于我与非我的意识形态，那么它在20世纪初进入中土以后，做了一些什么事呢？周作人等人当年在北大发起《歌谣周刊》时，曾刊出一篇发刊词。发刊词说：

> 本会搜集歌谣的目的共有两种，一是学术的，一是文艺的。我们相信民俗学的研究，在现今的中国的确是很重要的一件事业。虽然还没有学者注意及此，只靠几个有志未逮的人是做不出什么来的，但是也不能不各尽一分的力，至少去供给多少材料或引起一点兴味。歌谣是民俗学上的一种重要资料，我们把他辑录起来，以备专门的研究：这是第一个目的。因此我们希望投稿者不必自己先加甄别，尽量的录寄，因为在学术上是无所谓卑猥或粗鄙的。从这学术的资料中，再由文艺批评的眼光加以选择，编成一部国民心声的选集。意大利的卫太尔曾说"根据在这些歌谣之上，根据在人民的真感情之上，一种新的'民族的诗'也许能产生出来"。所以这种工作不仅是在表彰现在隐藏着的光辉，还在引起将来的民族的诗的发展：这是第二个目的。[2]

---

1 Johannes Fabian（费边），*Time and the Other：How Anthropology Makes its Objec*（New York：Columbia University Press，1983）。

2 录自容肇祖《北大歌谣研究会及风俗调查会的经过》，《民俗》周刊1928年第15、16合期，第8—9页。文中提到的意大利人卫太尔是Baron Guido Amedeo Vitale（1872—1918），此人在北京居住多年，从19世纪90年代起，历任意大利使馆翻译。早在1896年和1901年，他搜集整理的北京民谣和儿歌就已分别出版：*Pekingese Rhymes*（1896），*Chinese Merry Tales*（1901）。北大歌谣会成立之前的20年中，陆续有西人研究中国民俗的著作出版，如，Isaac Taylor Headland（1859—1942），*Chinese Mother Goose Rhymes*（1900）和 *The Chinese Boy and Girl*（1901）。民俗学家赵景深（1902—1985）说起这一点时，曾为外国人首先从事这项工作感到惭愧，认为中国学者应奋起直追。见 Chang-tai Hung（洪长泰），*Going to the People：Chinese Intellectuals and Folk Literature 1918—1937*，第21页。

回顾中国民俗学过去70多年走过的路,似乎正是学术和文艺双轨并进,有时交叉,有时脱离。各自都创造了一套不小的机制,而这些机制都同国族主义在中国生根的历史背景,有着千丝万缕的联系。[1]

前面提到,中山大学1927年在顾颉刚的倡导下,将《民间文艺》易名为《民俗》周刊这一信号表明,中国民俗学开始有意识地建立自身的学术正统,企图同文艺分道扬镳(尽管真正的分离很难做到)。由于学术正统的建立离不开理论的支持,《民俗》周刊于是致力译介当代欧洲民俗学理论,其中英国民俗学会的伯恩女士(Charlotte Sophia Burne)所撰写的民俗学小手册《民俗学手册》最受青睐。[2] 何思敬为《民俗》周刊第一期所写的《民俗学的问题》一文中,强调要特别重视英国的模式,“盖英国是folk-lore的故乡,好像法兰西是社学的故乡一样”[3]。那么英国民俗学为中国学者提供了哪些启示呢?何思敬引用伯恩女士的论点,指出英国从产业革命以后,大工商业的发展引起大都会之膨胀,及殖民地版图之扩大。这两方面的突飞猛进造成宗主国的都会和乡村之间、殖民地的统治者和被统治者之间产生道德上、信仰上、思想上、感情上的种种龃龉。宗教,如基督教已不能维持往日之权威,它既不能调和城乡之间、新旧生活之间的矛

1　有关民族国家与现代学术机制的互动联系,参见本书第六章《文本、批评与民族国家文学》。

2　伯恩本人曾是英国民俗学会的会长。她1914年版的《民俗学手册》被介绍到中国后,影响很大,被郑振铎、顾颉刚、钟敬文等学者多次引用。

3　何思敬:《民俗学的问题》,《民俗》周刊1928年第1期,第3页。

盾,又没有能力同化殖民地土著民的思想,以削弱其敌对情绪。民俗学应运而生,因为了解所谓"陋民"(vulgars)、乡民、土著民、蛮人的思想,从他们的风俗传说中掌握他们的心理,统御这种心理以实现"政治上的和平与安宁是当时行政上痛感必要的一件事"。何思敬接着说:"民俗学概论(*The Handbook of Folklore*,1894)的增作者 E.S.Burne 女士有一句话,说:民俗学对于人类知识的总量上恐不能希望过分的贡献,但有一个非常实用的效果当然会从这种研究中生出来,即,统治国对于隶属民族可以从此得到较善的统治法。"[1]它对于本国的乡民具有同样的意义。《乡下话与民俗》(*Rustic Speech and Folklore*,1913)的作者 Wright 告诉我们一个秘诀可以理解乡民的好像无可捉摸的思想,这个秘诀就是彻底熟悉他们的方言。"乡人内密的情绪都系联于传统语言及语调,你只要能控御得到他们的言语之形式,你就能把他们的心弦操在你的掌中。"[2]

何思敬在介绍这一切的时候,没有丝毫反讽的意味。恰恰相反,他认为上述观点是"很明白,很充分"的,因此,民俗学研究,理所当然地包括以下内容:未开化、半开化民族及缺乏教育的(uncivilized, semi-civilized, uneducated)人们的传统信仰、风俗、习惯、故事、神话、传说、歌谣、谚语、歌诀、谜语、童谣、儿歌等。英国民俗学者把文明世界之民俗残存物与所谓未开化部族

---

1 何思敬:《民俗学的问题》,《民俗》周刊 1928 年第 1 期,第 4—5 页。

2 何思敬:《民俗学的问题》,《民俗》周刊 1928 年第 1 期,第 5 页。

之民俗现存物，都同样作为人类发展史中的原始材料来研究。[1] 对于中国民俗学家来说，文明世界内部的残存物（汉族文化中的少数民族），才是他们关注的重点。中国民俗学从一开始就在修辞、图像和理论概念上，在少数民族文化与原始野蛮部落之间画了等号。比如，《民俗》周刊第5期到第15、16期合刊，每一期封里都附有一两张图版，这些照片出处不明，尤其是那些有关世界各地土著民的照片（是否从欧美民俗学书籍上盗印过来，待考），清一色的有色人种，其人种及地域包括印度、缅甸安达曼岛、澳洲亚兰塔部族、新西兰土著、菲律宾人、南太平洋美拉尼西亚岛、非洲北部苏丹国、南非、越南、日本（纹身人）、西藏地区。这些图版与《民俗》周刊的那些两粤山歌、台湾歌谣和潮州民歌等文章并置在一起，编者寓意不言自明。

费边在《时间与非我》一书中所批评的西方人类学家的做法，是否可以用来检验中国民俗学早期的情况呢？从某种意义上可以说，殖民地统治者和被统治者的关系，在中国民俗学的语境里，被转换成大汉族主导文化与少数民族及区域方言文化的关系。在这里，进化论意义上的时间也被空间化了，作为民俗学研究对象的“非我”，即少数民族，也不能踏入和研究主体同样的时间和空间，也不能以主体的身份，参与真正的对话或争辩，因为他们被当作原始时代的“残存物”来研究。陈思和在《民间

1　有关这方面的历史研究和批评，见 John and Jean Comaroff, *Ethnography and the Historical Imagination*（Boulder, San Francisco, and Oxford: Westview Press, 1992）。

的浮沉》一文中论述“五四”知识分子与民众关系时，讲过下面一段话：

知识分子把传统文化覆盖下的礼乐制度与民风民俗视为一个整体，为了反对传统话语的统治，他们提倡白话，这虽然是充满颠覆性的接近大众的语言，但并不意味着他们开始接纳大众的文化本身。在他们看来，大众的意识形态充满了封建毒素，是传统体系赖以保存的基础，所以提倡新的接近大众的语言不是为了更好地表达大众的愿望而是为了改造它。民间只是一块有待他们去征服的“殖民地”。[1]

陈思和的分析很准确，尤其当我们考虑到民俗学理论的发端就早已将“殖民地”和本国民间的“原始残存物”相提并论。引文中的“殖民地”不是一个简单的隐喻，而是有着真实的民俗学背景。不过，必须公允地说，早期民俗学家和“五四”新文学倡导者，有一点是殊途同归的：他们都真心情愿走向民众，为民众说话，做他们的代言人和启蒙者。如顾颉刚在1928年给岭南大学所作的一次题为“圣贤文化与民众文化”演讲中，明确提出：研究旧文化，创造新文化。他说：

八年前的五四运动，大家称为新文化运动。但这是只有几个教员学生（就是以前的士大夫阶级）做工作，这运动是浮面。到现在，新文化运动并未成功，而呼声早已沉寂了。我们的使命，就在继续声呼，在圣贤文化之外解放出民众文化，从民众文化的解放，使很多民众觉悟

1　陈思和：《鸡鸣风雨》，第30页。

到自身的地位，发生享受文化的要求，把以前不自觉的创造的文化更经一番自觉的修改与进展，向着新生活的目标而猛进。[1]

民俗学研究与解放民众的社会启蒙运动如此紧密地连在一起，这当然是历史条件促成的结果。那时候，所有的人文和社科研究都走的是这条路，参与启蒙和解放民众同时也是进行新型知识分子群体的自我创造。对圣贤文化的否定，也是对士大夫的否定。可是，当新型知识分子完成了这个否定过程之后，他们是否同时也剥夺了自己的发言权呢？"民间""大众""通俗文化"不仅是民俗学的学科对象，还是革命运动和社会改造的口号，那么当政党以民众代言人身份讲话的时候，知识分子是否会被作为新的士大夫阶级而再遭否定？作为一门新兴的学科，民俗学在中国现代史上扮演了一个极其暧昧的民众解放者的角色。[2]

人们对中国现代文学史有一个共识，即从瞿秋白30年代论大众文艺，到毛泽东1942年的《在延安文艺座谈会上的讲话》，现代文学创作和文学批评呈现的发展轨迹基本上是：民间文艺逐步上升为主流，"五四"的新文艺则逐渐被当作小布尔乔亚情调而遭到抛弃。胡风与向林冰等人关于"民族形式"问题的争论，如果不放在这样大的民俗学传统和知识分子角色重构的历

1　顾颉刚：《圣贤文化与民众文化》，钟敬文笔录，《民俗》周刊1928年第5期，第6页。

2　从20年代末到30年代，以李景汉（Franklin Lee）等人为代表的（美国式）社会学方法，将民俗学问题进一步纳入社会改造的总体方案。见 Yung-chen Chiang, *Social Engineering and the Social Sciences in China 1898—1949*, Ph.D.Dissertation, Harvard Universiy, 1986。

史背景下，恐怕很难看清楚。

毛泽东尤其强调民族形式问题、通俗语言问题、农民如何享有文艺的问题。但是，很少有人把这一过程与早年突飞猛进的民俗学研究连在一起看。早在20年代，民俗学就已经在这些问题上做了大量文章，顾颉刚、钟敬文、杨成志、娄子匡、周振鹤等人无一不是从研究民间文艺、民族形式、方言问题、地方风俗起家的。唯一的重要区别在于，早期民俗学对民间文艺所采取的人类学态度，后来又不得不让位于官方通俗文艺所代理的所谓劳动人民的“主人”意识。当然，官方是否真的实现了让劳动人民用自己的声音讲话，成为文学生产的主人，则又另当别论。

由于有了这段历史，由于民俗学与民间文艺一开始就相互纠缠在一起，所以，现代文学史的“民间”“通俗”“民众”“民族”这些概念无不打着深深的民俗学烙印。如前所述，民俗学研究的基本对象是少数民族，以及那些可被纳入原始“残留物”的汉族地方文化。这就造成了大都市的市民文学，除传统弹词、戏曲外，长期被排除在“民间”和“通俗”之外的局面。鸳鸯蝴蝶派，张爱玲、苏青的小说，可以说是某种 popular fiction，但绝不简单是现代汉语文学批评中争吵的那个“通俗”的概念，最起码应限定一下，用“市民通俗”（popular urban literature）之类的字眼，以有别于“民间通俗”（popular ethnic\folk literature）。[1]

---

1 关于“民间文学”“市民文学”“俗文学”等概念的讨论，参见魏同贤文章《民间文学界说》，《中国民间文学论文选 1949—1979》上卷，第33—358页。

总之,20 世纪前半叶,至少有从功能到性质上(而不是类别上)两个不同的“通俗文艺”传统,我们不妨将其命名为:民间通俗文艺和市民通俗文艺。在这之外,当然还有“五四”新文艺,后者为现代精英文学的代表。这三者之间的关系极其复杂,相互排斥,相互依存。到了 50 年代,“五四”新文艺的模式早已被扬弃,由于官方的文艺政策,民间通俗文艺开始全面取代市民通俗文艺,并全面占有它的新式媒体,如广播、电影、电视、报纸、文艺刊物等。50 年代至 60 年代之间,由官方主持的民间文艺,成为唯一的通俗文艺。歌舞剧《刘三姐》,是继延安时代对汉族旧秧歌剧和旧戏曲的改造之后,在中国舞台上出现的一个少数民族剧种被改写,并被纳入官方通俗文艺的最成功例子。

歌舞剧《刘三姐》:兼论官方通俗文学

李陀在《今天》杂志上首次发表的《1985》一文,以其独特的洞见指出,研究“革命通俗文艺”是把握中国现代史、意识形态生产和当代文学发展全貌的一个重要环节。他说:

> 许多年来对“工农兵文艺”的批评可以说从来没有断过,可是批评者往往忽略毛泽东非常成功地达到了他的目的:创造一种与他领导的革命相适应的全新的大众通俗文化。有兴趣的人,不妨注意一下《在延安文艺座谈会上的讲话》发表之后在延安兴起的“新秧歌”运动,这是毛泽东提出“工农兵方向”之后第一次建设革命通俗文艺的实践。

如果把这之后几十年的革命文艺所取得的成就,包括诗歌、小说、戏剧、歌曲中凡可称之为经典的作品与这次秧歌运动比较,我以为很容易看出它们都不过是后者的继续和扩大。很多年来,文学批评家们一直糊里糊涂没有明白的是:他们面对的既然是一种通俗文艺(不管它们多么新,或是多么有创造性),他们就应该把它们当作通俗的文艺来批评,来对待。[1]

毛泽东的"革命通俗文艺"所赖以生存的物质基础,如引文中强调的秧歌剧,恰是早期民俗学家所协力采集和开发出来的"民间"形式。早在1933年,李景汉等社会学家对定县秧歌的大量搜集和研究,就已形成专著出版,并在学界和社会上产生广泛的影响。[2] 这一类民间秧歌形式及其民俗学和社会学背景,对促成40年代毛泽东延安文艺思想的形成,恐怕起了各种直接或间接的作用。不过,李陀提出的"革命通俗文艺"这一概念对我们重新看待这段历史还有一个重要的启发,即"民间"形式在被新型国家意识形态占有之后,经由大众视听媒体派生出一个官方的通俗文艺,即"革命通俗文艺",乃至创造出一个"革命通俗文艺"的观众群体,这一历史过程是极为复杂的。它不仅仅

1 李陀:《1985》,见《今天》1991年第3、4期合期,第64页。继李陀"革命通俗文艺"这一提法之后,《今天》杂志的"重写文学史"专栏陆续发表了以下有关的重要文章:赵毅衡《村里的郭沫若》(1992.2),黄子平《文学住院记》(1992.4),孟悦《〈白毛女〉与延安文艺的历史复杂性》(1993.1),李陀《丁玲不简单:毛体制下知识分子在话语生产中的复杂角色》(1993.3),陈思和《民间的浮沉》(1993.4)等。

2 见李景汉、张世文编著《定县秧歌选》,上海,1933年。有关20世纪中国社会科学学派的诞生,及其教会学校背景和美国洛克菲勒基金会等机构的作用,见 Yung-chen Chiang, *Social Engineering and the Social Sciences in China 1898—1949*, Ph. D. Dissertation, Harvard University, 1986。

提出民间文艺如何被官方意识形态所占有的问题，那只是问题的一方面；更重要的是，它对我们思考中国当代大众通俗文艺和观众群体在何种历史条件下形成、它们之间的互动情况怎样等问题，提出了理论上的阐说。反过来，此概念对今后如何研究国家意识形态控制文化生产，以及此种控制之成功抑或失败的效果等问题，也指出了一条新的思路。五六十年代《刘三姐》舞台剧和电影的出现，为我们具体把握这一历史过程提供了重要的素材。

1958年春，毛泽东指示“收集民歌”，仿照古代盛世采风，以观民情。举国上下，顿时掀起了一场罕见的、全民办文艺的“新民歌运动”。[1] 几个月内，出现了亿万首诗，由地方宣传部门层层上报，作为这场“大跃进”的成果，献给中央。最后，由郭沫若和周扬从中选出上品，编成《红旗歌谣》三百首。关于这场“新民歌运动”，赵毅衡有一句评价，我认为恰中要害：“新民歌体的问题还不仅在于宣传，它是一种以貌似天真无邪的强借大众名义的作伪手段。”[2]关于《红旗歌谣》如何作伪，赵毅衡文中引述的一个例子，颇能说明问题。据何其芳介绍，其中最有名的那首是这样产生的。一个农民说：“天上没有玉皇，地上没有龙王。”（这是民歌?!）有人补上二句“我就是玉皇，我就是龙王”，寄给

1　见《大规模地收集全国民歌》，《人民文学》社论，1958年4月14日。郭沫若、周扬《〈红旗歌谣〉编者的话》，见《中国民间文学论文选》上卷，第47—49页。又见《文艺报》1958年11期、19期社论。

2　赵毅衡：《村里的郭沫若》，第198页。

报社。编辑又加二句:“喝令三山五岳开道,我来了。”[1] 货真价实的集体创作!幸而它对民歌歪曲的过程,还有账可查。

歌舞剧《刘三姐》,也是在1958年的“新民歌运动”中应运而生的。[2] 这个古老壮族民间传说在被搬上现代舞台的过程中,也像《红旗歌谣》中某些民歌那样,被改写和被扭曲。无论是乐队配器、唱腔、填词、布景、道具,还是舞台设计、场面调度,甚至剧情安排,都大大超越了“民间歌谣”的艺术氛围和技术要求。如果单纯从舞台形式上看,歌舞剧《刘三姐》倒是更接近西洋通俗音乐剧(musical drama),因为它需要灯光、布景、专业舞台,舞台上要配备双帷幕——前幕和中幕。剧中的采茶舞、绣球舞、齐唱、合唱等场面,亦需要专业舞台调度和很大的演出空间。但是,这种对“民间”艺术的改造,有一点和《红旗歌谣》很不相同,即《刘三姐》作为舞台剧,剧本只能是因素之一,而不是全部(如下所述,剧本内部其实也充满歧义)。它的特定意义,必须在表演艺术和观众的互动关系之间,不断地生成,不断地被修改。不同的演员,不同的场次,不同的媒体(彩调剧、歌舞剧、电影、电视、广播),不同的观众(汉族,抑或壮族),都可能是潜在的变量因素,导致截然不同的演出效果。因此,单纯从官方意识

---

1 赵毅衡:《村里的郭沫若》,第196页。

2 据彩调剧《刘三姐》第一稿作者曾昭文说,搜集传说虽始于1958年,但下乡搜集山歌早在1951年就开始了。1951年柳州市成立“民间演唱队”,下乡演出,同时记录、搜集当地村民的山歌,其中就有后来彩调剧《刘三姐》中采用的山歌。参见胡椒粉、铁戈《电影〈刘三姐〉,创作还是抄袭?》,《法律与生活》1996年第3期,第1—3页。

形态的宰制出发,恐怕不能完全令人信服地解释《刘三姐》成功的奥秘。

有人说《刘三姐》是继《白毛女》之后,中国新歌剧发展史上的第二个里程碑。[1] 这绝非官方批评家的一面之词,因为在它的成功背后,有一个极其复杂的文化和历史背景。一方面,我们必须承认它是官方发起的"新民歌运动"的产物;但另一方面,也应看到,此剧还代表着现代舞台和大众传播媒体,如广播、电影等,企图将"民间"和"民俗"引入"土洋结合"的都市通俗文化(同时有效地排挤市民文学)的尝试。

歌舞剧《刘三姐》为什么会在观众中受到普遍欢迎,引起巨大的反响?它究竟是什么地方特别吸引当时的观众?"民间"素材与都市通俗文艺结合之后,能不能在官方意识形态之外,释放出一些完全不在期待之中的意义?官方能否控制发生在舞台和观众之间的事?从这些问题出发,民间艺术是否能保持它的纯真面貌或本土特点等问题,似乎变得不那么重要了,应该留给民俗学家去探讨。我们亟待提出的是另一类问题,譬如,应怎样理解那些在当时造成"轰动效应"的官方通俗文艺。孟悦在她对《白毛女》歌剧、电影和舞剧改编的分析中,十分敏锐地提出,《白毛女》的成功"是否仅仅是政治意识形态的强迫性?是否与它的'通俗形式'有关?抑或和它的'土洋结合'、'雅俗共赏'

1　蔡仪:《论〈刘三姐〉》,见《中国当代文学研究资料——刘三姐专集》,第 83 页。原载《文学评论》1960 年第 5 期。

有关？设若‘雅俗共赏’并不必然意味着‘政治强迫’，则可以引出另一类问题：比如，在文人的、乡土的以及政治权威的几种力量之间有没有磨擦、交锋，或交换呢？”[1] 透过《刘三姐》的编剧、改编和重复改编，以及通过大众媒体广泛流行的情况，我们也许能够对五六十年代的官方通俗文艺，有一个比较深入的了解。

彩调剧《刘三姐》的初稿成于1959年初。剧本酝酿的前几个月里，也就是在1958年“新民歌运动”中，广西壮族自治区柳州市创编组，曾经分头到民间采访，收集了近20000多首民歌、200多本传说、几十种民歌曲调，还有大量有关刘三姐的故事传说。[2] 在剧本的修改和排演过程中，柳州市彩调团直接访问过的民间老歌手就有100多人，而南宁专区文工团在音乐创作中，也在广西各地收集了大量的民歌曲调（南宁的歌舞剧剧本草稿竟达30万字）。[3] 经过前后50多次的修改，第三稿本，亦称柳州第三方案，始具规模，当时发表在《剧本》1959年9月号，由广西人民出版社出版。

剧本发表后，受到欢迎，各地剧团纷纷上演。据当事人统计，全自治区大大小小1209个团体，近58000人以不同的形式排演了《刘三姐》，观众达1200多万人次，占广西人口的60%，

---

1 孟悦：《〈白毛女〉演变的启示——兼论延安文艺的历史多质性》，见唐小兵编《再解读》，香港：香港牛津大学出版社，1993年。

2 参见郑天健《关于〈刘三姐〉的创作》，《刘三姐》（八场歌舞剧），北京：中国戏剧出版社，1964年，第144页。

3 参见伍晋南《群众运动的胜利，毛泽东文艺思想的胜利》，《中国当代文学研究资料——刘三姐专集》，第10页。原载《人民日报》1960年7月26日。伍晋南在文中提到，《刘三姐》的整理本中“拒婚”那场戏里的一些精美幽默的民歌，是横县一位老歌手作的。

其中，92%以上属业余团体。于是，中共广西壮族自治区党委在1960年4月初，举行了一场大型的《刘三姐》会演，地点在南宁市。那次参加会演的专区剧团、文工团有1400多人，11种剧种，分20多场进行演出。[1] 在会演的基础上，彩调剧《刘三姐》剧本经过再次改编，形成了后来的民间歌舞剧，刊登在《剧本》1960年8、9月号(1961年4月，中国戏剧出版社发行单行本第一版，后来多次印刷)。

1960年7月，广西组织民间歌舞剧演出团应邀赴京，进行为期两个多月的汇报演出。在北京时，曾四次被召进中南海，给领导人表演。据称，毛泽东看后说："《刘三姐》反压迫，是革命的。"[2]叶剑英后来赠诗给广西《刘三姐》剧团："壮家三姐擅斯文，一曲能当十万军。正是鸡鸣风雨夜，中流砥柱出钗裙。绯桃红后木棉开，三姐江干带笑来。黑夜歌残天大白，万家'欢乐'唱千回。"[3]政治挂帅，军事挂帅，毛泽东和叶剑英的意见不足为怪。但他们对此剧评价如何，并不能统御所有人的看法。当时的许多剧作家、诗人、批评家和普通观众，在《刘三姐》剧中看到了截然不同的东西。[4] 比如欧阳予倩在1960年看了广西民间歌舞团的演出后，发表了一篇评论文章，说："刘三姐的传说，据

1　伍晋南：《群众运动的胜利，毛泽东文艺思想的胜利》，《中国当代文学研究资料—刘三组专集》，第5页。

2　《中国当代文学研究资料——刘三姐专集》，第28页。引自何其芳《毛泽东之歌》，见《人民文学》1977年第9期。

3　同上。转自广西彩调团拍摄的题词照片，1961年3月7日于广州。

4　《刘三姐》中，"刘三姐"形象出口成歌、警句连珠、聪明过人这一点，人们百看不厌。参见蔡仪《论〈刘三姐〉》，《中国当代文学研究资料——刘三姐专集》，第74—86页。

说流传了千多年，山歌也是历来就有的。何以说是新？《刘三姐》的演出何以那么打动今天人的心？我想是因为它继承了传统，在传统基础上推陈出新的原故。”接着，欧阳予倩对剧作者改造民歌和彩调的作法，提出了批评：“好的山歌、彩调写成文字是极为优美的诗，但原来是为了唱而不是为了读的。广西的山歌、彩调应当照它原来的样子唱，这在广西人听起来很亲切，在外省人听起来也会感到新鲜。”[1]北京的观众虽然没有机会看到柳州市最早的彩调剧，但他们不难想象那应该更接近民间风格。[2] 尽管如此，《刘三姐》的民歌和以民歌为中心构思出来的轻喜剧，还是给人们带来了极大的新奇感。这种新奇感跟汉人对少数民族文化的猎奇心，不无关联。音乐舞蹈剧《东方红》的许多片断和云南排演的撒尼族《阿诗玛》都是这个时期形成的作品。统观民族歌舞在五六十年代的流行情况，不难看到，汉族文化对少数民族的能歌善舞虽然倍加赞誉，但毕竟脱离不了他们对这些诗歌舞蹈的占有和强行改编。这种居高临下地接纳，并认真考查少数民族和“未开化部族”的态度（与早先的蛮夷之说尚有区别），早在“五四”民俗学时就已深深地嵌入人们的意识。

歌舞剧《刘三姐》的主要特色，在于使用了大量的少数民族歌谣，可以说，这个戏的灵魂悬系在那些大大小小一百余首的壮

1 欧阳予倩：《又新又美的歌舞剧〈刘三姐〉》，《人民日报》1960 年 9 月 8 日。

2 这一点予以证实，参见郑天健《关于〈刘三姐〉的创作》对彩调剧创作过程的介绍，见《刘三姐》（八场歌舞剧），第 143—160 页。

族民歌上，虽然其中有的已被改造，有的纯属编造，但许多仍然保持着浓厚的民间风味。如："姓陶不见桃结果，姓李不见李花开，姓罗不见锣鼓响，三个蠢材哪里来？"又如："风吹桃花桃花谢，雨打李花李花落，棒打烂锣锣更破，花谢锣破怎唱歌？"再如，三姐和小牛对唱情歌：

小牛：新买水缸栽莲藕
莲藕开花朵朵鲜
金丝蚂蚁缸边转
隔水难得近花前
三姐：对河只有鹭鸶鸟
眼睛明亮翅膀尖
有心飞过连天水
莫怕山高水连天
小牛和三姐：连就连，
我俩结交订百年
哪个九十七岁死
奈何桥上等三年[1]

这都是从搜集到的民歌中，挑选出来的。但有些民歌，则是编者视剧情需要，做了更多改动，如老渔翁对三姐的倾慕者小牛唱道："山中只有藤缠树，世上哪有树缠藤，青藤若是不缠树，枉

1　同上，25 页。据说最后这一首歌被改过几个字，原句为："连就连，我俩结交六十年，哪个五十七岁死，奈何桥上等三年。"参见乔羽《耳目一新——谈歌剧〈刘三姐〉》，原载《文艺报》1960 年第 21 期。

过一春又一春。”[1]这显然比王士祯录下的那首《藤缠树歌》,差了一大截。此外,还有一部分属于民歌与创作参半,诸如几句民歌,加上几句编者依民歌的调式编造的内容,形成新的唱段。像“塘边洗手鱼也死,路过青山树也枯”这两句,在原歌中,讽刺忘恩负义、狠毒刁蛮的人,但编剧将它用来骂财主,弄出不伦不类的句子“莫夸财主家豪富,财主心肠比蛇毒。塘边洗手鱼也死,路过青山树也枯”[2]等等。

《刘三姐》歌舞剧对民间音乐的处理,也碰到同样的问题。前面提到,在搜集民歌的同时,柳州、南宁和其他剧组曾深入民间,采集了多种民歌唱腔。在这些唱腔和彩调剧的基础上,歌舞剧的作曲家一共改造和创作了62个曲段。他们把广西彩调音乐和其他民间小调、戏曲,以及舞蹈音乐进行了融合。在乐队配器上,采用土洋结合的办法,使用包括西洋乐器的低音提琴,和京剧、桂剧、彩调剧的戏曲锣鼓。这种七拼八凑乍看起来有点零乱,但似乎也是此剧成功的因素之一。大约主要因为《刘三姐》的作曲家把唱“歌”和唱“戏”做了某种功能上的区分。凡在“对歌”“禁歌”等需要唱大量的山歌的场合,他们就把“柳州山歌”,南宁、百色等地的民歌部分地吸收进来。凡在剧中起叙事、对话或人物描写作用的唱腔,则基本使用广西地方彩调剧的戏曲音

1　同上,第24页。
2　见郑天健《关于〈刘三姐〉的创作》,第150页。

乐。[1] 民间小调、传统戏曲，和现代舞台剧之间的张力，显然减弱了民间山歌的本色，但正因为如此，歌舞剧《刘三姐》才变得“通俗”易懂，能在众多地区和人口当中流行起来。可以说，60年代初那一段时间，中国几乎无人不知晓壮族曾经有一位聪明机智会唱歌的刘三姐。人民美术出版社还特地为少年儿童专门设计和出版了根据歌舞剧改编的连环画《刘三姐》，画家是一位名叫邓二龙的壮族人。[2]

郑天健作为编剧之一，曾撰文回顾彩调剧的创作过程。透过他的描述，我们对当时《刘三姐》剧组如何对壮族民间传说加以改造的情景，可略见几分。值得注意的是，少数民族问题在改编过程中只得到曲折隐晦的凸现，倒是一些典型的民俗学老问题在这里发挥了直接的作用。[3] 老问题，指的是自“五四”以来民俗学家始终希望解决，但从未圆满解决的那个矛盾，即如何对待古代民间文化遗产？是保存，还是改造？既要保存，何必改造？在重新面对钟敬文等人挖掘出来的原始材料，包括后来当地人在柳州收集的口头文学，并试图解决这一矛盾的时候，彩调剧《刘三姐》剧组遵从官方的文艺方针，采取了阶级斗争说，也就是把刘三姐与秀才的对歌，拿来象征受压迫的农民阶级同地主阶级的冲突。在这样做的时候，官方提倡的“去芜取菁”“去

1 参见刘吉典《学习〈刘三姐〉的音乐创作》，《人民日报》1960年10月19日。

2 《刘三姐》，绘者：邓二龙，改编者：唐长风、潘伯羽，北京：人民美术出版社，1962年。

3 虽未经核实，但我估计原班剧组里壮族人一定不少，因为剧本是将农民和地主的斗争，作为壮族人民与莫海仁所代表的汉族官方势力来处理的。

伪存真”，似乎替他们解决了民俗学所无法解决的“保存”与“改造”之间的矛盾。但什么是“芜”？什么是“伪”？如何选择？由谁来选择？为谁选择？等等。这些麻烦，好像又把他们带回到民俗学原先矛盾的起点。编剧者于是依照阶级斗争说对民间传说的材料本身，加以分类。凡符合官方文艺方针的那些故事，即是“真”和“精”，否则就是“伪”和“芜”。郑天健在文中写道：

> 几十种传说资料，和有关《刘三姐》的很多口头传说和遗迹，有着各种各样不同的说法。在有些记载中，刘三姐被描绘成为一个七岁“读诗书”，十二岁“通经史”，与劳动人民毫不相干的女才子。宣扬所谓“艳事说三姐，风流万代香”。……令人看来刘三姐只不过是一个有超人的歌才，善于表达爱情的歌仙而已。他们说，刘三姐和秀才白鹤对歌，对唱了七天七夜，同心同声，后来缔结仙侣升天而去。某些传说用一些陈词滥调，把刘三姐形容成一个不事劳动的女二流子。如“唱歌得耍又得玩，唱歌坐得鲤鱼岩”。……诸如此类，分明是旧时代的统治者，对于这个出自人民的想象，被广大人民尊敬的歌仙的歪曲和污蔑。[1]

换言之，民间传说丰富的歧义和多义性，被约简为统治者和被统治者的故事（这种先入为主的读法，自然会将考据之学视为多余）。那么，劳动人民心目中的刘三姐，究竟是一个什么样的形象呢？郑天健接下来说：

1 郑天健：《关于〈刘三姐〉的创作》，第145—146页。

> 民间传说刘家世代是农民。刘三姐原是"茅草盖棚来安身","插尽南山九垌田","鼎锅无米煮……砍柴上山坡"的一个劳动能手,贫农家的姑娘。她的山歌有歌颂劳动的,有巧骂秀才的,还有讽刺和揭露财主的……各地农民的口述中和贡献出的手抄本中,还有表现刘三姐智慧的,为劳动人民解决难题的,等等。还有一种传说,说刘三姐是被人杀害的,杀人罪犯不是别人,就是她的亲哥哥刘二。因为她哥哥恨她惹事生非。这种耸人听闻之说,虽然也曾蒙蔽过不少人耳目,可是劳动人民并没有完全相信这些鬼话,事过千年,还有一些农民牢牢记着,刘三姐被财主迫害,到处流浪的经过,和她最后在山上砍柴时,被财主推下山崖,她攀藤未死,财主又砍藤杀害了她的情景。[1]

刘三姐被亲哥哥所害的故事,在民间流传颇久。我在本章第一节引述的《宜山县志》一段,即现存的有关记载之一。郑天健轻易将其否定,并在没有足够材料支持的基础上,含糊其辞地肯定另一说法,称"事过千年,还有一些农民牢牢记着"。这违反了民间传说的起码常识。因为民间传说的生命力,恰在于它意义的开放性,也在于它有足够的余地被人重新杜撰和重新讲述。

基于同样的原因,我们对有些传说中刘三姐与秀才在社会地位上的对立,也不能轻易否定。这种对立不仅包含社会等级方面的内容,同时也包含壮族文化与汉族文化、妇女与男权社会之间的冲突。《刘三姐》剧组虽然有意识地加强剧中阶级斗争

1 同上,第146—147页。

的色彩，但由于地主莫海仁及其雇用的三秀才（陶秀才、李秀才、罗秀才）皆属汉族男权社会的中坚分子，这个阶级对立的故事，就不能不同时也是壮家反抗汉族压迫的故事，壮族妇女反抗汉族男权社会的故事。[1] 这一点，我们略作剧情分析，就能看出几分。

全剧共分七幕加尾声（亦称八幕），从第一幕刘三姐某地投亲开始，即围绕下面的情节展开她和壮族老乡跟汉人地主莫海仁之间的冲突。莫海仁欲将壮族人共有的茶山据为己有，封山禁林，刘三姐唱着山歌带领壮族乡亲反抗地主。于是，莫氏设鸟笼之计，派媒婆向三姐求亲，欲纳为妾（汉族风俗）。三姐将计就计，提出"按我们壮家的规矩，要想结亲就对歌"[2]。莫老爷一口答应，便请陶、李、罗三秀才来帮助对歌。在"对歌"这一场高潮戏中，三位秀才载来成箱的歌书，但终因敌不过刘三姐一人的聪明才智，以失败告结。对歌不成后，莫老爷呈请州官下令禁歌[3]，州官大令传曰："土民不服王化，唱歌扰乱人心，州官为民着想，从此严禁。"三姐答曰："天上大星管小星，地上狮子管麒

---

1 对《刘三姐》的文本作女性阅读，似乎是顺理成章的事。但我所看到的评论文章，总是将性别问题放在别的名目之下，如反封建、自由恋爱等。其实，这也不奇怪，民间文艺和妇女解放问题从一开始就被捆在一起，因为"五四"时期妇女解放的呼声主要针对封建家族。北大创办的《歌谣周刊》，搜集了大量的有关妇女生活遭遇的旧歌谣，单就婚姻问题，后期就出了好几个专号，如刘经庵在文章《歌谣与妇女》（副标题是"妇女的文学与妇女的问题"）里写道："有人说，关于中国妇女问题的歌谣，就是妇女们的《家庭鸣冤录》《茹痛记》，我以为这话很有点道理。"引自《钟敬文民间文学论文集》，第 364 页。

2 《刘三姐》，第 32 页。

3 禁歌这一细节，无任何民间传说依据，是柳州市剧组独创。见郑天健《关于〈刘三姐〉的创作》，第 147 页。

麟，皇帝管得大官动，哪个敢管唱歌人？”[1]在众人的拥护下，刘三姐顺利逃避官家追捕，最后和小牛（与之定情的农家青年）双双告别众乡亲，赴他乡传歌。

对于结尾的处理，早期版本各不相同。目前这个尾声是吸取玉林和南宁歌舞剧本的结果，柳州彩调剧的本子原来是写刘三姐“跳崖成仙”。但在几次修改中，柳州的结尾方案被舍弃，据郑天健解释，“因为一则观众普遍不愿意刘三姐死，一则符合刘三姐四处传歌的传说”[2]。此外，可能还有一个没有道出的原因，因为60年代官方文艺政策下的通俗文化，只能容纳喜剧，尤其是正面人物常胜不败的那种广义的喜剧。

像这样一部通俗文艺作品，今天人们该给予怎样的评价呢？假如我们承认，歌舞剧《刘三姐》对阶级斗争的渲染，只是剧情的一个方面，而不是全部；那么，剧中表现的壮族文化与汉族文化的冲突，聪明的壮族女儿与愚蠢、贪婪的汉族男权势力之间的冲突等，就不能不凸显出来。我认为，这些多层次的冲突，构成了歌舞剧《刘三姐》特殊的戏剧性。这种戏剧性不仅有“民间隐形结构”的因素（如喜闻乐见的山歌等），同时还兼有现代通俗文化的“显形结构”，即李陀所说的“革命通俗文学”的形式因素，如广播电台的重复播放，使其中华彩乐段易学、易唱，此外还有歌星明星崇拜热（歌舞剧里扮演刘三姐的傅锦华，电影里的

1 《刘三姐》，第64页。
2 郑天健：《关于〈刘三姐〉的创作》，第158页。

黄婉秋)等。[1] 由于这些“多余的”因素的存在,剧中阶级斗争的政治说教无法封锁发生在舞台和观众之间的事情。在他们之间,其实还有一个丰富的诠释空间,也许只有那些一味坚持政治挂帅的党内干部才拒绝看到这一点。

也就是说,《刘三姐》剧组虽然有意识地加强阶级斗争的色彩,以迎合主流意识形态的需要,但由于财主莫海仁及其雇用的三秀才所代表的是汉族男权社会的势力(刘三姐与莫海仁对抗时,反复使用“我们壮家人”这样的字眼),剧中阶级对立的故事,就不能不同时也是壮家反抗大汉族主义压迫,壮族妇女反抗汉族男权社会的故事。这种阅读绝不是我们强加给作品的,而是作品自己通过剧中语言清晰地表达出来的。在当时,有的观众就准确无误地把握了这一层具有“颠覆”意义的潜台词。我指的是乔羽在改编电影剧本的过程中,对歌舞剧《刘三姐》的歧义性和颠覆性所作的手脚。乔羽(有关此人被起诉的情况,本章开头有所说明)不仅大大削弱了原剧中壮族对汉族的反抗,同时还刻意渲染刘三姐和小牛的爱情故事,通过这种改头换面的手法,削弱原剧中潜在的某些女性意识。

长春电影制片厂的《刘三姐》,于 1961 年拍摄完成。导演

1 “民间隐形结构”的概念由陈思和提出,他依此解释中国文学作品中的那些存在于国家意识形态之外的“艺术因素”(见《鸡鸣风雨》第 43—55 页),这一洞见我十分赞同。但我觉得“民间隐形结构”仍不足以解释五六十年代很多作品的“流行”现象。李陀提出的“革命通俗文艺”的概念,似更能帮助我们分析这种现象所提供的那些超越民间因素的通俗文化情况,尤其是 20 世纪才开始出现的观众与大众视听媒体的互动关系。

是苏里，音乐由著名作曲家雷振邦改编。在剧本层次上，乔羽对歌舞剧进行了总体改动，他将三姐和小牛的爱情故事上升为主线来展开情节，并刻意加强主人公的斗争精神。黄婉秋扮演的刘三姐（傅锦华配唱），生动地再现了这一点。她对财主怒目圆睁，对自己人喜笑颜开的表演，十分夸张和矫饰，使这两种情感几乎接近漫画式的处理。早在1960年，乔羽就写过他对刘三姐这个人物的理解，电影剧本显然是在进一步图解他的想法。请看下面一段文字：

> 山歌这把匕首，她用来是那样锋利，那样得心应手，锋刃指处，真是所向披靡。这种闯劲，这种斗争精神，使人振奋，使人神往，使人感到痛快淋漓。我们的戏剧舞台上，不乏敢于反抗，敢于斗争的英雄人物，但是刘三姐这员劳动人民的闯将的出现，却独具声势，独具丰采。以致使人感觉她不是平平常常走上舞台，而是出人意料地闯上了舞台。以她为主角组成的阶级斗争的画面，也因此具有了色彩。[1]

这段文字的暴力意象自不待言，它是对毛泽东的阶级斗争学说和暴力革命的转喻。[2] 这一类转喻，正如李陀在《丁玲不简单》那篇长文中所指出的，是中国作家、知识分子参与和创造

1　乔羽：《耳目一新——谈歌剧〈刘三姐〉》，第62页。原载《文艺报》1960年第21期。

2　即使这样，"文革"期间，有人还指责《刘三姐》一剧背离了毛泽东的"暴力革命"精神。如《广西日报》1970年4月21日刊载的一篇题为《大毒草〈刘三姐〉的要害是反对暴力革命》的批判文章，署名洪辛兵的作者称："大毒草《刘三姐》的炮制者打着改编民间传说的幌子，以封建社会为背景，捏造了一个所谓'歌仙'，不动一刀一枪，用她'万能'的山歌，'唱倒'了地主阶级的故事。"

“毛文体”(李陀语)的一个重要的修辞手段。[1] 面对歌舞剧《刘三姐》在少数民族问题上的潜台词,乔羽在将毛的阶级斗争理论进行文学符码式的转喻时,采取了偷梁换柱的办法。他看得很清楚,原剧中刘三姐常说“我们壮家人……”,构成了对汉族势力的挑战。因此,乔羽和导演苏里在影片中把这一类的词语一律都改成“我们唱歌人……”!这个重要细节的改写,使壮族和汉族文化之间的对立因素得到很大程度的化解,它一方面清楚地表明了官方作家的立场,同时也从反面证明原剧中的“阶级冲突”恰是以“民族冲突”(汉族地主和壮族百姓)作为它首要的社会背景的。

在画面上,影片对名不虚传的桂林山水做了巧妙的利用,使其成为刘三姐和小牛之间爱情戏的主要衬托。从两人一见钟情,直到英雄救美女,和最后双双逃离,山盟海誓,结成佳侣,这些场景几乎全部都是在船上、水面或水边发生的。那些挺拔的奇峰怪石(阳刚之喻),倒映在温柔平静的湖面上(阴柔之反衬),风景如画。还有打鱼人的小舟,和从远处飘来的悠扬的山歌,都为三姐和小牛的情人相遇(boy meets girl)做了一个平凡的、文学程式似的铺垫(相比之下,爱情戏在原歌舞剧中处次要地位)。刘三姐被地主莫海仁绑架这一情节,原剧中没有,是乔羽后来编造的。这场戏除了突出刘三姐不畏诱惑、品格高洁,情

1 有关作者对毛话语“转喻”问题的精辟分析,见李陀《丁玲不简单:毛体制下知识分子在话语生产中的复杂角色》,《今天》1993 年秋第 3 期,第 222—242 页。

节上还特地安排了英雄救美女的结局。小牛摇身一变，成了白马王子，把束手无策的三姐从虎坑里搭救出来。两人于是在众人掩护下，驾舟顺水而下，最后互吐衷肠。乔羽对《刘三姐》这种情节上的改编，似乎把刘三姐这个自由自在的民间歌手，降到30年代美国好莱坞通俗片英雄救美女的水准上，这种陈旧的浪漫情调比起民间传说和歌舞剧中的刘三姐形象，相去甚远。民间传说中的刘三姐，是一个处处要和男人比高低、争强好胜的天才女歌手。据称电影里一百多首山歌，其中有78首直接出自歌舞剧，除个别字句外，没有大刀阔斧的改动。[1] 否则，恐怕就会面目全非。

最后必须提一笔的是电影对秀才的处理，因为它使人立刻联想到当时知识分子每况愈下的社会处境。乔羽借刘三姐之口嘲弄秀才这一类书呆子的那些句子，几乎是原封不动地照搬毛泽东《在延安文艺座谈会上的讲话》中的语言。毛对知识分子的批评，指责他们“四体不勤”“五谷不分”，这一切竟变成刘三姐同秀才对歌的内容，并期待观众也能够参与这一场史无前例的、以大众的名义贬议和压制读书人的运动。这里的悲剧是，知识分子是20世纪最先倡导民俗和民间文艺的群体，他们始终在积极地参与建设通俗文化、大众文化的过程，但最后被牺牲的却是他们自己。

1　参见胡椒粉、铁戈《电影〈刘三姐〉，创作还是抄袭?》，《法律与生活》1996年第3期，第1—3页。

20世纪最早搜集和研究刘三姐传说的民俗学家钟敬文，50年代末开始遭到批判。正当《刘三姐》大红大紫的时候，钟敬文被指控，说他在二三十年代担任《民俗》周刊的主编时，曾经宣传过资产阶级民俗学，尤其是伯恩的那本英国民俗学手册。其“反动性”在于它主张民俗学与统治术相结合，为改善统治者对隶属民族统治术服务。[1] 这里极为讽刺的是，英国民俗家的构想不幸言中了一个事实，因为50年代后期恰值官方文化在大量地占有和垄断民俗研究与大众文化。不过，关于钟敬文挨整的情况，另外还有一说，即他的真实“罪状”在于，他21岁时（1925年）写过一篇题为《附会的歌谣》一文，“把彭湃改写海陆丰童谣《红心姊》宣传革命说是‘颇滑稽’，‘分明有意烘托’，认为这种做法‘可怜可恨极了’”。[2] 这位民俗学家为了捍卫民歌的纯真，不小心得罪了一位革命家。假如钟敬文当时能够发表他的真实看法，他会怎样评价乔羽的《刘三姐》电影剧本呢？

李陀对20世纪在中国所发生的革命通俗文化，作出了如下总结：

> 以《在延安文艺座谈会上的讲话》为中心发展出来的文学批评话语，一方面鼓励通俗的文学话语沿着“工农兵方向”无限制地增殖和泛滥，一方面又对任何一种企图逸出通俗水平的越轨倾向进行严格的监视——因为不论这种倾向是多么微弱，它都可能是对以“为工农兵服

---

1 见 Laurence A Schneider, *Ku Chieh-kang and China's New History*，第146—147页。

2 见赵毅衡《村里的郭沫若》，第195页。

务”——“为人民服务”做口号的价值系统的背离或对抗。这当然是绝不能允许的，毛泽东本人对此也有很高的警惕，他之所以亲自发动了一次又一次文化领域中的批评运动（包括“无产阶级文化大革命”运动），虽有种种政治和经济的理由夹杂其中，但他坚定地要维护这套价值系统的纯洁性和一贯性恐怕才是根本的原因。[1]

随着官方文艺方针对民间文艺和通俗文化领域的大举占领，真正失落的不是民间文化（民间保护这些传统的能力十分坚韧，有机会总能东山再起），或者是都市通俗文化（由于电视的推动，此文化后来迅速起飞）。真正失落的，是中国本土那个雅文化，就今天来讲，就是一个能与官方抗衡的，作为社会道德和文化理想的代言人（而不是民众代言人）的知识分子。由于本土雅文化的破产，西方文化所具有的种种“优势”，便乘虚而入，当仁不让地占领了雅文化的地盘。所谓“雅俗共赏”，它在官方的文化环境中经常指的是“洋为中用”，“洋”和“雅”是被人换用的，因为本土的雅文化业已经荡然无存。这一点，我们从歌舞剧《刘三姐》后来的命运，就看得很清楚。

“文革”70年代，《刘三姐》这一类民间通俗文艺遭到江青等人的否定。这位从前在大上海当过电影明星的官方要人，不喜欢民歌，认为它太土、太小气，是低级下流的东西，说它“不能表现现代生活”。因此，江青主张“洋为中用”，用西洋管弦乐队改造京剧，西洋芭蕾舞台改造民间素材，推出了八个样板戏。从

1　见李陀《1985》，《今天》1991年第3、4合期，第64—65页。

那时起,歌舞剧和电影《刘三姐》就被禁演,直到"文革"结束。[1]当代作家王安忆说,"文革"是一场"全民交响乐运动",这是十分贴切的看法,它为我们重新审视"文革"前后的文化内涵,提供了一个很特别的视角。[2]

---

1 见贾芝《扼杀民间文学是"四人帮"反马克思主义的一场疯狂表演》,《中国民间文学论文选1949—1979》上卷,第246—270页。

2 见王安忆中篇小说《歌星日本来》。王安忆本人70年代时曾在一家乐队拉提琴。当时无数城市青年为了留城工作,学习小提琴、手风琴等西洋乐群,或学声乐(总数如有人统计,应和90年代的"下海"人数不相上下)。可见西洋音乐在社会上之普及和受官方的重视。"文革"后,涌现出一大批音乐家、歌唱家,都是全党全民办西洋乐时培养出来的。

第六章

民族国家文学的性别

重写文学史近来成了越来越多人所关心的话题，但“重写”意味着什么？我以为，仅用一种叙事去取代或是补充另一种叙事似乎不值得那么大惊小怪，类似的工作有史以来就没有中断过。况且任何“写”都已经是某种程度的重写。关键在能不能对这些叙事（包括准备要写的）提出自己的解释和历史的说明，也就是说“重写”的大前提在于重新认识现代文学的性质和它的历史语境。

一 民族国家文学

现代中国文学的性质究竟是什么？现有的许多词语范畴，如“现实主义”“写实主义”“浪漫主义”，甚至“现代化”等等，都已被人做了一大堆文章。然而，细心推敲，这些范畴无非是叫人们在现代文学自身的批评话语里寻找答案，结果往往是狗逐其尾，自我循环。本章打算换一个路数，试着从不同的角度提出问题。我的理解是，“五四”以来被称之为“现代文学”的东西其实是一种民族国家文学的概念。这一概念的产生有其复杂的历史原因。主要是由于现代文学的发展与中国进入现代民族国家的过程刚好同步，二者之间有着密切的互动关系。

严格地讲，民族国家（nation-state）是西方中世纪以后出现的现代国家形式。[1] 在中国，这一现代国家形式应该是由辛亥革命引入的。关于民国以前的国家形式，史家的说法不尽相同，如，持马克思主义历史观的中国学者把它叫作封建制，西方史家则通常使用帝制这个概念。我本人以为殷海光提出的“天朝模型”似乎更能说明中国传统国家观念的特点。“天朝君临四方”的思想在中国具有悠久的历史传统，它使中国与外国在1861年以前根本不曾有过近代意义的外交，是西方列强的“船坚炮利”最先摧毁了“天朝模型的世纪观”，使之不得不让位于“适者生存”的现代民族国家意识。[2] 然而，现代民族国家的兴起在不同时期和地域的历史条件下显示了截然不同的命运。在中世纪的

1 有关民族国家的渊源和形成的著述甚多，以近几年的研究而论，即可举出以下作者和作品：J.A. Armstrong, *Nations before Nationalism* (1982); John Breuilly, *Nationalism and the State* (1982); Ernest Gellner, *Nations and Nationalism* (1983); Benedict Anderson, *Imagined Communities* (1983); Miroslav Hroch, *Social Preconditions of National Revival in Europe* (1985); Partha Chatterjee, *Nationalist Thought and the Colonial World* (1986); Anthony Smith, *The Ethnic Origins of Nations* (1986); Eric Hobsbawin, *Nations and Nationalism Since 1788* (1990)。

2 见刘小枫编《中国文化的特质》，北京：生活·读书·新知三联书店，1990年。

欧洲，它一方面对神权提出了挑战，另一方面又成为欧洲的基督教国家向外扩张的坚强后盾。从15世纪到20世纪，欧洲的民族国家意识始终没有离开过对非西方民族的征服或殖民。与之相反，中国的现代民族国家意识则是在反抗列强侵略的历史条件下促成的。西方的国族主义(nationalism)被中国人接受后，即成为反抗帝国主义的理论依据，这一点无须赘述。[1] 但值得注意的是，国族主义的意识形态功能远远超过了反帝斗争的需要，它其实创造了一种新的有关权力的话语实践，并渗透到20世纪知识生产的各个层面。"五四"文学中"改造国民性"的主题把文学创作推向国家建设和精神改造的前沿，正是体现了国族主义对文学领域的渗透。

以往对现代文学的研究都过于强调作家、形式或思想内容，然而，在民族国家这样一个论述空间里，"现代文学"这一概念还必须把作家和文本以外的全部文学实践纳入视野，尤其是现代文学批评、文学理论和文学史的写作等机制及其运作。这些实践直接或间接地控制着作品的生产、接受、监督和历史评价，支配或企图支配人们的鉴赏活动，使其服从于民族国家的意志。在这个意义上，广义的现代文学一方面不能不是民族国家意志的产物，另一方面，又不能不是替民族国家生产主导意识形态的

1 国族主义和爱国主义经常被混同起来。这一现象有其复杂原因。一般说来，把爱国主义视同于国族主义恰恰掩盖了后者的民族国家意识形态的性质。其实，英文"nationalism"最早的汉译有两种："民族主义"和"国家主义"。此概念的不稳定性可以追溯到梁启超时代。为了准确地传达这一概念的来源和历史语境对它的规定，笔者在本文中一律采用"国族主义"来替代"民族主义"或"国家主义"。

重要基地。

我还想说明一下,“民族国家文学”概念和普遍流行的“民族文学”的提法必须加以严格的区分。前者要求揭示现代文学同现代民族国家之间的关系,并从中提取新的批评视野;后者则沿用的是“五四”以来关于民族文学与世界文学对立统一关系的说法。由于民族文学的概念隶属于民族国家的意识形态,因此,出于自我肯定的需要,它不易对自己的意识形态基础做出批判的反省。[1] 我在这里提出“民族国家文学”的概念,不是指个别的文学作品,而是指现代文学生产的总体机制,特别是创作与批评的互动关系。提出这个概念也是为了寻找新的视野,重新认识现代中国文学的历史面貌,也期待文学史研究本身的范畴、语言和立场能获得一次更新的机会。

谈到现代文学和民族国家的关系,我认为有必要提一下詹姆逊(Fredric Jameson)那篇关于第三世界文学和民族寓言的文章,因为在当代西方理论论述中,它通过“民族寓言”的说法,第一次明确地、直接地指出所谓第三世界文学同民族国家之间的联系。《多国资本主义时代的第三世界文学》一文自1986年在《社会文本》(*Social Text*)发表以来,美国本土对其“民族寓言”

1 如陈平原、黄子平、钱理群的《“二十世纪中国文学”三人谈》。此文由《读书》杂志连载,从1985年到1986年共出六期(1985年10月—1986年3月)。作者提出20世纪中国文学是“一种现代民族文学”(1985年12月,第69页)。值得注意的是,他们那时的参照系仍在中国同世界的辩证关系上。至于文学同民族国家的历史姻缘何时缔结,怎样参与现代国家意识的生产,这一类问题尚未进入视野。

一说提出尖锐批评者不乏其人。[1] 该文随后译成中文在《当代电影》上刊出，再度引起了复杂反响，并导致了中国批评界围绕"第三世界文学"的一场有意思的论争。有人对"第三世界文学"的提法表示反对，也有人认为建立"第三世界话语"以对抗西方文化霸权是必要的。[2] 令人瞩目的是，大洋两岸的批评矛头都不约而同地指向詹姆逊的西方中心主义。就后殖民主义的语境而言，这一类的批评无疑是必要的。但对詹姆逊的立场做这种描述的同时，我发现有些最基本的、关键性的问题被忽视了。

詹姆逊认为第三世界文学应该被当作民族寓言来读，这是区别它和第一世界文学的根本特征。即使那些表面看起来与民族无关的文本，那些描写个人欲望和内心冲突的故事，它们也通常和民族及国家的命运息息相关，而不是纯粹写个人的。如果不笼统地谈第三世界，而仅就现代中国文学而言（鲁迅是詹姆逊提到的作家之一），这种说法听起来有几分道理。但我认为詹姆逊在这里忽略了一个重要事实：他所描述的这一切特征其

1 弗里德里克·詹姆逊（Fredric Jameson）：《多国资本主义时代的第三世界文学》（*Third-World Literature in the Era of Multinational Capitalism*），《社会文本》（*Social Text*，第15期，1986年秋季），第65—88页。并见艾捷兹·艾哈麦德（Aijaz Ahmad）的辩驳，《詹姆逊对他者的修辞及"民族寓言"》（*Jameson's Rhetoric of Otherness and the National Allegory*），《社会文本》（第17期，1987年春季），第3—25页。

2 有关文章包括：张颐武《第三世界文化：新的起点》（《读书》1990年第6期，第28—34页）；张颐武《叙事的觉醒》（《上海文学》1990年第12期，第70—75页）；张京媛《第三世界批评：民族、种族、性别》（《电影艺术》1991年第1期，第33—38页）；廖世奇《"第三"的含义：詹姆逊的故事和我们的处境》（同上，第39—54页）。

实是某种批评实践的产物。具体地说,国族主义深刻地渗透在20世纪中国的文学批评和文学史写作的实践中(它们与文学创作有着不可分割的关系),詹姆逊看到的是这种批评实践所追求的效果,而不是所谓第三世界文学作品所必有的本质。他在把"第三世界"文学叙述为民族寓言的过程中,彻底排除了文学批评在当地所扮演的文本及经典规范生产者的双重角色;而他自己对鲁迅的解读,却在很大程度上受到已有的中国文学批评为鲁迅研究所设置的主导模式的左右。因此,尽管詹姆逊的批评者大都把他的文章视为"东方主义"(Orientalism)或关于他者的辞术(rhetoric of otherness)的又一例证,我倒以为该文毋宁代表了第一世界和第三世界的马克思主义文学批评家对国族主义话语的联合创作,两者共同忽略的恰恰是文学作品与文学批评之间的互动。我认为这种互动,而绝非文学作品本身(詹姆逊阅读的盲点),才是考察所谓"民族寓言"的关键所在。

但是,本章的写作目的并不是要评论詹姆逊,而是为了讨论中国现代文学批评实践与民族国家的关系问题。这是一个相当大的题目,很难在有限的篇幅里进行充分的阐述。[1] 再说我不喜欢用过于抽象的语言去讨论文学,所以决定大题小做。也许不是巧合,萧红的小说《生死场》(1935)为此提供了极其生动的文本,因为,这部小说自从问世以来,即与现代文学的批评体制和权威的文学史写作有过种种遭遇。而每一回遭遇,或褒或贬,

1 我在《跨语际实践》一书的不同章节,对这些问题展开了更详细的论述。

大都围绕着作者的“民族主义”立场展开。我认为，萧红的小说和文学批评之间的互动提出了一些重大问题，尤其是民族国家文学究竟有没有性别的问题。由于这些问题被凸显，我们完全可以把这部小说的经典化过程看作是民族国家文学生产过程的缩影。

二　重返《生死场》

小说《生死场》是萧红的成名作。它描写的是“九·一八”事变前后东北乡村的生活，其中女性的命运构成了这些富有乡土色彩的生活图画中的主色调。小说发表后，关于这部作品的解释和评价一直受着国族主义话语的宰制。同叶紫的《丰收》、萧军的《八月的乡村》（“奴隶社”的另两篇作品，都由鲁迅主持出版）一样，萧红的小说最初就是在国族主义的旗号下得到认可的。[1] 大多数评论者将它视为一部“民族寓言”，一部充满爱国主义精神的反帝国主义作品。这种批评传统限制并决定着对小说意义的理解，以致今天人们仍很难绕开它去评价萧红的创作。然而，文学批评中的这种国族主义话语迄今尚未引起那些依然身陷其中的文学史家的注意。我在此对萧红作品的解读不仅试图为研究这位作家提出新的角度，同时更是为了讨论和质疑国族主义话语和文学批评实践的复杂关联。因此，我关注的

1　见《萧红研究》（论文集），哈尔滨：北方论丛编辑部，1983年。

是围绕萧红小说的两个层次的话语:生产层面与接受层面。前者涉及萧红在小说的内部空间与国族主义话语的交锋,后者则指向力图将她的写作纳入民族国家文学名下的文学批评。

男性批评家的盲区 用“民族寓言”去解释萧红作品的基调最初始于鲁迅和胡风。众所周知,鲁迅和胡风分别为《生死场》的第一版写了序言和后记。作为“奴隶丛书”的编者,胡风作后记赞扬书中体现的抗日精神和中国农民爱国意识的觉醒:“这些蚊子一样的愚夫愚妇们就悲壮地站在了神圣的民族战争的前线。蚊子一样地为死而生的他们现在是巨人似地为生而死了。”[1]相比之下,鲁迅虽然没有在他后来被广为引用的序言中把“民族”之类的字样强加于作品,但他仍然模糊了一个事实,即萧红作品所关注的与其说是“北方人民对于生的坚强,对于死的挣扎”[2],不如说是乡村妇女的生死经验。鲁迅未曾考虑过这样一种可能性,即《生死场》表现的主要是女性的身体体验,特别是与农村妇女生活密切相关的两种体验——生育以及由疾病、虐待和自残导致的死亡。民族兴亡的有色眼镜也造成了鲁迅对萧红作品的阅读盲点。

男性批评家对大意义的关心使得国族主义的解读在萧红研究中非但不是例外,而且几乎是唯一的解读规则。[3] 在 1940 年

1 胡风:《〈生死场〉跋》(上海 1935 年版)。
2 鲁迅:《〈生死场〉序》(上海 1935 年版)。
3 在英文版《萧红》(波士顿:特维尼出版社,1976 年)的序言中,表示不十分赞成把《生死场》简单归入抗日作品一类。

代，茅盾评论萧红的另一作品《呼兰河传》时虽然与胡风观点不同，却同样是依据投身民族主义阵营的程度来判断作者的成就。例如茅盾在缅怀萧红生命的最后一瞬间时写道：

> 在1940年前后这样的大时代中，像萧红这样对于人生有理想，对于黑暗势力作过斗争的人，而会悄然"蛰居"多少有点不可解。她的一位女友曾经分析她的"消极"和苦闷的根由，以为"感情"上的一再受伤，使得这位感情富于理智的女诗人，被自己的狭小的私生活的圈子所束缚（而这圈子尽管是她咒诅的，却又拘于惰性，不能毅然决然自拔），和广阔的进行着生死搏斗的大天地完全隔绝了，这结果是，一方面陈义太高，不满于她这阶层的知识分子们的各种活动，觉得那全是扯淡，是无聊，另一方面却又不能投身到农工劳苦大众的群体中，把生活彻底改变一下。这又如何能不感到苦闷而寂寞？。[1]

的确，萧红没有表现出胡风曾在她作品里发现的那种国族主义热情（事实上在抗战后期，她甚至不再卷入全国作家抗战协会的反战宣传活动），但作为被茅盾贬为"情感富于理智"的女性，萧红所投身的是另一场斗争。那场斗争没有赋予她任何义务去接受茅盾关于个人和集体的观念以及他关于社会、民族、战争的男性中心意识形态。对《生死场》和《呼兰河传》的作者而言，"生"与"死"的意义主要体现在个人的身体，特别是女性的身体上，而不仅仅在民族兴亡。因此毫无理由把她"缺乏""民族主义"热情看作一种败笔或缺陷。茅盾所不能理解的是：

1　茅盾：《〈呼兰河传〉前言》（上海1947年版）。

萧红并非不想抗日或对民族命运不关心——她的困境在于她所面对的不是一个敌人，而是两个敌人：帝国主义和男性父权专制。这一困境十分生动地呈现在她写于1936年的一篇短文《失眠之夜》里。在这篇文章中，萧红对沦陷中的东北故乡的暧昧态度，使她与情人萧军的怀乡之情形成了鲜明对比：

> 而我呢？坐在驴子上，所去的仍是生疏的地方；我停留着的仍然是别人的家乡……家乡这个观念，在我本不甚切，但当别人说起来的时候，我也就心慌了！虽然在那块土地在没有成为日本的之前，“家”在我就等于没有了。[1]

萧红似乎很难与萧军那种热切悲壮的思乡之心发生共鸣，她从一个女性的角度向“家”这个概念提出了质疑：“而我呢？”她问道，“你们家对于外来的所谓‘媳妇’也一样么？”一个女性注定由于她的性别戳记而永遭放逐，她无法将“家”等同某个特定的地方。

无独有偶，萧红与国家民族主义及父权传统之间的矛盾在30年代并不是孤立的或区域性现象。例如英国女作家弗吉尼亚·伍尔芙(Virginia Woolf)，也经历了相似的矛盾情感。伍尔芙的丈夫是犹太人，他的名字被纳粹德国列入通缉名单，属于一旦英国沦陷即会被缉拿归案之列。伍尔芙似乎因此会自动成为英国民族主义的鼓吹者。但实际情况并非如此。这位女作家在

---

1 萧红：《失眠之夜》，见邢富君编《萧红代表作》，郑州：黄河文艺出版社，1987年，第59页。

其1938年首次印行的著作《三枚金币》里有一个明确的表态。该书的主要内容是这样的:作者曾接到过三个不同团体的请求,希望她捐金币给她们的事业,一个是建设女子学院的基金,一个是帮助专业妇女就业的团体,另外还有一个反对和防止战争的组织。她以书信的形式答复了这些请求并表明了女权主义立场。在答复第三个请求时,伍尔芙表示,作为女性,不可能分享这一民族的斗争所提供给男性的光荣、利益以及"男性的"成就感,况且妇女在英国几乎谈不上拥有土地、财富和产业所有权。如果男人说他是为了保卫女人而战,伍尔芙认为女人首先想到的是自己在国内已经受到的保护程度,其实这种保护是否存在大可怀疑。当被要求成为"我们国家"的一员时,她就回答,"我们的国家"在绝大部分历史阶段都视女人为奴隶,剥夺她的教育权和财产分配权。因此,无论是过去还是现在,女人有什么理由感谢英格兰?但是,伍尔芙的立场并不意味着她看不到反对希特勒独裁野心的必要性,最终她还是将金币捐给了那个反战团体。不过她以女人的名义声明:"她将约束自己不参加任何爱国主义示威;不附和任何一种国家民族的自我吹嘘;不参与任何鼓励战争的团体和群众;不出席任何军事的展览、竞技、表演、颁奖以及一切类似活动。决不置身于这类场合,鼓励那些想把'我们的'文化或'我们的'统治强加于他人的欲望。"[1]弗吉尼亚·伍尔芙和萧红生活在全然不同的环境中,但在需要与自己

1　Virginia Woolf, *Three Guineas* (New York: Harcourt, Brace, and World, Inc., 1938),第109页。

的祖国认同时却不约而同地作出了反抗,这绝不是偶然的。除了种族和文化差异,她们作为父权社会里的女性这一共同身份确实造成了她们在国家观念上不寻常的相似。

民族兴亡与女性的身体 对于《生死场》这部小说,除去鲁迅和胡风奠立的比较生硬的国族主义的解读外,是否还能有不同的阅读?围绕萧红本人为这部小说1935年版所设计的封面图案所展开的那些争论,似乎已经暗示了这种可能性。批评家对这幅画的确切含意一直观点不一。有人说画中黑色的块面喻示着一座旧碉堡,而背景上的深红色代表在抗日战争中死难的东北人民的鲜血。另一些观点认为那片黑色块面实际上代表的是日本统治下的伪满洲国地图。只有刘福臣在一篇讨论萧红的绘画及其他艺术创作的文章中指出,那片黑色的图案是一幅妇女头像的剪影,而切过封面的斜线则象征着中国被切割的国土。他认为,向上仰起的农村妇女的脸庞和划过她的嘴角及脖颈的笔直线条,表现了与日本侵略者浴血奋战的东北人民的愤怒和力量。[1] 虽然刘福臣没有解释萧红何以用女性而非男性的头像来代表东北人民,他的文章还是暗示了从性别的角度解释萧红的封面设计图的可能性。不过这一可能性由于国族主义话语的遏制而尚未展开。或许更有说服力的解读是,如果那片黑色勾勒的是女性头像,又与伪满洲国的地图相契合,那么完全有理由认为,图中斜穿而过的线条不仅象喻中国领土的分裂,而且

1 刘福臣:《萧红绘画琐谈》,见《萧红研究》,第209—210页。

萧红为1935年版《生死场》设计的封面

也象喻着民族主体的分裂。同理,若是封面的深红色块可以联想为东北人民的鲜血,则也可将这同一片深红理解为女性的血,因为小说对女性之躯的表现总是与流血、伤残、变形与死亡密切关联的——不论是由于生育、被殴,还是自尽。当然,我们不一定接受以上诠释,但围绕《生死场》封面设计引发的争论起码开辟了多种阅读的可能性。

孟悦和戴锦华在她们出色的著作《浮出历史地表》中,曾对《生死场》从女性主义角度出发作过评价。[1] 虽然她们没有直接与民族国家话语交锋,但已开始试图从女性的身体体验去看待生与死的意义。在此我想将她们对《生死场》的分析再向前推进一步,从以下三个层面探讨小说中的"场"的意义。首先是《生死场》中前十章所描写的女性身体的种种经验,由于这些经验集中体现了"生"与"死"的特殊内蕴,因此,女性的身体就不能不成为小说意义生产的重要场所。其次,在小说的后七章中(全书共十七章),萧红笔锋一转,从女性世界伸向男性世界,大量描述国族主义进入村民意识的过程;这些描述不仅把"男人"和"国家"紧密联系在一起,而且深刻地揭示了民族主体根本上是一个男性的空间。最后,我以为《生死场》的写作有一点需要特别强调,即作者从女性身体出发,建立了一个特定的观察民族兴亡的角度,这一角度使得女性的"身体"作为一个意义生产的场所与民族国家的空间之间有了激烈的交叉和冲突。萧红以这

---

1 孟悦、戴锦华:《浮出历史地表》,郑州:河南人民出版社,1989 年,第 174—199 页。

样的做法在她的文本中创造了一个复杂的“意义场”——其中意义的复杂性,恐怕是当时许多男性写作难以企及的。

批评家经常诧异萧红的抗日题材小说何以要包罗如此繁多的乡村妇女生活细节,何以直到后几章才涉及日本侵略的事件。譬如在“刑罚的日子”一节中,叙事者描述了一个独特的妇女生育世界。她的语言交替浸满着同情与嘲讽——同情产妇所承受的肉体痛苦,嘲讽在本能驱使下的传宗接代无异于自我毁灭式的灾难。她的同情闪现在类似下述场面的描写里:

> 受罪的女人,身边若有洞,她将跳进去!身边若有毒药,她将吞下去,她仇视着一切,窗台要被她踢翻。她愿意把自己的腿弄断,宛如进了蒸笼,全身将被热力所撕碎一般。[1]

然而,正值婴儿出世的一刻,“窗外墙角下谁家的猪也在生小猪”。叙事者频繁地将人的性和生育与动物的交配繁衍并在一起,时时几近讥刺:

> 牛或是马在不知不觉中忙着栽培自己的痛苦。夜间乘凉的时候,可以听见马或是牛棚做出异样的声音来。牛也许是为了自己的妻子而角斗,从牛棚里撞出来了。……在乡村,人和动物一起忙着生,忙着死……[2]

生活与生育是女性面对的可怖现实,死亡亦如是。小说短

1　萧红:《生死场》,上海:新文艺出版社,1953 年,第 71 页。

2　《生死场》,第 74 页。

短的篇幅内充斥了无数的死亡……有杀婴,有绝症,有战争以及瘟疫。叙事者对王婆自杀事件的描述将笔触径直落实在自杀行为的生理外观及其带来的身体残损上。她所呈现的是王婆嘴角堆起的泡沫、肿胀的胃和两腮、她可怕的嚎哭、眼中鬼一般的凝视等身体细节。王婆的自杀既未表现成英雄行为,又不是反抗社会,在这里,唯一触目惊心的是可怖的身体的毁形。

小说中受病痛折磨所致的身体变形与死亡的毁形比比皆是。美丽的月英瘫痪之后,受到她丈夫的折磨。当村里的女伴前来探望她时,她们发现她因为长久得不到照看,身体的下半部已浸泡在粪便里。“从前打渔村最美丽的女人”就这样被折磨成形状可怕的怪物,“她的眼睛,白眼珠完全变绿,整齐的一排前齿也完全变绿,她的头发烧焦了似的,紧贴住头皮。她像一头患病的猫儿,孤独而无望”。[1] 月英的下体腐烂成蛆虫的巢穴。王婆试着帮月英擦洗时,小小的白色蛆虫甚至掉在她胳臂上。月英终于死了,不过那是在她亲眼从镜子中目睹了自己身体的毁形之后。

女性的身体任人摆布还体现在乡村妇女的性经历中,而这份经历总是与怀孕相联。与男性身体相比,女性身体展示的是她们对自己的命运无法自主。这种无法自主倒不是因为性的欲望是一种动物本能,而是由于欲望连同贞节的意义都由父权制决定着,都只服务于男性的利益。金枝发现自己未婚先孕时,陷

1 《生死场》,第 51 页。

入了莫大的恐惧和绝望,这种处境使她转而开始害怕和憎恨自己的身体。

> 金枝过于痛苦了,觉得肚子变成个可怕的怪物,觉得里面有一块硬的地方,手按得紧些,硬的地方更明显。等她确信肚子有了孩子的时候,她的心立刻发呕一般颤嗦起来,她被恐怖把握着了。奇怪的,两个蝴蝶叠落着在她膝头。金枝看着这邪恶的一对虫子而不拂去它。金枝仿佛是玉米田上的稻草人。[1]

女性在自己的身体防线被诸如暴力、疾病、伤残等打破时,常常会感受到自我遭到侵害,然而怀孕的意味却十分暧昧。怀孕的意义必定是由通过社会对女性身体的制约来控制妇女行为的行为准则所决定的。在这里,金枝将她的婚前孕理解为身体的畸变(邪异),将她腹中的非法胎儿视为外来的侵犯物。那一对自由交配的蝴蝶反衬的是她作为女人在人类社会中面对的走投无路的绝境;男权中心的社会体制既要控制她的身体,又要苛求她的贞节,惩罚她的越轨行为。她的身体如同稻草人一样,被抽空了内容,简约成为被父权制事先规定其功能的能指。

女性的身体在萧红这篇小说中是有血有肉的存在。由于它的存在,"生"和"死"的意义就被牢牢地落实在生命的物质属性之上,而得不到丝毫的升华。"生",在女人的世界里指生育,它所引发的形象是肢体迸裂、血肉模糊的母体;"死"也指向一个

1　《生死场》,第30页。

与之相关的血淋淋的现实，让人看到肉体的触目惊心的变质和毁形，而绝无所谓灵魂的超拔。萧红在这里苦心经营了一个女人的叙事，它向读者展示女人是怎么活的，她与周围的世界怎样发生联系，为什么身体的经验对于女人又是那么实实在在。与此同时，萧红也向男权—父权社会提出了尖锐的批评，这一批评不仅针对男权—父权的等级制度对女人的压迫，而且还暴露出萧红的写作同男性写作的根本冲突。对于萧红来说，生命并非要进入国家、民族和人类的大意义圈才获得价值。在女人的世界里，身体也许就是生命之意义的起点和归宿。

由于多数批评家看不到，甚至否认这一点，他们对《生死场》的小说结构经常产生困惑。比如，小说中大量的对于乡村妇女悲惨命运的描写，与后七章中关于民族主义的叙述似乎有些脱节。批评家历来对这个问题的解释都牵强附会。例如，邢富君给《萧红代表作》一书所写的前言有如下评论：

> 虽然《生死场》描写东北人民抗日行动的内容比较薄弱，还不如对农民日常生活悲剧的描写那样真实生动，但就唤起当时读者的抗日的民族感情来说，已经是足够了。
>
> 就表现东北人民的觉醒和反抗来说，《生死场》同表现共产党领导下的抗日游击战争的《八月的乡村》有异曲同工之妙。[1]

其实，《生死场》的“薄弱”处正是其精义所在，不必加

---

1 邢富君编：《萧红代表作》，第17页。

“厚”,亦无须加“强”。因此,两萧的小说并无同工之妙,却有异曲之实。我们只要把萧红对日军占领前的农村生活图景的描写和萧军的《八月的乡村》稍作比较,就不难看出,萧军小说中的乡村世界与萧红笔下的悲惨生活毫无共同之处,例如《八月的乡村》里有一段游击队员小红脸思念家乡的描述:

> 他默默地想着太平的日子。什么时候他再可以自由自在地咬着小烟袋去耕地?是不是马上就可以来的?那个神秘的日子来到的时候,是不是可以将欺负过他底人们,和硬占了他底田地的日本人,杀得一个不剩?[1]

这种太平的景象是萧红小说中所没有的。两萧眼中的社会图景如此不同,唯一可能的解释是他们的作品里蕴含着不同的性别因素。萧军重在描绘男人的自足和戎马情状,而萧红却侧重于乡村女性的状况和命运。在《生死场》中,不论是占领前还是日据时期,女人的故事使作者无法将现存的父权—男权社会理想化。国家的劫难既不能解释,也不能抹去女人身体所承受的种种苦难。萧红在后七章中清楚表明,国家与民族的归属感很大程度上是男性的,这种归属与认同赋予乡村男性农人以民族主体意识,使他们得以克服自己低下的社会地位去向他们的女人传播新的福音。比如,王婆的丈夫老赵三,就对国家民族主义的说教有着极高的热情,并热衷于向寡妇宣传:

1　萧军:《八月的乡村》(北京 1954 年版),第 4 页。

那夜老赵三回来得很晚,那是因为他逢人便讲亡国、救国、义勇军、革命军,……这一些出奇的字眼,……他把儿子从梦中唤醒,他告诉他得意的宣传工作:东村那个寡妇怎样把孩子送回娘家预备去投义勇军。小伙子们怎样准备集合。老头子好像已在衙门里作了官员一样,摇摇摆摆着他讲话时的姿式,摇摇摆摆着他自己的心情,他整个的灵魂在阔步。[1]

在老赵三心目中,这项宣传工作提高了他自身的价值。由于获得了新的自我定义,穷苦的男性农人得以借助国族主义而超越自己低下的社会地位。这个忽然而至的新的话语将社会底层的男性抬起来,将其置于民族主体的位置,因此,赵三的行为变得和一个"衙门里的官员"并无根本区别,不过成了旧有父权体系的翻新。耐人寻味的是,小说中参军的农妇无一例外都是寡妇,她们都是在以某种自戕方式否定其女性身份之后,才成为"中国人"并为国家而战。男村民的情形则全然不同。国族主义不仅给予男村民以新的自我定义,同时还重振了他们的"男子汉"之气。在村人出发远征前立誓忠于祖国的庄严场合中,李青山的演讲明确无疑地传达出国族主义话语的性别含义:

弟兄们!今天是什么日子!知道吗?今天……我们去敢死……决定了……就是把我们的脑袋挂满了整个村子所有的树梢也情愿,是不是啊?……是不是……?弟兄们……?[2]

---

1 《生死场》,第114—115页。
2 《生死场》,第120页。

具有反讽意味的是，回答先从寡妇那里传出："是呀！千刀万剐也愿意！"寡妇在响应这一号召的同时丧失了自己的性别，加入了弟兄们的行列。

小说中抗日情绪的高潮集中在第十三章。然而，这一章并没有去肯定国族主义，而是描述了民族主体的诞生过程。比如，老赵三在他过去的生命岁月里和其他人一样，不过是一个乡村家庭的家长，不敢反抗东家的懦弱的农人。他"从前不晓得什么叫国家，从前也许忘掉了自己是哪国的国民"。[1] 只有通过一种话语——民族国家话语，赵三才发现了自己作为"中国人"的存在：

> 国……国亡了！我……我也……老了！你们还年青，你们去救国吧！我的老骨头再……再也不中用了！我是个老亡国奴，我不会眼见你们把日本旗撕碎，等着我埋在坟里……也要把中国旗子插在坟头，我是中国人……我要中国旗子，我不当亡国奴，生是中国人，死是中国鬼……不……不是亡……亡国奴………[2]

这段话有着一切国族主义话语的共同特征，如个体在一个共有空间（"中国""国家"）里采用主体立场发言（"我""我是"等等），并由此获取新的自我定义和发现新的生命意义（"拯救国家"）。就连那个离开自家的山羊就无法生活的二里半，最后也成为这样的主体。与其他角色不同的是，二里半是个跛脚，可

1　《生死场》，第119—120页。
2　《生死场》，第121页。

以说，他的男性特征被象征性地阉割了；不仅如此，他同动物之间那种不寻常的依附关系也使他的身份更接近女性。正是这种“女性”特征妨碍二里半像别的男人一样爽快地投入抗日救国的行列。当村民说服他交出山羊作为献祭仪式上的牺牲时，他竟设法找到一只公鸡去代替，从刀下救出了他的老山羊：

> 只有他没曾宣誓，对于国亡，他似乎没甚伤心，他领着山羊，就回家去。别人的眼睛，尤其是老赵三的眼睛在骂他：“你个老跛脚的东西，你，你不想活吗？”。[1]

二里半最终还是证明自己是一名“男性”——小说结束在二里半出发寻找革命军的情节上——但那是在他的妻子和孩子都去世之后。如果父权—男权体系是以财产来衡量确立男人在社会中的地位和价值，那么妻儿正是男人的财产的重要组成部分。所以，当日本侵略者夺走这一切时，二里半才奋起抗日，把自己从一个“自私”的农民转变为爱国者。这一转变同失去丈夫的女人金枝的下场相比，说明在男性和女性之间，成为“中国人”的过程也十分不同。[2] 在小说中，作为寡妇的女人只可能有两个下场：或者否定自己的女性身份，加入到“弟兄们”的行列，却无法分享那些男人所占有的自尊和地位；或者像金枝那样，为了生存而在男性的欺凌中挣扎。

金枝长期忍受丈夫的折磨。丈夫死后，她去城里做缝衣妇

---

1 《生死场》，第121—122页。

2 关于女性与民族主体的矛盾关系，见孟悦、戴锦华《浮出历史地表》一书，第27—32页。

又被强奸,这一经验使她对女性的命运有了深切的认识。因此,当王婆斥责日本兵切开中国孕妇的肚子,残杀女人和婴儿的暴行时,金枝却伤心地说:

> "从前恨男人,现在恨小日本子。"最后她转到伤心的路上去。"我恨中国人呢?除外我什么也不恨。"[1]

小说结局在金枝与二里半之间呈现出尖锐的对比。虽然她也恨日本侵略军,但金枝却没有像二里半那样成为民族国家主体的承载者——在金枝那里,丈夫和强暴她的男人给自己带来的身体经验和在日本军的侵略下形成的民族身份之间存在着尖锐的矛盾。萧军的《八月的乡村》也有女人被强奸的情节,但是在这部小说中,此类情节不过是抗日宣传的一种转喻。李七嫂的遭受凌辱被用来隐喻中国遭侵略的境遇,国家替代了女性的身体。这种话语否认女性自身经验的特定含义,将强奸行为象征化,赋予扩大的和抽象的内涵,强调中国受到日本入侵者的强暴。李七嫂的悲剧旨在激发中国人抗战的热情,而代价是让女性的身体去充当国家民族主义斗争的场所。相比之下,《生死场》中的金枝,她遭到中国男人强奸的细节则巧妙地颠覆了萧军对女性身体的盗用。

女性的身体不仅在萧红作品中是生和死的场所,而且还是小说获得意义的根本来源。作者拒绝将女性身体的意义升华和

1　《生死场》,第140页。

抽空,这一拒绝使得小说在"民族主义"的表象下取得一种别具性别意义的立场。然而,历来关于这部小说的男性文学批评都企图讲出一个截然不同的故事。他们不是无视就是谴责萧红对"民族主义"的复杂情感,以抹煞她对主流话语的颠覆。在这种文学批评实践的大背景中,重读萧红和她的作品的接受史必然导致对民族国家文学实践的质疑、反省和再思考。我对《生死场》的阅读采用了女性主义的视角,这是自不待言的。但我这样做时强调的不是对所谓女性自我或女性写作的发现和肯定,也不是对男人压迫女人的声讨(这常常是很多女性主义批评家反复纠缠的话题,它严重妨碍了女性主义文学批评的深入,我以为对此应当进行反省),而是为了揭示现代文学批评以及民族国家文学的性别属性。

三　汉语文学的再生

本章的分析虽然只是着眼于对具体作品的分析,但现代文学同民族国家的关系绝不仅仅体现在"五四"以来的文学作品中,恰恰相反,民族国家文学同其他的社会语言实践密切关联,相互渗透。除创作和批评之外,它的实践范围还包括——充满性别化的——出版机构、文学社团、文学史的写作、经典的确立、评奖活动、大学研究部门有关学科和课程以及教材的规定等。王晓明在《一份杂志和一个"社团"——论"五四"文学传统》一文中强调，重写文学史要重视“文本以外的现象”。[1] 这是十分中肯的意见。他自己对《新青年》和“文学研究会”所作的研究就是对民族国家文学早期实践的极好说明。

自 80 年代以来，国内重写文学史的工作已初见成效。有些多年销声匿迹的流派和作品重见天日，鸳鸯蝴蝶派、新感觉派、象征派诗歌、《九叶集》诗人、上海“孤岛”文学、胡风及“七月”诗派等，都先后被人挖掘出来；沈从文、张爱玲、施蛰存、钱钟书等作家也陆续得到“平反”。毫无疑问，这些作家和作品的重新发现是对官修文学史的一大纠正，在很大程度上加深了人们对现代文学的了解。但我以为在“重写”之外还应该追究一个根本的问题，即在现代文学史的写作中，筛选作家和作品的依据是什么。为了回答这个问题，我们还要对 20 世纪中国的知识大背景进行检讨，对现代性的反思尤为迫切。因为 20 世纪以来，中国同西方遭遇之后产生的大量的新知识，无一不是用来思考中国现代性问题的。对现代性进行反省的一个重要方面就是思考国族主义如何在现代汉语的写作和国家建设之间建立了不容置疑的联系。回顾现代文学史的编写，一个突出的特点就是，这个“写”从未挣脱联结文学创作和民族国家的那个“大意义”的网络。凡是能够进入民族国家文学网络的作家或作品，就获得进入官方文学史的资格，否则就被“自然”地遗忘。少数幸运者如

1　王晓明：《一份杂志和一个‘社团”——论“五四”文学传统》，见《今天》（1991 年第 3、4 合刊），第 64—114 页。

萧红,则是在特殊的历史条件下被权威的文学批评纳入了民族国家文学,才幸免于难。

民族国家文学不仅为现代文学史的写作打上了自己的戳记,而且还渗透了古典文学研究各个领域,以文类为例,当古典文学作品被划入"诗歌""小说""戏剧""散文"这些现代西方文学史的范畴时,汉语的写作和阅读实践就已经被"国有化"或"现代化"了。而与之相对的较"私人化"的文类,如古典文论中归纳的诔、碑、铭、箴等,则被排除在民族国家文学的大意义圈之外,受到冷落或轻视。反过来,关于"中国为什么没有史诗"这一类的伪命题,却经常有人大做文章。这倒也不奇怪,因为民族国家文学本来就是西方的文化霸权在汉语写作中的某种曲折的体现。

在1980年代,当中国的文学理论还在民族国家文学的框架内踯躅不前的时候,是文学创作首先突破了它的禁锢。李陀在《1985》一文中谈到阿城和"寻根文学"时指出,《棋王》这种作品"让读者感到陌生,也让批评家感到陌生——他们已经十分习惯'伤痕文学'和社会之间互相激动、彼此和唱那种互动关系……可《棋王》显然很难进入这种关系"。[1] 这里的陌生感是否可以看成是某种预兆?也许,80年代文学的最大功劳就是对民族国家文学的反动。有人曾经把1980年以来出现的先锋小说称作"纯文学"。如果"纯"指的是拒绝与民族国家文学为伍的

1 李陀:《1985》,见《今天》(1991年第3、4合刊),第59—73页。

立场，而不是独立于意识形态的文本，那么，这一说法足以表明命名的颠覆性。[1] 不过，我本人更愿意用"汉语文学"这个词来强调民族国家文学以外的文学实践。回想起来，"历史"曾那么郑重其事地在"汉语文学"和"中国文学"之间、语界和国界之间、人和国民之间划上各式各样的等号。谁能保证历史今后不会对这一系列的等号开无情的玩笑？也许，我们当前要做的事就是在这一系列的等号上画些问号，这恐怕才是重写文学史的起点。

（本文曾发表于《今天》1992 年第 1 期。其中部分段落由孟悦和王超华自英文原文译出。）

1　如赵毅衡的文章《新潮文学：文化转型期的纯文学》，见《今天》1991 年第 1 期。

附　录

叙述人与小说传统：比较文学读书笔记

小说对叙述人的选择是一个有趣而复杂的现象。这里面牵涉到美学和文学传统等多方面的因素。从文学史的角度来看，叙述人形象的建立往往标志着小说传统的开端，同时也界定了它们今后的走向。所谓“叙述人形象”是相对于小说传统而言的抽象的叙述人，包含但不等于具体作品的叙述人。每一部小说都建立一个或若干个叙述人把它同其他的作品分开；同样地，每一个小说传统也有自己的抽象的、但轮廓分明的叙述人形象，使之同其他的传统区别开来，如中国通俗小说的叙述人、文言小说的叙述人、欧洲的“流浪汉小说”的叙述人等。在这个意义上，从叙述人的角度出发去观察中西小说的几个主要传统的起源，并了解它们彼此之间的异同在叙述学上的意义，对于加深我们对独立的个别小说传统的认识和加强比较文学小说理论的研究是十分重要的。本文从叙述人的基本概念入手，将着重讨论中外的前现代小说几大传统的特点。

一 中国古典小说

中国古典小说一般分为通俗和文言两大传统。它们之间的区别不仅体现在对语体或文言文的使用上,而且还深刻地反映在迥然不同的叙述人形象方面。事实上,叙述人形象是两个小说传统之间的重要区别之所在。这些形象分别在各自传统的形成和发展过程中充当了重要角色,并对文体起到了定形和制约的作用。

通俗小说的叙述人源于唐宋的说话文学,因此他的典型形象是"职业说话人"。这个出身于口头文学的叙述人替话本、拟话本和长篇说部等通俗小说规定了特殊的叙述文体以及内容的表达方式,它突出表现在叙述人同听众(读者)的关系、同小说世界的关系,以及对小说时空的把握、神话结构的安排和对"第三人称"视角的运用等方面。

首先,我们以宋元话本小说《清平山堂话本》中的《简贴和尚》为例,考察一下通俗小说的叙述人同读者的关系,看它如何对故事的结构和表达方式产生了直接和重要的影响。

这篇早期的话本小说集中体现了通俗小说的特点。它以一首词《鹧鸪天》和一个《错封书》的小故事作为"入话",引出正话故事《错下书》。正话和入话两者之间与其说是照应关系,不如说是道具关系。两个故事的情节都围绕着一封信展开,讲的是一封信如何在夫妻之间造成误会。但误会的性质在入话和正话这两个故事中表现得截然不同,故事中人物关系的复杂程度也差异很大,且正话和入话在主题上也没有什么必然联系。读者也许会奇怪叙述人为什么把它们放在一起。我们知道,宋元话本的入话与正话的关系基本上不超出"隐括大意"和"引起下文"的作用。这与话本的"说话"艺术,尤其是与"说话人"同听众的特殊关系是密切相关的。宋元话本是当时广泛流行的"说话"艺术的书面形式("说话"艺人的底本),现场敷衍故事的艺术是一种表演艺术,"说话人"为了非常实际的目的创造了"入话"这种形式。在具体的说书场合,"说话人"总是预备一套"入话"好作开场之用,以"静肃场面""怡悦听众"。[1] 这里的叙述人是生动的和自由的,他完全可以凌驾于主题之上,毫不隐讳地把个人的创作意志表现出来。因此故事的统一性不一定要取决于主题,叙述人的"职业说话人"的形象则为小说提供了连贯和统一的原则。有了这个"说话人",入话和正话故事之间的微弱联系变成了有场合、有意义、有了上下文的关系,《简贴和尚》故事里的"说话人"从入话向正话过渡时,正是以此形象作跳板的:"……这便唤做'错封书'。下来说底便是'错下书'。有个官人,夫妻两口儿正在家坐地,一人送封简帖儿来,与他浑家。

1 郑振铎:《西谛书话·明清二代的平话集》。

只因这封简帖儿,变出一本跷蹊作怪的小说来。"[1] 十分明显,"说话人"不仅利用道具即书信,而且靠玩弄文字游戏把入话和正话连成一体,好像故事本身不过是一字之差的结果。他显然是在炫耀自己的用词技艺,流露出艺人在"表演"中的情景。继话本以后,通俗小说继承了"说话人"的这种垄断地位以及他与"听众"的特定关系。我们经常看到的"说话人"的自我称谓以及与"听众"的直接对话就是明显的文字标记,如:"看官听说""话说""说话的""话分两头",再如长篇章回小说的"且听下回分解"等。"说话人"的这些口头禅虽然仅占整篇小说文字的极小部分,但它们出现的频率和持久性足以说明通俗小说中叙述人同读者的关系,以及由这个关系而延伸出来的故事形态。

其次,与此密切相关的另一组关系,即叙述人同小说世界的关系,在通俗小说中也是十分富有特色的。作为"职业说话人",叙述人与小说世界的关系是纯粹的讲述跟被讲述的关系,也就是说,他本人不参与小说内部的活动。[2] "说话人"的故事是关于别人的故事,除去他的声音,他并不以人物的身份与故事相关,他个人的身世和兴趣都不重要。可以想象,一旦他讲起"我"的故事,这个说话人就已经不成其为"职业说话人"了。所

---

1 (明)洪楩编,谭正璧校注:《清平山堂话本》,第 8 页。

2 有必要严格区分作者与叙述人这两个截然不同的概念,作者可能是文人,而他一经用口语写作,就必然使用"说书体"。这是"文体"限制作者的自由、规定作品走向的典型例子。有时叙述人也以作者的名义出现,也许是作者的代言人,因此与作者本人十分接近。但他仍然是作品中的叙述人而不是生活中的作者本人。

以，通俗小说的叙述人是完全地道的“第三人称”叙述人。不仅如此，他还是一个面面观的“第三人称”叙述人，站在小说世界的上方，以权威的口吻描绘他的小说世界。这种权威实际上是借助道德和知识上的优势而实现的。

通俗小说的叙述人对人物和故事的评论与判断，表现出他对人生道德价值和小说意义的绝对把握。道德说教无论作为讲故事的目的还是借口从来都是不可缺少的一部分，和“说话”艺术一样可以溯源到唐代的变文，尽管后者还包括阐释宗教经文的内容。从叙述学的角度来看，它的作用是替叙述人建立权威的叙述地位。通俗小说的说教在文体上一般表现为夹叙夹议。小说的入话和结尾大都以韵文或(和)散文的形式做说教性的概括或总结。请看《三国演义》的开场白：“话说天下大势，分久必合，合久必分；周末七国分争，并入于秦；及秦灭之后，楚、汉分争，又并入于汉；汉朝自高祖斩白蛇而起义，一统天下，后来光武中兴，传至献帝，遂分为三国。推其政乱之由，殆始于桓、灵二帝。”显而易见，“说话人”是站在很高的地方为我们总结历史的变迁和朝代的兴衰，这样的叙述优势和权威自然是不容商榷的。

此外，叙述人的权威和优势还充分体现在他对小说的时空范围的绝对把握上。长篇故事开头的叙述观点通常是一种创世说。辽阔无际，时间和空间上的跨度极大。叙述人喜欢追根寻源，交代人物和故事的来龙去脉。一切须从真正的“源头”开始,如《西游记》和《红楼梦》。《水浒传》的“楔子”[1]虽然没有追溯到创世记那么久远,但它以宇宙观为透视点,无论是从空间的高度还是广度都充分地利用了“第三人称说话人”的各种优势。故事一开始就把场景设在帝王的高度,用极其迅速的语言和跳度极大的时间层次介绍了四代皇帝:太祖、太宗、真宗、仁宗。在描述仁宗皇帝时,没有忘记加上一笔关于他在上界当赤脚大仙的事,表现出“说话人”敷衍历史的自由,同时也在客观上替他建立起别人无法获得的境界和权威。“说话人”在建立了这个至高的视角之后,逐渐聚合焦点,缩短焦距,最后集中在洪信身上,并由此引出一百零八将的故事。楔子的主旨是介绍历史背景和一百零八将的由来,无论形式上(楔子)还是内容上(关于来源的故事)都着眼于开一个“头”。通俗小说对“源本”的追求往往是依靠神话的结构去实现的。

长篇通俗小说中用神话框架构造小说首尾的用法至少有两个方面的含义。一是以“奇”取胜。此现象固然有其宗教信仰甚至迷信的背景,但这些神话除了反映某一时代的宗教信仰外还具有鲜明的艺术价值。从小说传统的角度来看,大部分神话和其他“奇”的用法是在前人建立了文学上的先例后重复出现在后人的作品中的。《西游记》和《红楼梦》的开篇关于石头成精的故事恐怕就是一脉相承的。翻开中国小说史,通览一遍篇

---

1 “楔子”二字最早出现于元人杂剧,后来又出现在明清的话本、写本小说中。但其渊源可推至唐宋的说唱文学,如唐代俗讲变文中的“押座文”,宋代说书的“入话”“得胜回头”等。

目书名，我们会看到“奇”的艺术，亦即想象力的自由发挥，几乎是古代小说的灵魂。然而，神话在这里的另一更重要的作用还在于它“肯定小说中的世界具有一种形上的整体性意义，因此小说中的人物与行动具有一种人类集体命运的象征意涵”[1]。对整体文化意义的追求、对人类由生到死、由始到终等一切秘密的绝对把握将叙述人的时空观、历史观发展到了极限。这样的“第三人称”叙述人是中国古典小说尤其是长篇章回小说的独特之处。

正因为通俗小说的叙述人站在超现实的整体意义的高度鸟瞰人间。所以他才能淋漓尽致地发挥“第三人称”叙述人的优势，比如任意转换叙述角度以及调整叙述焦点，自由出入于人物的内心世界。我们以《红楼梦》的头几回为例，来看叙述人是怎样巧妙地运用这种空间转换自由去展现贾府这个大家族的方方面面。

读者对贾府的初次印象是从叙述人描写黛玉初到时的感触开始的。从黛玉登岸被荣府派来的轿子接走一直到第三回的结束，叙述人基本上紧扣黛玉的视角，为我们描绘了一个敏感、细腻、出身于书香门第的女孩子对贾府这个华丽家族的初次印象。这种叙述手法一箭双雕：黛玉的眼睛恰如叙述人的摄像机，我们一方面如身临其境，直接观察贾府的内部活动，像黛玉一样进入荣国府，参拜贾母、王夫人、熙凤，结识人物的性格，并饱览贵族

1 见柯庆明《中国文学之美的价值性》，出自《毛子水先生九五寿庆论文集》，第106页。

的奢侈生活。另一方面,黛玉的一连串心理活动同时也让我们窥测到她的性格特点。第四回则把读者带到了贾府以外的一个截然不同的社会阶层,叙述人讲述了薛家仗势欺人,贾雨村趋炎附势、草菅人命的故事;从侧面描写了贾、史、王、薛四大家族的阴暗面。这同黛玉看到的情形恰好形成对比。然而,视角的自由转换正是《红楼梦》的叙述人成功描写贾府等大家族生活所使用的极有效的叙述技巧。第六回中刘姥姥的出现为读者提供了新的眼睛、新的视角。贾府不再是黛玉眼中的贾府。读者看到的是两个阶级的鲜明对比,以及它们在社会层面上的交锋。叙述人通过描写刘姥姥的见闻,一方面诙谐地讽刺了刘姥姥的无知,另一方面又细致入微地描写了王熙凤的虚伪和圆滑,两者相互照映,人物栩栩如生,整个场面跃然纸上。请看叙述人描写刘姥姥第一回看到挂钟的心理:"刘姥姥只听见咯当咯当的响声,很似打罗柜筛面的一般,不免东瞧西望的,忽见堂屋中柱子上挂着一个匣子,底下又坠着一个秤铊似的,却不住的乱晃,刘姥姥心中想着:'这是什么东西?有煞用处呢?'正发呆时,陡听得'当'的一声,又若金钟铜磬一般,倒吓得不住得展眼儿,接着一连又是八九下,欲待问时,只见小丫头们一齐乱跑,说:'奶奶下来了。'"叙述人还通过刘姥姥与王熙凤的简短对话写出后者的乖巧和虚伪。熙凤见到这个前来高攀的穷亲戚后先下手为强。有意颠倒两者的地位说:"亲戚们不大走动,都疏远了。知道的呢,说你们弃嫌我们,不肯常来;不知道的那起小人,还只当我们眼里没人似的。”寥寥几句把王熙凤这个人物刻画得入木三分。我们难免要把她在这里的表现同她在第三回与黛玉初会的情形做一比较，对前一次她给人的那种性格开朗、待人体贴、热情的印象打一个折扣，从而深化对这个人物的认识。《红楼梦》的叙述人十分善于使用不断变换叙述视角的办法捕捉人物性格的不同侧面。这方面的例子读者可顺手拈来，这里就不一一细数了。

综上所述，古典通俗小说的“说话人”是一个轮廓清楚、职能明确、统率力强的“第三人称”叙述人。“他”作为小说的主导因素，规定了这一类小说的叙述模式，包括主题的范围、叙述的视角和语气。这个突出的形象不仅为我们深入研究通俗小说提供了一把钥匙，而且也在叙述文体上解答了“第一人称”叙述的白话小说迟迟没有起步的原因——职业“说话人”永远是“第三人称”叙述人。我们见到的较早尝试用“第一人称”写作白话小说的是晚清的吴趼人。他发表在《新小说》月刊上的《二十年目睹之怪现状》(1902)虽然冠以通俗小说的形式，但实质上属于西方早期自传小说传统，与上面讨论的中国古典通俗小说已经有了质的区别，突出地表现在叙述的“框式结构”(narrative frame)的使用上，[1]如第一回中讲述的关于"死里逃生"如何得到此书的手稿，后来寄给"新小说"社发表的经过。这是十八九世纪英、法小说中的典型用法。后者比较著名的例子有法国作家邦雅曼·康斯坦的《阿道夫》(Benjamin Constant, *Adolphe*, 1816)。《二十年目睹之怪现状》借此"框式结构"展开了"第一人称"的叙述，书中的故事和人物的表现角度被叙述人的中心意识牢牢控制，一切皆由"我"所见所闻。叙述人的"我"与故事主人公的"我"之间的关系是由回忆的行为，即由回忆录的撰写活动固定下来的，前者(叙述主体)仅仅在年龄和经验上大于后者(行为主体)。叙述人同小说世界的这种关系在正宗的古典通俗小说中是找不到的。

下面我们再来考察一下文言小说的情形。

如果把早期的志怪和轶事等故事传统一并归入小说体裁，那么文言(笔记)小说显然是比通俗小说更为古老的一个传统。有趣的是，这两个小说传统并存的时间长达十几个世纪。由于语言、文体以及意识形态上的种种界限，俗文学与文人文学等级分明，因此，两种小说传统之间的接触并没有引起多少叙述体上

1　"框式结构"(narrative frame)，这个叙述学概念特指故事层次之间的关系。通俗一点说，即类似《天方夜谭》大故事套小故事的结构。这在西方叙述文学和小说传统中用得十分广泛。早期著名的例子有《十日谈》(Giovanni Boccaccio, *Decameron*, 1348—1353)和《坎特伯雷故事集》(Geoffrey Chaucer, *The Canterbury Tales*, c.1387)。后来的小说作家，尤其是十八九世纪的小说家，喜欢借此"框式结构"推卸创作责任，佯作发现某人的手稿、笔记或书信，由此引出"第一人称"叙述者的故事。中国古典小说用"框式结构"的例子比较罕见，《红楼梦》和(清)艾衲居士的《豆棚闲话》可算作两部。前者开头交代的《石头记》的故事和书名来源正是此种用法。但以"框式结构"为掩护来写"第一人称"小说是十八九世纪欧洲小说的一大特征。

的交流。通常的情形是通俗小说借用文言小说的故事素材,加以发挥,有时直接翻译,如冯梦龙的《三言》和凌濛初的《二拍》里的部分故事。值得注意的是,被"译"成白话的文言小说往往获得一个新的叙述人形象,即"说话人",并由此取得通俗小说的其他特征。那么文言小说同上面分析过的通俗小说相比,除了各自使用的语言不同,在叙述体例上究竟有哪些特点呢?

文言小说的叙述体是从"正史""人物传记"等非小说文言体裁中演变过来的,因此在叙述体上与后者并无明显区别。换句话说,我们很难仅仅从叙述体的结构出发去判断一部作品是小说还是史,或是传记。文言小说在文体上与纪传史十分接近。许多文言小说的标题明白无误地指出它们的血缘关系,如像唐传奇的"莺莺传""李娃传""柳毅传""枕中记",又如志怪小说"搜神记""幽明录""齐谐记"等。事实上,我们之所以能够把传奇、轶事、志怪传统的小说同正史和传记文学区别对待,不是因为它们的叙述体不同,也不纯粹因为前者虚构后者录实,而是因为这些小说在发展中逐渐形成主题、故事内容,甚至是意识形态上的统一风格,并被文学史作为自成体系的小说种类来对待。无论是传奇也好、轶事也好、志怪也好,文言小说的叙述模式既出自正史和传记,它们的叙述角度、情节的设计和人物的描写都不可避免地受到此叙述体的制约而表现出鲜明的特点。而这一切又集中体现在叙述人身上。我们分别从"第三人称"和"第一人称"叙述人两个方面做进一步的探讨。

史书、传记文学对文言小说的深远影响首先反映在叙述人的形象上。叙述人用史官或传记作者的身份和口吻讲话，不论是在叙述还是评议方面，一般都不脱离《左传》《史记》等史书最早确立的模式。唐传奇《李娃传》的开头写道："汧国夫人李娃，长安之倡女也，节行瑰奇，有足称者，故监察御史白行简为传述。"叙述人白行简是真实的作者，照此推论，白行简为某人作传所讲述的故事应该是真实的。其实，此篇是作者根据民间传说《一枝花话》整理而成的。文言小说作家进行小说创作时常采取的姿态，就是用传记文体为叙述人树立起"第三人称"传记作者的传统威信，客观上起到强调故事真实性的作用。当小说仍处于较低下的地位时，小说作者声明其故事的真实性或矢口否认编造是不足为怪的，如此现象在中西小说发展史上都曾有过。但对于传奇小说的创作来说，叙述人采用这种姿态的更重要的原因还在于：文言小说的叙述模式本来就受到传记体裁的制约，因此它的叙述人必然为自己塑造"传记"作者的传统形象。

文言小说在介绍人物的时候是直截了当的，严守纪传体的固定格式：某时某处有某人，十分简练。如果故事的主人公是真实的历史人物，有时连上述格式也被略去，开门见山，直呼姓名。《李娃传》的叙述人交代了故事发生的年代、地点，但省略了男主人公的姓名，好像写的是真人真事，仅出于名誉上的考虑，才隐其姓名。此种笔法更加渲染"传记"文体的风格。

纪传史对文言小说的影响还表现在对话的艺术上,这一点同通俗小说形成鲜明的对比。我们仍以《李娃传》为例:“天宝中,有常州刺史荥阳公者,略其名氏,不书。时望甚崇,家徒甚殷。知命之年,有一子,始弱冠矣,隽朗有词藻,迥然不群,深为时辈推伏。其父爱而器之,曰:‘此吾家千里驹也。’应乡赋秀才举,将行,乃盛其服玩车马之饰,计其京师薪储之费,谓之曰:‘吾观尔之才,当一战而霸。今备二载之用,且丰尔之给,将为其志也。’生亦自负,视上第如指掌。自毗陵发,月余抵长安,居于布政里。”这一段介绍“生”的家庭背景和他本人才华的文字是总结性的,具有高度的概括力。耐人寻味的是,叙述人在如此概括的叙述语言中穿插了极为具体的人物对话(所谓对话的概念指的是叙述人对人物语言的直接引用,不一定是双向对话;只要不是内心独白,引语的出现总是假设一个说话的场合和听众)。此对话是“生”的父亲对儿子的夸语:“此吾家千里驹也。”叙述人引入此言时并无任何对话的场合。读者对说话的时间、场合、上下文以及在场的听众一无所知,虽然我们完全可以发挥各自的想象力构画一个场景,把叙述人的引语视为“生”的父亲在人前对儿子的夸奖。文言小说中时常出现这种没有上下文的对话,有时即使对场合有所交代,但因描写得过于抽象,给读者留下模糊的印象。这在通俗小说里是少有的现象。后者的对话一般都放在描写得非常详细的场景中,成为故事世界的有机组成部分,不脱离情节和场合而存在。而文言小说的对话常像纪传史中的引言,目的不是构画一个独立存在的幻觉世界,让故事里的角色像真人一样讲话;而是说明一个问题,做一个性格素描,在文中起画龙点睛的作用。这同史官和传记作家的用法是一致的。纪传体旨在“记言”和“记事”,故事情节不是头等重要的。这些原则体现在叙述文体上就产生了省略场合、省略情节的对话类似的现象。

试以《左传》的《曹刿论战》:“十年春,齐师伐我,公将战,曹刿请见。其乡人曰:‘肉食者谋之,又何间焉?’刿曰:‘肉食者鄙,未能远谋。’乃入见。”跟刚才分析的《李娃传》中的引语相比,这里的对话多少有一个粗略的场合,是在曹刿要求见鲁庄公商谈战事之后发生的。但究竟对话发生在哪里,说话的同乡是什么人,叙述人不做交代。对话在这里有一个特殊的功能,那就是让人物的语言暴露人物的思想和性格,比叙述人的间接描写要来得更生动,更省笔墨,而文言文的灵魂正是简洁二字。由此看来,同曹刿对话的同乡是一个“文体上的虚构”,说话的场合因此也不重要。对话的前一部分纯粹是为了引出曹刿的名言而存在,使叙述人的主观上的选择、综合、创造作用尤显突出:从《左传》到司马迁的《史记》,“记言”“记事”的叙述传统逐步得到了巩固和发展,最终使这个模式在古典文学中长期处于垄断地位,直接地影响了后来的传记文学和文言小说的叙述体。

此外,文言小说对叙述视角和叙述焦点的处理也独具风格。[1] 这一点恰好又同话本、拟话本通俗小说形成明显的对比。文言小说对情节和人物的处理比较集中和专一,尽量避免"话分两头"的叙述;通俗小说则要求详尽,叙述视角转换频繁,一个故事往往分不同侧面讲述,出现时间上的重叠,故读者常常会碰到"说话人"用来过渡的套语,如"却说""再说""闲话休提""话分两头""且说""原来"等。文言小说由于受到纪传史的影响,因而对叙述视角和叙述焦点的运用也显示出同样的规律。叙述人善于紧扣主题,跟踪焦点人物的行迹和意识,并选定一个中心视角展开情节。即使在故事要求多重视角和焦点的情形下,叙述人也尽量精简文字,避免情节过于繁杂,喧宾夺主。对写史作传的人来说这是十分经济有效的办法,因为他的主要目的是拿事例来说明论点或问题,解释人物的性格。文言小说的作者大大发扬了此技巧的优点,把为简洁的目的而选择的人物视野和叙述焦点变为设计情节和进行心理描写的能动因素。

《李娃传》选择的是男主人公的视角,除个别地方外,这个视角贯穿始终。叙述人从"生"进京赴考、与李娃相识、相爱,直

1 叙述视角(narrative perspective)指观察小说世界的角度,在"第三人称"叙述中,或是叙述人高瞻远瞩的视野,或是人物的有限角度;"第一人称"小说的叙述人亦即人物。因此,视角通常是叙述人的,且有限的。叙述焦点(narrative focalization)指叙述人对于故事中人物的关系。有内部聚焦,即以一个或若干人的内心世界为主要叙述对象,叙述人的视野被人物的视野严格限制;有表层聚焦,叙述人避开人物的视角,只做客观的外部描述;另外还有散焦,即叙述人的视野大于叙述对象的视野。这是在"第三人称"小说中用得最频繁的一种。以上的几种叙述焦点之间是流动的关系,在具体的作品又呈现出不同的组会。法国小说叙述学家热拉尔·热纳特在其著作《叙述文论》中,对这两个概念有详细的论述。

到财钱耗尽、被鸨母欺骗，然后四处流浪、潦倒不堪，最终打动李娃的恻隐之心，在她的调养下恢复元气，重整旗鼓，终于及第并得官职等一系列情节中，基本上不脱离“生”的视角，并以他个人的经历和心理活动为叙述焦点，李娃的形象始终是“生”的眼中看到的形象。叙述人紧追“生”的意识不放，凡“生”看不到或不知道的，叙述人一般不提前告诉读者，或只透露半分，因而把读者的情绪同“生”的命运紧紧悬系在一起。李娃和鸨母设计摆脱“生”的情节处理得如此巧妙，全是依仗这种叙述技巧完成的。叙述人没有给读者交代李娃如何变心，如何跟鸨母商定计谋的过程。除了短短一句“生不知其计”给读者以悬念外，整个受骗经过都是直接从“生”的角度讲述的。叙述人一环扣一环，步步逼进，细致地描绘了“生”的心理变化——由喜悦转为诧异、惶惑、悲伤，最后愤怒、发狂。此后，叙述人依然以“生”的经历为叙述对象，而李娃的想法和行为几乎全被省去了。直到“生”与之再次会面，李娃义正词严，与老鸨提出决裂时，我们才有机会了解她的思想。小说从头至尾由于视角统一和焦点集中显得紧凑，一气呵成，心理描写与情节的叙述浑然成为一体。

与通俗小说相比，文言小说虽无入话，但有时叙述人也做一段不标明的“序”或“跋”，对故事进行总评，抒发感慨，或解释素材的由来。《李娃传》的“跋文”用“第一人称”写道：“予伯祖尝牧晋州，转户部，为水陆运使。三任皆与生为代，故谙详其事。贞元中，予与陇西李公佐话妇人操烈之品格，因遂述汧国之事，公佐拊掌竦听,命予为传。……”唐传奇中不是篇篇都有“跋”,但文言小说发展到蒲松龄的《聊斋志异》的时候,用来点明主题的“跋文”就比较普遍了。这显然是受《史记》叙述人的“太史公曰……”等叙述模式的影响。

“第三人称”叙述体虽然是文言小说的主流,但我们偶尔也会在传奇、志怪的传统里看到为数不多的由“第一人称”叙述的故事,如明代董玘的《东游记异》、清王晫的《看花述异记》、蒲松龄的《聊斋志异》中的若干故事等。这显然是因为文言小说的“第一人称”同“第三人称”一样,有其文体先例可循,如散文、游记、书信、日记等。相比之下,通俗小说中不可能产生相应的“第一人称”白话文体的模式,这里由于白话文主要是说书传统的产物,除了通俗小说本身,它没有其他可以参照的文学模式。文言的情况则不同,且不说正史和传记文学,人们平时的书信、日记、散文等一概用文言文撰写。这些现成的“第一人称”叙述体例为后来“第一人称”文言小说的尝试提供了先决条件。但是,由于这些尝试始终没有脱离传奇和志怪传统的范围,小说的“第一人称”叙述人的潜力没有得到有力的发掘,最终没有形成一个明确的“第一人称”的小说传统。值得注意的是,明清时代的自传对于“第一人称”叙述人的运用倒是十分出色,产生了像沈复《浮生六记》这样艺术成就较高的作品。但为什么小说没有自觉地去模仿已有的自传或回忆文字?换言之,为什么自传体的小说没有得到相应的发展呢?也许只有历史的偶然性才能够解释。小说对于现有文体的模仿经常具有偶然的因素。比较欧洲小说的历史发展,这一点也许更容易理解。

二 欧洲的小说传统

欧洲的小说(the novel,novella,short story)这个(些)概念是在世俗文学兴起后才出现的。在此之前的拉丁文的故事文学一般不包括在内,尽管后者对小说可能有直接或间接的影响,如公元2世纪出现的阿彼莱俄斯的《金驴子》(Lucius Apuleius, *The Golden Ass*)。西方小说的开端究竟从何时算起?多数文学史家会推举16世纪西班牙的一部匿名作《托尔姆的拉匝力奥》(*Lazarillo de Tormes*,1554)。自从此书创立了欧洲的"流浪汉小说"(the picaresque novel)传统以来,模仿者纷至沓来。由于当时的欧洲各国文化交往频繁,英、法等国都先后成为这个传统的积极参与者,涌现出像法国作家勒萨日的《吉尔·布拉斯》(Le Sage, *Gil Blas*,1715)这样的杰作。英国的早期"流浪汉小说"中比较重要的有托马斯·纳什的《不幸的旅人》或称《杰克·威尔敦传》(Thomas Nash, *The Unfortunate Traveller*; or, *The Life of Jack Wilton*,1594)。但最著名的是《鲁滨逊漂流记》的作者丹尼尔·笛福写的"流浪女小说"《莫儿·福兰德思》(Daniel Defoe, *Moll Flanders*, 1722)和《罗可萨娜》(Daniel Defoe, *Roxana*, 1724)。至于17世纪西班牙作家塞万提斯的名著《唐吉诃德》

(Miguel de Cervantes, *Don Quixote*, 1605)究竟是否算“流浪汉小说”,这个问题尚有争议,不过有一点可以肯定:它是在“流浪汉小说”传统的影响下产生的。

作为欧洲最早出现的小说传统,“流浪汉小说”采用“第一人称”叙述人,这同中国古典小说恰好形成对照。欧洲早期的小说传统一般具备以下主要特点:其一,叙述人的视角单一,故事采取回忆的形式,在文体上通常模仿自传或忏悔录[1];其二,主人公来自社会底层并无固定的职业和归宿,即使原先不属于流浪阶层,也往往因不幸而沦为无业游民或流浪汉(the picaro),其不断的谋生需要是“上路”的主要动机,因此也是情节发展的不可缺少的前提;其三,故事情节在时间上呈直线型,情节与情节间的联系松散,其特征是冒险,因此巧合和突如其来的灾难是常见的手段;其四,叙述语言通俗,直截了当,描写生动,写实的特点突出;其五,小说有明显的讽刺功能,主人公流动的社会地位使他能够接触各阶层的人,他与这些人在地位、利益等方面的冲突构成故事的内容和社会批评的导线。

“流浪汉小说”的出现绝不是从天而降,而是有其社会、文化和文学方面必然的和偶然的因素。16世纪的欧洲,中世纪的封建意识形态迅速解体,新生的资产阶级蓬勃兴起,社会结构的

---

1 许多学者认为写流浪汉的“第三人称”小说不属于同一传统,而是在“流浪汉小说”的直接影响下产生的另一文种。我认为做这种区分确有必要,因为我们对待一个文学概念不能撇开它的历史存在而做抽象的定义。“流浪汉小说”的历史含义明确而又具体,那就是以《托尔姆的拉匝力奥》为叙述模式的“第一人称”小说。从这个严格的意义出发,《唐吉诃德》便不能算作“流浪汉小说”。

稳定性受到威胁,社会阶层之间的流动日益增长,个人主义开始取代传统的乡土观、家庭观,致使大量的无业游民相继产生。但"流浪汉"是任何时代和任何社会都可能产生的,社会现象本身不足以解释这一影响深远的文学现象。我们知道,社会现实和小说世界之间并不存在简单的对应关系,前者为后者提供素材,后者依照文学特有的原则把素材组织成为有内容有形式的艺术整体。那么"流浪汉小说"的文学原则是什么呢?前面说过,"第一人称"叙述人形象是其中的核心因素,规定了"流浪汉小说"的时空范围、叙述视角和语言、语气。这个叙述人与故事世界的关系主要采取回忆的形式,因此在文体上可以被看作自传叙述人。自传叙述人不是没有来源的。早在"流浪汉小说"问世之前,欧洲的"第一人称"文学经常出现在以下几种文体中:书信、日记、回忆录、忏悔录等。这些文体的存在对于后来小说的兴起创造了重要的前提,"流浪汉小说"正是从中偶然产生的一个传统。

第一部"流浪汉小说"《托尔姆的拉匝力奥》把叙述人拉匝力奥放在书信自传体中讲话,且拉匝力奥对待自己过去行为的坦率态度显然又是宗教忏悔者的姿态。所以,这部小说可以被认为是对已有的书信、自传、忏悔录等"第一人称"叙述文体的模仿。"第一人称"在这里具有明显的美学价值,作者依靠"流浪汉"叙述人的完整形象把看起来支离破碎、环节松散的故事情节统一在"我"的经历和叙述之中。叙述人拉匝力奥还为小说提供了十分关键的叙述视角，表现在“现在的”拉匝力奥和“过去的”拉匝力奥的时间关系上。作为幸存者并拿起笔写作的叙述人回过头再看从前的“流浪汉”拉匝力奥，这时的观点已不再是当时的观点，而是透过时间的滤色镜，掺杂了为自己辩护甚至自我炫耀的动机。这个角度为小说的语气和含义开辟了广阔的回旋余地。“流浪汉”的经历尽管十分悲惨，但小说却不会催人泪下，反而处处充满了幽默。叙述人有意拉开了读者同故事人物的距离，因为拉匝力奥讲述这些故事的语言完全是过来人的语言，自信中掺杂着自嘲，妙趣横生。

《托尔姆的拉匝力奥》的“第一人称”叙述人的出现在欧洲文学史上具有深刻的意义，因为让卑贱的“流浪汉”充当严肃的回忆录的叙述人是前所未有的事，这本身就是对文体等级的挑战。在这之前，卑微的人物是被写的对象，自己并无资格充当叙述人，他们只能以丑角出现在喜剧和闹剧中。《托尔姆拉匝力奥》把流浪汉一举抬到“第一人称”叙述人的高度，冲破典雅风格与鄙俗风格、严肃文学与喜剧文学的界限，为欧洲的世俗文学开拓了新的天地。

继“流浪汉小说”之后兴起的另一支主要的欧洲小说传统是“书信体小说”——也是“第一人称”叙述体。这个传统在18世纪风靡欧洲，是启蒙时期广为流行的一种文学体裁。不过，早在1669年法国已经出现了《葡萄牙情书》(comte de Guilléragues，*Lettres portuguaises*，1669)，一本仅收了五封信的小集子。作者自称此书译自一个失恋的葡萄牙修女的情书。究竟这个集子是小说还是真实信件,在当时是个谜。这个谜持续了差不多有300年之久,经过历代考证家的努力,方才有了初步定论:17世纪的"翻译者"吉耶拉葛即作者本人,《葡萄牙情书》是他创作的小说。但严格地讲,公开利用书信创作小说,使广大读者认可并接受"书信体小说"这一新传统的人,出现在英国而不是法国。18世纪英国一出版商塞缪尔·理查森原计划写一本书信指南,结果居然写成了一部"书信体小说"《帕米拉》(Samuel Richardson, *Pamela*, 1740),无意间开创了一个重要小说传统。后来,理查森又发表了一部成就更高的"书信体小说",这就是洋洋百万字的《克拉丽萨》(*Clarissa*, 1748—1759)。后者对当时的法国文学影响极大,孟德斯鸠、克雷比荣、卢梭、拉克洛等紧步后尘,相继写出了一大批"书信体小说"。其中,卢梭的《朱丽,或第二个埃路伊莎》(Jean Jacques Rousseau, *Julie, ou la Nouuelle Heloise*, 1761)和拉克洛的《危险的关系》(Choderlos de Laclos, *Les Liaisons dangereuses*, 1782)把"书信体小说"艺术推向了高峰。

"书信体小说"也是"第一人称"小说,叙述人有可能是一个人或若干人。《帕米拉》大部分书信都是女主人公帕米拉给父母的家信,其中父母的来信是经过帕米拉亲手抄写之后才与读者见面的。因此,可以说,这部小说是帕米拉的独奏曲。信中报告她在贵族家里当女仆的各种经历和感受。故事围绕着这个美丽的丫环如何抵抗她的主人纨绔子弟 B 先生的种种诱骗、如何捍卫自己的贞操、如何感化了诱奸者，终于成功地与之结为夫妻的情节展开，并借帕米拉的笔极为细腻地刻画了她的内心世界。[1] 如果说西方的心理小说是在这里萌芽的，也许毫不夸张。在此以前，对心理描写比较细致的小说恐怕只有一部可与之媲美，即法国 17 世纪女作家拉法耶特夫人的《克莱夫公主》(Madame de LaFayette，*La Princesse de Clèves*，1678)。但这部小说的艺术对于它的时代来说过于早熟，结果鹤立鸡群，毕竟没有造成像《帕米拉》和《克拉丽萨》那样的深远影响。

“书信体小说”对心理小说的贡献是由它的写作特点决定的。首先，故事的叙述人既是故事中的角色又是信件的作者，与“流浪汉小说”的叙述人不同，写作活动不是在一切都结束以后才进行，而是在实时中记载分分秒秒发生的事情。叙述人的双重身份把小说的时空范围设在眼前，把故事的重心放在对内心活动的描写上而不追求情节上的花样；最后，叙述人写信的文字风格也是刻画性格的重要手段之一。

我们拿理查森的《克拉丽萨》做例子，看看“书信体小说”作者是如何成功地利用他们的叙述人讲故事的。小说的头几十封信是克拉丽萨与女友安娜·郝(Anna Howe)的通信，一开始就

---

1 《帕米拉》的道德说教和故事内容的冲突曾经在 18 世纪文坛上掀起了一场风波。亨利·菲尔丁(Henry Fielding)认为帕米拉抬高自己的贞操是为了换取更高的社会地位和物质利益，他警告人们提防这样的伪君子。为此他写了一部与理查森的《帕米拉》对抗的讽刺模仿小说《煞米拉》(*Shamela*，1741)。

把克拉丽萨同家里的矛盾冲突摆在读者面前。安娜不仅仅是克拉丽萨写信的前提(这当然是她的重要作用之一),使我们有机会读到女主人公克拉丽萨内心深处的秘密,她还为我们提供了一个重要的角度:她的头几封信使读者从旁观者的角度了解到克拉丽萨开始的形象,如她洁白无瑕的品德以及周围邻里对她的敬慕,为克拉丽萨即将要遭受的挫折和考验提供了衡量的尺码。克拉丽萨给安娜的信则从当事人的角度替我们勾画了她的生活空间,以及她所面临的婚姻选择和大难当头的忧虑感,尤其是男主人公拉维力斯对她的追求在家中引起的一场风波。克拉丽萨竭力反抗父兄强加于她的包办婚姻,拒绝嫁给富豪索姆思,但又走投无路。拉维力斯在关键时刻插足进来,提出帮助她逃跑的计划,克拉丽萨举棋不定,深深怀疑拉维力斯的品格和动机。作者在处理这一段情节的时候始终不向读者透露拉维力斯的真实面目,我们读到他写给克拉丽萨的信,从克拉丽萨的侧面听到关于他的传闻,但这个人究竟如何,对克拉丽萨怀有什么动机,我们和克拉丽萨一样只能猜测。作者选定的这个叙述角度对人物心理的描写十分有利,同时也有效地制造了情节上的悬念。读者分担克拉丽萨的疑虑,对她的内心斗争产生极大的兴趣和同情。“书信体小说”与其他小说的区别就在于它把人物的意识摆在第一位,情节第二位,同样的情节可能从不同的角度重复讲述。这些角度起到加深读者对人物的认识,使小说世界获得立体感的作用。后来,拉维力斯和他的朋友贝尔福特的通信打开了小说的另一扇窗，让读者得到了更加广阔的视野。但这双重角度的叙述是在克拉丽萨上了圈套，逃出家庭的牢笼，落入拉维力斯的手中以后，才真正展开的。从这个时刻起，克拉丽萨和安娜的通信与拉维力斯和贝尔夫特的通信形成两个几乎对称的叙述角度，它们反复交错、对照、相互衬托，把男女主人公之间的精神战、道义斗争写得活灵活现。小说《克拉丽萨》刻意表现的正是两性之间你死我活的、拉锯似的搏斗。拉维力斯声称要捍卫他玩世不恭的"男性"尊严，发誓要叫克拉丽萨在精神和肉体上同时向他彻底屈服。为此，他把克拉丽萨弄到手后，百般戏弄，企图粉碎她的自尊，彻底战胜她的信念。最后因为目的没有达到，恼羞成怒之下强奸了她。克拉丽萨临终时原谅了他，虽失去了贞操，但获得了世人的敬爱；而拉维力斯却悔恨交加，在良心和人们的谴责下离开了英国，不久亡命于决斗的剑下。拉维力斯和克拉丽萨的心理战描写得如此细致、生动，也许只能在"书信体小说"里做得到。可以想象，同样的情节从不同的角度重复几遍的叙述方法要是用在"第三人称"的小说里是多么容易叫读者厌烦，而这正是"书信体小说"使用多重"第一人称"叙述的长处。

我们在谈到"流浪汉小说"的时候，曾经讨论过它的自传叙述体。其实，到了 18 世纪，欧洲各种各样的"第一人称"自传小说，如游记、回忆录、日记体小说已广为流行。笛福的《鲁滨逊漂流记》和《瘟疫年日记》(Daniel Defoe, *The Life and Strange*

Surprising Adventures of Robinson Crusoe, 1719; *A Journal of the Plague Year*, 1722);乔纳森·斯威夫特的讽刺小说《格列佛游记》(Jonathan Swift, *Gulliver's Travels*, 1726);奥利佛·古德史密斯的《威克菲尔德的牧师》(Oliver Goldsmith, *The Vicar of the Wakefield*, 1766)等,都是读者比较熟悉的英国文学的例子。法国的情况也大同小异,随便举些例子,如:马利沃的《玛丽亚娜传》和《乡下人发迹史》(Marivaux, *La Vie de Marianne*, 1731—1741; *Le Paysan Parvenu*, 1735—1736);普雷沃的《骑士葛立与玛弄·莱丝考之恋史》(Prévost, L'*Histoire du chevalier Des Grieux et Manon Lescaut*, 1731);狄德罗的《修女》(Diderot, *La Religieuse*, 1780)等。自传体小说如此流行,难怪出现了像《特律思特拉姆·山迪的身世与观点》(Laurence Sterne, *The Life and Opinions of Tristram Shandy*, 1761—1764)这样的滑稽模仿作。作者劳伦思·斯特恩是英国人,他的这部小说在英国小说史上的地位极其特殊。小说沿用自传体的“第一人称”叙述人,但刻意拙劣地模仿了它的文体规则,文字十分幽默。作者的目的显然是为了捉弄自传体小说的叙述传统,他的意图似乎有多种,其中最主要的是指出文体同生活现实之间的虚假关系;换言之,人的实际生活经历同自传中通常表现出来的连贯时序和故事情节根本不相吻合,两者各循自己的规律,无法沟通。即使是最简单的自传模式,如:叙述人生于某年某月某日某地,也不能写出真实情况。因此,特律思特拉姆的自述写到小说的三分之一处才讲到自己

的诞生经过,故事越讲越来不及讲,小说一半讲完的时候,特律思特拉姆才长到五岁,且不提他有什么"观点"了。

无论是"书信体小说""流浪汉小说",还是其他自传体的小说,总体来看,欧洲 19 世纪以前的小说传统是以"第一人称"叙述体为主的,恰好同中国古典小说的发展轨迹形成鲜明的对照。但这绝不等于说"第三人称"的叙述传统不存在。从中世纪一直到 17 世纪初,一种叫作"罗曼司"(romance)的骑士文学十分盛行,内容以冒险、爱情和哲学、伦理的讨论为主。叙述文体既有散文又有韵文,叙述人既有"第一人称"也有"第三人称",通常的情况是"第一人称"和"第三人称"借助"框式结构"而交替使用。叙述体上较接近后来小说的"罗曼司"作品有法国 16 世纪作家弗朗索瓦·拉伯雷的《加尔冈图瓦》(Francois Rabelais, *Gargantua*, 1534);17 世纪初奥诺雷·迪尔菲的《拉丝特蕾》(Honore d'Urfé, *L'Astrée*, 1608);英国的 16 世纪作家菲利普·锡德尼爵士的《阿卡狄亚》(Sir Philip Sidney, *The Arcadia*, 1590)。但"罗曼司"和它的"第三人称"叙述体在小说兴起以后居二位,"第一人称"为主要的叙述人称。

"第三人称"叙述人到 18 世纪中叶才真正开始在小说中出现,这与英国作家亨利·菲尔丁所起的作用是分不开的。《约瑟夫·安德路斯》和《汤姆·琼斯》(Henry Fielding, *Joseph Andrews*, 1742; *Tom Jones*, 1749)是菲尔丁的代表作。菲尔丁认为小说是"喜剧性的史诗"(a comic epic),这个观点对后来的小说创作影响尤深,特别在叙述人、叙述视角、小说的时空规模等方面。史诗的视角不是个人的角度,而是文化和历史的角度,是“第一人称”叙述人所不能驾驭的。菲尔丁的小说,从某种意义上讲,是 18 世纪英国的风俗画,这样广阔的视野非“第三人称”所不能够。同时,这个叙述人说教性强,喜欢夹叙夹议,评论人物的是非好坏,更喜欢谈自己的写作艺术(菲尔丁总是在自己和叙述人之间画等号)。菲尔丁以后,“第三人称”小说逐渐增多,不断推出新的传统。如 18 世纪末和 19 世纪初风行一时的“哥特小说”(the gothic novel,以英国贺拉思 · 渥尔波[Horace Walpole]为代表),以及 19 世纪上半叶的“历史小说”(the historical novel,由沃尔特 · 司各特、维克多 · 雨果等为代表)。待司汤达、巴尔扎克、爱略特、狄更斯、萨克雷等 19 世纪文学大师的“现实主义”小说(the realist novel)崛起并垄断欧洲文学的时候,可以说“第三人称”的小说叙述艺术尤其达到了黄金时代。

20 世纪中国的“现实主义”小说家正是在这个传统的熏陶下进行他们的创作的,如巴金、茅盾、老舍等。中国当代的现实主义作家也基本上属于这个传统。可见欧洲文学的影响之深远。如果说现当代中国“现实主义”白话小说的“第一人称”叙述传统是在欧洲文学的直接影响下产生的,那么它们的“第三人称”叙述人不是古典白话小说的“说话人”,不再具有创世主的宏观视角,神话逐渐被赶出严肃的小说领域。“说话人”的道德说教被菲尔丁和巴尔扎克式的“社会代言人”的说教所取代，后者显得更加微妙和隐蔽。作者同读者的关系不再是“说话人”（即表演者）同听众的关系，而是“灵魂的工程师”与受教育者的关系，后者有待于被潜移默化。值得注意的是，现代和当代的“现实主义”小说对情节、人物和主题的处理比较严谨，叙述焦点集中。它许多成功的叙述技巧是旧式通俗小说所没有机会得到发展的。

三　结语

小说传统是在极为复杂的文化、历史、语言和文体的综合条件下形成的。除非把小说纯粹当作传播或反映意识形态的历史文献来看（对于历史学、人类学、社会学来讲，这是有效的研究目的，但不是文学研究的目的），仅仅从社会文化的角度出发去研究小说是不够的。假如我们单纯从文化的差异出发去解释为什么中国的古典小说中没有产生“第一人称”的传统而欧洲却以“第一人称”叙述人开创了其小说传统，那就很容易得出片面的结论，笼统地认为那是中国文化压抑个性，西方文化崇尚个性的结果。且不论这个结论的历史准确性，用它来解释小说传统发展的情况是极易走上歧路的。即使在同一文化里面，如中国的汉族文化，由于文化层次、语言层次的不同，也由于特定的语言和文学中已存的文学模式各异，小说传统因而在语言、叙述体以及内容等方面呈现出多种姿态，这一点已经得到通俗和文言两大传统的有力证明。无论在中国还是在西方，作为文体之后起之秀的小说有一个共通之处，那就是对多种文体和语体的模仿。无论历史的偶然性使它模仿哪一种文体，它首先容纳的正是这些文体的叙述人形象，因为叙述人的身份和内涵往往决定文章的基本面貌。

中国古典小说和西方传统小说分别在大致相同的历史阶段中（主要集中在16—19世纪）成熟和繁荣起来，然而它们的来源和发展轨迹却呈现出许多不同的地方，突出地体现在叙述人的起源和演变过程中。那么为什么要把它们相提并论呢？笔者认为，从中西小说各传统对其他叙述文体如书信、自传、历史、口头文学的模仿以及自身的发展过程来看，可以说，有一点是可比的，即叙述人的形象从一开始就是小说的轴心。作为具体作品的叙述人，他为小说提供叙述视角、时空范围和整体结构；作为抽象的叙述人，他是小说传统存在的大前提。不论是“第一人称”还是“第三人称”，也不论是“说话人”还是“自传作者”，叙述人的形象一旦被小说从其他的文体中移植过来，就成为促使传统形成的关键因素，而此形象所包含的一切叙述文体上的特点（叙述视角、主题和时空范围、与读者的关系等）也继而成为小说传统的特点，并在传统的发展和延续的过程中始终占据支配地位。中国的古典通俗、文言小说和西方的“流浪汉小说”“书信体小说”等不同传统的起源和发展都不约而同地证实了这一点。

(这是作者在1980年代写的一篇读书笔记,原载台湾的《幼狮学志》1989年第20卷第4期,第174—195页。)

后　记

这本书的写作花了几年时间。若不是“文学中国”丛书主编刘再复先生的再三敦促、鼓励和“索债”，我不知何时才能交稿。“文学中国”给海内外的中国学人提供了一个交流学术思想的自由园地，也在大陆、台湾、香港和欧美学者之间展开一场难得的对话。有机会参加这场对话，我感到很幸运。

用中文写作，对我有一种强大的吸引力，但因自己生活在北美，学术研究也在北美，过去虽然尝试写了一些，但我对中文写作总是没有十分把握。毕竟，一个人的时间不能分成两半花，而且从事双语写作的人都有体会，在汉语和英语的两种写作模式和学术文体之间来回折腾，是一件很累人的事。我经常想到放弃。

但毕竟没有放弃。

没有放弃的原因主要是私人的，并无寻求文化归宿或为国内学术效力的那一类正当理由。有些让我十分尊敬的朋友，在汉语的文化和学术领域做了一些非常有意义的事，他们中有人在大陆，有人在北美，有人在台湾，也有人在加拿大和其他地方的。这些朋友的友谊对于我十分重要，因此，我不知不觉开始介入他们的活动，同时也开始欠他们的文稿。

本书最初的写作几乎是和我 1995 年出版的英文专著 *Translingual Practice* 同步进行的。开始我替它想了一个题目，叫作“现代人与文学叙事”，因为当时我的关注点在这一方面。在写作过程中，这条思路逐渐让位于一些其他的思路，最终演变成现在的这个样子（唯一的例外是附录，它是我研究生时代发表的习作，现在看起来十分幼稚，但我还是决定把它收了进来，让它做自己学步时的一个纪念）。回想起来，这个演变过程与我同时写作中的英文书有很大关系，事实上，其中的有些章节最先由英文写成，后来从英文翻译过来的时候做了不同程度的改写。两本书从不同的角度，探讨了“语际书写”的问题。中文书侧重于对思想史写作的批评反省，英文专著则更强调理论和学科史，两本书加在一起，也算是自己在语际书写方面所作的一点尝试。

我深信，对话是理论思维存在的理由。这本书的写作是作者有幸与李陀对话的结果，其中许多想法都是在和李陀的激烈讨论之后才出现的，可惜这本书只记录了我们对话的一半，另一半属于李陀。

刘再复先生是我写这部书的另一主要动力。早在我读研究院还未毕业时，他就对我的研究给予很多的关注。这么多年以来，他始终是我的老师和朋友，也是我汉语写作的重要推动者。李欧梵也一直强调双语写作，不但时时激励着我，他也身体力行地做，这一点很不容易。我有时抱怨没有时间写作的时候，就想想自己再忙也忙不过李欧梵。于是，只好硬着头皮坚持下去。

书中个别章节先是英文写出，后译成中文。译者除作者自己外，主要是孟悦、王超华和桑梓兰（见各章注释）。得益于她们的翻译，此书进度大大加快，我在这里表示由衷的感激。还有一些学者如董秀玉、汪晖、陈平原、王晓明、陈小眉、唐小兵、戴锦华、彭小妍、夏晓虹、柯庆明、林道群、沈昌文、陈燕谷、吴彬、赵毅衡等，他们也在不同的时候，给予我慷慨的支持和鼓励，一并在此致谢。

1997 年记于香港天地出版初版